MISS MACUNAÍMA

MISS MACUNAÍMA

ROMANCE-INVOCAÇÃO

ALEXANDRE RABELO

1ª edição

EDITORA RECORD
RIO DE JANEIRO • SÃO PAULO
2022

EDITOR-EXECUTIVO
Rodrigo Lacerda

GERENTE EDITORIAL
Duda Costa

ASSISTENTES EDITORIAIS
Thaís Lima, Caíque Gomes
e Nathalia Necchy (estagiária)

PREPARAÇÃO DE ORIGINAL
Bruna Mitrano

REVISÃO
Mauro Borges
e Jorge Luiz Luz de Carvalho

DIAGRAMAÇÃO
Marcos Vieira

CIP-BRASIL. CATALOGAÇÃO NA PUBLICAÇÃO
SINDICATO NACIONAL DOS EDITORES DE LIVROS, RJ

R114m   Rabelo, Alexandre

Miss Macunaíma: romance-invocação / Alexandre Rabelo. – 1. ed. –
Rio de Janeiro: Record, 2022.

ISBN 978-65-5587-439-6

1. Andrade, Mário de, 1893-1945. Macunaíma. 2. Ficção brasileira. I. Título.

CDD: 869.3
22-76126   CDU: 82-3(81)

Gabriela Faray Ferreira Lopes – Bibliotecária – CRB-7/6643

Copyright © Alexandre Rabelo, 2022

Imagens do miolo: p. 19: Museu Nacional/UFRJ | p. 29: Mário de Andrade | p. 45: clu/Getty
Images | p. 77: Charles Lemaire et al. *Flore des serres et des jardins de l'Europe.* v. 10. Gent: Louis
van Houtte, 1855 | p. 101, 103, 107, 111, 116, 120, 122, 128, 130: Claude Paradin. *Devises heroiques
et emblemes.* Paris: J. Millot, 1614 | p. 140, 142, 144, 146, 148, 150, 152, 154, 156, 158-159, 162:
Bruno Marcitelli | p. 204: *Revista de Antropofagia*/BN Digital | p. 216: Renata Vidal.

Todos os direitos reservados. Proibida a reprodução, armazenamento ou transmissão de partes
deste livro, através de quaisquer meios, sem prévia autorização por escrito.

Texto revisado segundo o novo Acordo Ortográfico da Língua Portuguesa.

Direitos exclusivos desta edição reservados pela
EDITORA RECORD LTDA.
Rua Argentina, 171 – Rio de Janeiro, RJ – 20921-380 – Tel.: (21) 2585-2000.

Impresso no Brasil

ISBN 978-65-5587-439-6

Seja um leitor preferencial Record.
Cadastre-se em www.record.com.br
e receba informações sobre nossos
lançamentos e nossas promoções.

Atendimento e venda direta ao leitor:
sac@record.com.br.

ABDR
ASSOCIAÇÃO BRASILEIRA DE DIREITOS REPROGRÁFICOS
CÓPIA NÃO AUTORIZADA É CRIME
RESPEITE O DIREITO AUTORAL
EDITORA AFILIADA

prefira ler este livro quando a chuva cair pesada diminuindo a cidade
ou naqueles dias em que sobrou apenas você e o deserto

À memória de meus mortos,
pai Ronaldo, interrompido no caos de 2021; vô Diogo e vô Otoniel, atraídos à Pauliceia;
Ivan Kraut e Fabio Tersarioli, cedo demais; Mário de Andrade, sonhador de 300 em 1;
Jaider Esbell, pintor de Makunaimã; Marília Mendonça, nos braços de Oxum,
e a cada corpo e corpa que nesses quinhentos anos perdeu como os meus a saúde e a vida
para a construção de um Brasil injusto.
E a elas que continuam vivas e de sangue quente, vó Noelita e vó Alcídia, boas com as mãos,
irmã Thaís, sobrinha Lorena, mãe Maria do Carmo, exigentes no amor.

SUMÁRIO

I. Filhos do medo da noite   13

II. Dandanças   71

III. Alegrias nas cidades-fantasma   137

Às vezes me sinto um grande covardão, às vezes quase um herói de coragem em fingir aos meus alunos que acredito alguma coisa nesta terra, me ocultando, mentindo, capaz de não transmitir aos outros o meu maravilhado ceticismo extasiante. Não é a Beleza nem a definição da Beleza que me atrai, e nem o Bem, e nem a Verdade e nem a vida e nem mesmo eu. Só mesmo o Grande Desconhecido me atrai, me prende, me irrita, só a definição desse Grande Desconhecido me apaixona, porque jamais tentei sequer defini-lo e é incompreensível. E quase O odeio em minha prodigiosa vaidade de Homo *viciosamente* Sapiens, *porque sei que, se Ele aparecer, quando aparecer nós nos esqueceremos de procurar saber o que Ele é e nos despreocuparemos de O definir. Esse incontentado de Si... Esse inflexível de sua irrefutável e incompreensível totalidade... Deus... Se ao menos Ele me permitisse ir plantar batatas... Mas agora é tarde e tenho que dançarolar esta minha tarantela do incompatível. Só peço é que você não me peça o que entendo por "incompatível", nem eu mesmo sei quantos sentidos pus nessa palavra. Sei que a escrevi com angústia, com desespero, ansiando pelo que virá, com todas as minhas forças de amor.*

Mário de Andrade a Henriqueta Lisboa
Rio de Janeiro, 28-IX-1940

Mas estes raciocínios são mais para mim que pra você mesmo. Aliás outro dia ainda reconhecia com bastante amargura que de uns tempos pra cá a maioria das cartas que escrevo é pra mim mesmo. É que desde muito ando completamente desguaritado de mim mesmo e carecendo me reachar.

Mário de Andrade a Carlos Drummond de Andrade
São Paulo, 15-VIII-1942

I
FILHOS DO MEDO DA NOITE

NASCIMENTO DE MACÚ, SEGUNDO SEU IRMÃO JIGUÊ, O BOBO

Pisar no céu dói, a começar pela dificuldade em chegar, hahaha, tem que ir subindo por cima do próprio corpo, pé nos ombros, pé na cabeça, pé de novo, pé de cabra, hahaha, quando enfim pousa no lombo das nuvens, logo vê que não vai poder estirar a espinha no chão, que dirá puxar fruta fácil ou mesmo nadar em fumaça de sonho, hahaha, porque sente na sola do pé que o céu não é mais que um chão de pedra pontuda, correndo até onde a vista consegue flechar, hahaha, e descobre que, mesmo pra quem tem coragem de ter olhos, trepar assim por cima da vida é de dar mais medo que as vozes da noite, hahaha, lá no alto, na montanha de Makunaimã, tem espelho pra tudo quanto é buraco.

Nem sei como atrair o fio da história pra cá, antes fosse alvo parado na mata, lenda morta, hahaha, folclore é o nome?, hahaha, aquele dia é mais besta-fera, é ele quem me caça sem parar de correr, mesmo sem fôlego, é fresta que não abre no comum da mata, nem dia é, hahaha, o melhor e o pior do tempo, hahaha, triste é não saber contar melhor, hahaha, Jiguê é bobo, a lembrança não me vem do jeito que gostaria de puxar na língua, asa planando, só me nasce igualzinho sangue descendo em tripa apertada, hahaha, melhor até atiçar mais o fogo.

Jiguê fecha os olhos e a primeira coisa que se acende é a lembrança de quando o bicho-irmão veio saindo da barriga de nossa mãe — e eu me cagando inteiro, hahaha, ela mesma só ria de cansaço; nenhum espírito a teria ameaçado com uma criança tão feia no colo, hahaha, tínhamos chegado àquela altura impossível do Roraima apenas no andor das antas, ela carregando seu redondo na pressa que dava, eu e Maanape abrindo caminho e dando cercado, não sei como cobra não veio, hahaha, ou sei: nunca vi mãe chorar, nem quando se rasgou toda pra botar no mundo o fruto-do-medo-da-noite.

Melhor começar quando acordei no susto um punhado de luas antes, a rede me desvirando pro chão do jeitinho mesmo que mulher puxa na palha trançada o veneno da mandioca pra terra, hahaha, escorri foi todo quando Maanape me deu na cara o tapa, dizendo "acorda, Jiguê!", hahaha, depois meteu o olho de guerra em cima de meu bafo, repetindo "Macú, Macú, tu tá feliz ou tu tem cu?".

Hahaha-hahaha-hahahahaha!

Acordei ainda mergulhado em miração, sem reconhecer aquele bicho como o feiticeiro que era meu irmão, hahaha, só quando insistiu "Macú, Macú, tu tá feliz ou tu tem cu?" foi que fisguei a urgência de Maanape, perguntei que mistério era aquele, se era magia de afastar espírito, hahaha, ele disse "não, Jiguê, seu bobo, é pra invocar", hahaha, e me puxou pelo cabelo, "levanta e se apressa, está na hora de levar mãe ao topo da casa de Makunaimã".

Isso foi nove minguantes após mãe ter embarrigado do africano, aquele cujo nome nunca nos foi soprado, hahaha, foi da vontade dela que tivéssemos levado caminhada até o monte mais alto pra sangrar à vida o curumim misturado que nos vingaria, hahaha, era de combinação entre mãe e Maanape que o bicho nascido deveria ser marcado não só pelo nome perigoso de Makunaimã, como também por sua força e briga, hahaha, dessa parte não entendo, não conheço a língua que só chega em sonho, hahaha, Jiguê é bobo sim, não sei matutar direito os mistérios-barriga, hahaha, isso é coisa de parteira e feiticeiro, mas aquela aparição feinha, o bicho-homem Makunaimã, hahaha, dado a ver antes mesmo de ter sido invocado, hahaha, aquilo ali nenhum ninguém reconheceu como mistério de gente humana não, apesar dos olhos que tinha de alguém já bem esquecido de tudo.

Quando nos deu sinal de vida-morte pela primeira vez, ainda estávamos na subida, um mês de pisa-pisa, hahaha, tudo o que mostrou foi uma gargalhada vinda de dentro de um corpo de vento, hahaha, só deu pra ouvir, hahaha, ver, nadinha, hahaha, nem sopro vinha dele em direção a nosso arrepio, hahaha, Maanape falava pra gente tapar as orelhas com as palmas firmes, pois o tal bicho-gente seria truque-fantasma, dizia, hahaha, melhor não ouvir — e mano linguajava com voz firme de raiz.

Nos buracos do meu nariz-chupa-sopro-de-céu, continuava a ajeitar o pó da yacoana fermentada com seus próprios venenos, hahaha, falava que era pra ajudar Jiguê a ouvir de mansinho apenas as vozes das coisas do chão, pedrinha por pedrinha, "que do céu e da tempestade cuido eu", hahaha, Maanape é feiticeiro.

Fiquei nas pedras, hahaha, lembro de que elas começaram pequenas e foram ganhando o tamanho do céu conforme nos aproximávamos dos paredões dos tepuys sagrados, já não dava pra separar o que era pedra ou tempestade, Jiguê confunde, hahaha, entendi melhor só uns quatrocentos anos depois, quando voltei com Maanape pra resgatar o corpo de Macunaíma e pagamos helicóptero pra nos levar de volta ao topo do grande tepuy, hahaha, monte, agora chamam, mas aquilo nunca que é coisa de ser montanha, brotou foi muito antes do barro ser barro, contam os avós e tudo quanto é cientista assina em papel, hahaha, o alto do monte Roraima — o grande-azul-verde — é um plano reto como se um topo mais antigo tivesse sido cortado no toco como árvore grossa, hahaha, mas de perto seu chão alto não é bem contornado e sim de um tempo em que tudo era grudado igual pasta de mandioca na baba, massa que depois foi secando e rachando em labirinto de dentes de pedra — paisagem de lua, homem branco diz — selva onde os piores segredos foram petrificados pra não serem esquecidos, hahaha, lugar-casa de Makunaimã, aquele que ousou enfrentar os grandes, aquele que não foi nem grande nem pequeno.

De cima de máquina-pássaro dá pra ver direitinho a coisa toda igual se veria uma ciscada de areia na palma da mão, hahaha, as nuvens rastejando pelas encruzilhadas de pedra como fantasmas passando misturados por peneira fina, as águas que não aguentaram ver os mistérios do alto e se mijaram em cachoeiras pelas laterais dos paredões, hahaha, lá em cima faz frio e calor todo dia, chuva e sol, nunca falha, hahaha, todas as estações numa só volta dos dias, como em lugar nenhum do mundo rico tem, hahaha, aquilo ali quase que não cabe no céu, na terra, parece o chão de onde os deuses falam, mas onde não querem jamais pernoitar, hahaha, aquilo é mesmo o que sempre disseram: ilhas do céu, ilhas do tempo, hahaha, Maanape costuma explicar melhor, hahaha, feiticeiro.

Prefiro contar que nunca suei tanto medo na vida, mesmo naquele frio de lascar, hahaha, lá é mundo onde plantas que na selva baixa brotam verdes nascem em cima como bocas roxas ou garras vermelhas cheias de ganchos de pegar inseto bobo igual Jiguê, hahaha, é lugar onde um sapo preto muito venenoso, mas da miudeza de um polegar, vive desde antes dos ossos de dinossauro, hahaha, lá é lugar onde folha verde sobrevive na sombra mais sem contorno e emana cor de relâmpago, hahaha, lá em cima as cores do mundo se invertem, hahaha, o que nasce por máquina nas cidades dos brancos, no monte Roraima brota da terra, hahaha, a Montanha de Makunaimã nasceu antes das ordens de Deus.

Chegamos ao topo somente após termos engatinhado meio de pé por uma fissura-escada no paredão vertical, hahaha, era meio-dia, mas o céu fechou na horinha, nem deu tempo de engolir mais ar, hahaha, abaixo de nós, nuvens brancas nos escondiam o mundo-mata, fechando cada pedaço de vento com uma cegueira branca, hahaha, acima, nuvens pretas e chuva de lâmina, hahaha, foi então que ele se mostrou pros nossos seis olhos, dando as boas-vindas em sua casa de olho nenhum.

Não era bicho não, tinha se tornado muito mais coisa de tanto é que foi gente, isso é que é, hahaha, Jiguê é bobo, mas não é mole não, vi na fuça que era coisa pra lá de bicho, tinha baba ácida de quem remói o tempo, hahaha, o tempo da saliva escorrendo dos quatro ou cinco dentes que sobraram enquanto mãe brotava Macunaíma na umidade toda de um limbo que veio pra nunca morrer, hahaha, sim, ele mesminho se deu a ver pra conhecer o bebê que ganharia entortado seu nome, hahaha, eu juro: Makunaimã veio conhecer Macunaíma.

Primeiro veio a cabeça da mostração, e era de parente nosso, hahaha, um dia deve ter tido cabelo forte de guerreiro, mas naquela cabeça troncha havia só uns poucos fios ainda pretos, esparsos aqui e ali pela careca feito terra de queimada e descendo além da altura dos ombros como o véu que os brancos põem na cabeça de seus mortos, hahaha, foi chegando perto do bebê ainda amarelinho como as coisas de dentro de mãe desembrulhadas no chão, hahaha, vinha de riso arregaçado igual criança-sapo e os olhos eram uma toca escura, hahaha, vinha em corpo de velho forte curvado pelo próprio saber, mais os sinais de já ter sido muito acuado no passado por homens de todas as aldeias, hahaha, era muito músculo que já foi um dia, tudo despregando dos ossos pontudos, hahaha, a pele parecia mais castigada pela chuva do que pelo sol, couro de boto velho misturada com leite seco de seringueira, pálida e perebenta, hahaha, só podia mesmo ser bicho de viver escondido na última caverna das alturas, onde é só deserto de pedra e água, hahaha, mas ainda pisava pé com pé, mesmo contando nas rugas mil anos ou mais, se é assim que se põe na matemática, hahaha, mislhões, bislhões, Maanape vem me corrigir na cabeça, hahaha, feiticeiro ele é, ouço até de longe.

Mas voz nenhuma não precisava explicar, até bobo assim eu vi e esqueço é nada, hahaha, era sonho ruim que não passa com o sol, fica guardado igual faca afiando o corte na parte pedra do coração.

São Paulo, 15 de fevereiro de 1945

Manu,

Quanta saudade! Nem sei se começo pelo prático ou pelo confuso. Escrever qualquer coisa que seja depois de uma Quarta-feira de Cinzas naturalmente desesperadora não pode remeter a nada de bom ou poético. Vou seguindo por uma sensação de coisa grande e antiga que tem me aporrinhado nas últimas semanas, coisa vinda de uma inusitada série de sonhos. É o que me traz a você com um pouco mais de tempo para escrever. Espero que em meio a esses vapores você consiga entrever o estado real do amiguinho acamado no famoso sobrado da Lopes Chaves. Chuvas e mais chuvas na Barra Fundíssima! Dilúvios para acabar com todos os mitos. Nos jornais, dizem que muito em breve a guerra das guerras acaba, que só falta arrasar o Japão. Veja os termos da paz, Manu! Depois dessa, duvido até de mim.

A sensação dos sonhos. Vamos por aqui. Tentarei traduzir numa verdade meio pau, dessas que tanto nos desgosta: o mar, imagine você, é maior que a Terra, mas esse Brasil aqui, repare bem, é ainda maior que o mar — vai coisa muito grande, antiga e anônima por essas bandas onde tantas vezes nem estrada há para arriscar um desviozinho, nada de terra firme onde uma via pudesse ser pavimentada pelo esforço de artistas e cientudos. Há sim, vi com meus olhos, uns reinos d'água imensíssimos, formados por ilhas e povos moventes, mais ramificados na mata do que sangue no corpo, mais numerosos até do que os causos sem título se trombando na carnavália.

Já prevejo sua réplica: mas não é disso que sempre falamos? Nunca estive menos certo. A sensação há vinte anos era de nadar sem saber; agora é a de tentar puxar o ar para um mergulho de séculos abaixo. Lembra de minha incapacidade em descrever o pôr do sol sobre o rio Amazonas? Pois pegue daí, são umas maravilhosidades rosinhas assim que têm me tirado o sono, já que não sou mesmo dos patriotismos grandiosos, rançosos e suicidas de Getúlio (espero mesmo que morra, se não conseguir parar). Gosto, por exemplo, do Prestes não pela patente, mas pelo que era na Coluna, um senso bruto de justiça e pronto. Você bem sabe que já muito me arrependo dos maneirismos enciclopédicos com que tentei pintar a alquimia macunaímica. Não vou esconder meu orgulho em criá-la, mas é esse orgulho mesmo de tão diferentes Brasis o que nos arrasa. E longe de mim querer a união invencível dos corpos e mentes, essa utopia Rimbaud já nos avisava para evitar. Você sabe, sou comunista de circunstância, quando me cabe encarar alguma ignorância mais crescidinha. Também não sou dos manifestos, e nem preciso te lembrar do quanto isso tem me causado problemas entre os puros da brilhantina. Espero que amigos sinceros considerem minha "Meditação sobre o Tietê" como um contrapeso mais impuro à euforia da descoberta de nossa juventude no desvario da Pauliceia e nas terras todas que lhe grudaram desde Paris. Agora, até nossos esgotos imitam os de lá. É bom que fique por escrito.

Sobre esses sonhos que têm me distanciado ainda mais dos últimos ideais vou te colocar nos tim-tim por tim-tim. Você sabe, quem como você — os raros da terra, do jeito mesmo dos babalorixás — usa a poesia para conseguir no mesmo instante ser terno e safado sim, não vai duvidar do que tenho descoberto nessa série de sonhos que muito têm me deixado desacorçoado nas últimas semanas e cuja sensação tentei ilustrar nas primeiras linhas. Efeito dos remédios que tenho tomado desde a extração das amígdalas, e a descoberta de que algum grande fim talvez esteja digerindo o corpo desse seu camarada cansado pra cacete. A garganta é só a porta de entrada para outros infernos da carne, maninho. E sonhos são sinais de Freud (precisamos adquirir as novas edições de suas obras, dizem que a tradução é menos moralista, lembra de como o Pedro Nava insistiu nessa conversa). Sim, o buraco é mais embaixo — e o adágio popular traz uma gravidade duplamente irônica no meu caso. Essa coisa das amígdalas deve ser sintoma de outro grau daquela pleurodinia que quase me explodiu o abdômen todo. Saberemos! E então poderemos comentar esse meu possível caso classificável de doença banal, sem esses mistérios médicos que tiram a espontaneidade tão duramente cultivada por nossa gentalha na Taberna da Glória! Ai, mano Manu, saudades de ti, do Rio, de tudo.

Quanto faz desde nossa última troca? Você não deveria ter vindo apenas para o último dia do Congresso. Embora faça pouco mais de duas semanas desde que você deu esse pulo aqui, parece que a saudade só aumentou, não deu nem para atiçar os assuntos. Deixe estar, agora estou com o tempo ao meu lado para me desgraçar em devaneios e escrever com o cuidado do amor. Não posso mesmo sair da cama e tudo me é trazido em doses homeopáticas, pílulas, cartas, pratos, livros e pessoas. Ainda bem que finalmente tomei coragem de sair do Conservatório, depois de décadas. De todo modo, se não o tivesse feito voluntariamente, teria sido forçado a tal agora, com tanto trabalho e a saúde cada vez mais instável. Há anos digo, mano: esse euzinho aqui vai até os 52 no máximo. Com essa precisão mesmo, pode perguntar pra qualquer um dos nossos. Os amigos riem. Veremos.

Esta carta deverá sair como um boletim de uns tempos que morrem, ou assim desejo, se conseguir passar um pano nas lamúrias. Parece que foi ontem que desocupei às pressas minha casita aos pés de Santa Teresa. Foi um dos primeiros passos da morte. Num primeiro momento, a desculpa que me dei foi a mesma que distribuí aos amigos, um sem sentido de estar no Rio sem festa, vigiados e, no meu caso, finalmente humilhado. Afinal, eu não suportaria mais um carnaval em guerra, vendo os blocos de rua serem confinados no estádio do Vasco para que alguma festa aconteça. Esse ano foi terrível, com o assassinato do Matinada. Como é possível matarem o sambista da Portela, escola mais premiada, no meio do desfile? Só pode ser a guerra mundial mesmo. Não é possível que seja só a violência profunda do brasileiro. É pão e circo de romano brucutu também. Enfim, Manu, estou ressentido de não ter saído pra me perder mais nesses últimos dias de carnaval. Se é pra ficar na sombra, prefiro aquelas mais úmidas que conheço há mais tempo aqui pela Pauliceia. Claro que não movi tanto esforço para fazer esse retorno do filho pródigo apenas por algum ressentimento de arlequim, como já conversamos na ocasião, mas por questões concretas de saúde. Pergunte-se a qual de meus superiores na Universidade do Distrito Federal eu poderia pedir alguma ajuda financeira em caso de internação mais longa... Se quiseram me incorporar ao governo nesses últimos anos, foi apenas por uma tentativa de inocular minha voz. Aquele mesmo chefe de universidade que não cansava de me chamar na cara de mulato viado, seria ele meu benfeitor? O que mais se dizia por aí sobre mim? Posso imaginar algumas pessoas lhe trazendo ainda histórias tais aí na Capital Federal, meu amigo, assim como também prevejo o quanto você sempre me defenderá ao destacar em meu caráter alguma delicadeza nobre e sincera para com a vida. Até quando terei que ser macho-herói e aguentar esses desaforos? Mal tenho tido tempo para os projetos. As provas das obras completas não cansam de chegar e ainda tenho alguns arremates a dar em meus *Contos novos* e na *Lira paulistana*. Estão neles o que quero lembrar e que vem muito antes de qualquer sonho de glória. Eram só os vapores e foguitos da infância antes da juventude iconoclasta. Gosto do tempo em que eu ainda inventava meus próprios deuses, sem ter que destruir os demais em alguma senda de insanidade coletiva. É sobre isso esses *Contos novos*. Talvez meu último esgar daquela potente inocência deliciosamente impura tenha sido mesmo o *Macunaíma*, porém esse livro parecerá hoje, num tempo de guerra cansada, uma tentativa pedante de rir na cara do mistério dessas terras. Que piadas procurarão os soldados brazucas que retornam da Itália? Haverá música para esses ouvidos? Quem ainda quer as festas cívicas de tantos ditadores? Todos os rapsodos parecem se calar agora, querido Manu. Você ainda é daqueles que conseguem expressar esse silêncio com a dignidade das formas breves. A sua *Lira dos cinquent'anos* me chegou em boa hora. Sou demais irmão de ti nesses versos: "Mas eu salvei do meu naufrágio os elementos mais cotidianos. O meu quarto resume o passado em todas as casas que habitei." Pelo menos fiquei bobinho de alegre quando você me contou, na última carta, ter adquirido um refrigerador elétrico e uma radiovitrola! Só não lamento ter perdido a estreia dessas preciosidades, porque já faz, contando agora, mais de quatro anos desde que saí daí. E também porque aqui, na casa da mãe, rodeado de tantas pequenas importâncias, sinto-me cada vez mais só e não bastam as visitas dos que me querem bem sem pedir favores. Não só Dona Mariquinha, mas igualmente as tias, sobrinhas e agregadas querem mais curar a si mesmas do que a mim nos cuidados que me devotam. Dedico o resto de paixão em minhas horas esparsas aos papéis e a uma janela. É desse canto que te falo, espero que ainda ressoe alguma música. Os sonhos, aqueles que vim pra contar, começam aqui também, mas me levam além. Querem algo de mim, como quem vasculha xepa de feira. Faça diferente, mano, e me escute como quem se cala para a noite.

Lembra de quando visitamos aquele terreiro? Lembro risonhamente de você ter dito sobre o quanto havia se sentido todinho "enxergado", como acontece na grande poesia. Pois bem, tente filtrar aquela sensação de suas memórias. É algo assim que tenho sentido com a tal série de sonhos. O primeiro me veio quando ainda estava no hospital, os pontos na garganta latejando todas as angústias. Certa noite, enquanto observava o soro gotejar, caí num sonho de muita chuva. Talvez eu estivesse mesmo dentro das nuvens, em seus ajustes elétricos. Certo é que vi de cima o grande monte Roraima, até então meu conhecido apenas de ilustrações medianas em revistas coloridas e de algumas fotos que recebi no Departamento de Cultura. Não sei se foi o Lévi ou o Câmara que me enviou. Sei que nunca estive lá. O nome da montanha misteriosa sequer me foi cogitado naquela viagem de 1927 para a Amazônia. É algo das mais longes lonjuras. Li que os próprios nativos até hoje não sabem como alcançar seu topo. Não é à toa que o autor do Sherlock Holmes escolheu exatamente essa localidade como último reduto perdido dos dinossauros, na novelinha famosa. Mais verdade é que o blocão antigo é mais do que sagrado para os povos de onde tirei o Macunaíma. O Koch-Grunberg fala bastante disso no livro de onde pincei as lendas. Para aqueles povos, o monte Roraima é um resquício ou toco fenomenal da árvore da vida, mito que se encontra em quase toda cultura, garante o Lévi. Mas sobrevoá-lo em sonho era tão real quanto esse calo que me impede de escrever mais rápido. Eram umas conformações rochosas muito específicas que eu não saberia descrever, mas que pude confirmar depois que acordei num almanaque geológico que acabei achando por aqui. Vou te poupar de descrições e coincidências insistentes. Basta dizer que, no sonho, fui baixando até a superfície daquele topo, onde vi meus próprios personagens, Jiguê e Maanape, ocupados em ajudar o parto de seu irmão Macunaíma. Maanape já tinha seus fios de prata nos cabelos longos e parecia usar os adornos de um grande feiticeiro — pelo menos assim intuí —, Jiguê era bem atlético e vigiava a cena. Não havia uma parteira, só aquela mãe puxando seu próprio filho para a luz. Eu via pouco ou quase nada, a chuva entre nós embaçava tudo e o medo galopava entre as costelas a ponto de me paralisar. Talvez fosse apenas meu inconsciente a me mostrar que eu ainda tinha um corpo a ser cuidado. Titia certamente diria se tratar do próprio Deus me contando algo sobre meu próprio renascimento. Eu já acho que era bruxaria mais da pesada, ainda bem. Não ouso pronunciar os nomes dos deuses que possam ter me enviado seus recados. Uma coisa é certa, mesmo vendo-os à distância, alienados naquela situação urgente, era como se eu ouvisse suas vozes muito próximas atrás do ouvido. Elas tentavam me contar a estória histórica, a que eu não pude narrar com os dados a que tinha acesso até 1928, quando publiquei a narrativa do herói sem nenhum caráter. Não me lembro de todos os detalhes. Jamais poderia medir se as vozes que ouvi vêm de alguma fonte suprema. Desejo que tenham vindo de alguma fonte proscrita. Um dia tento te contar essas vozes em detalhes. Espero sinceramente ter esse dia.

Melhor eu contar logo o pior desse primeiro sonho. Pululando de uma rocha a outra ao redor do grupinho aflito, eu vi o bicho-homem, Manu. Makunaimã era o nome verdadeiro, o Deus mesmo que usei para construir meu personagem. Estava já velho, desdentado, esperto no olho e cansado na carne, nem índio, nem preto, corcundinha e rindo da minha cara. Seu deboche trovoava junto com o céu, enquanto pronunciava direitinho a seguinte sentença, me olhando bem no fundo: lá vem Miss Macunaíma!

Sei que você vai rir. Vai dizer que ando tendo esses sonhos porque não me livro mesmo do trauma desencadeado com a crítica maldita do Oswald.

Pois saiba até que o defendi ultimamente para o Antonio Candido. Você sabe, nas comemorações dos 20 anos da Semana, não deixei de exaltar seu papel heroico, se assim o querem, como idealizador e articulador, além do grande escritor que é. Espero que finalmente esteja menos enciumado. Se hoje não tem o tipo de reconhecimento que gostaria, é muito por ter desprezado os iniciantes e ter nutrido tantos inimigos declarados. Heroísmo dos puros de coração ou ressentimento dos egocêntricos inférteis? Que continue a desdenhar de minha disponibilidade aos mineiros, cariocas e nordestinos como se eu fosse um Sócrates sedutor de inexperientes. Agora nem seus amigos europeus parecem validar seus projetos, embora eu seja um dos defensores desse seu último livro, o *Marco zero*. Quem sabe ali encontre o que lhe falta de arte no calor das ideologias. Mas não deixa de ser ridículo o contraste entre seu narrador cientista soviético e as falas que tentam imitar o caipira, demonstrando que caipiras e comunistas estão mesmo em lados opostos na construção de uma língua brasileira.

Desculpe pela exposição de uns ressentimentos cicatrizados, Manu. Queria apenas demonstrar que hoje posso falar um pouco melhor sobre o assunto, passados quase vinte anos de rompimento. Sei que ainda é pouco e raso. Talvez um dia, em breve, eu aborde a questão em detalhe. O que importa desse assunto para o tal sonho é a absoluta humildade com que tentei receber o insulto repetido por minha própria criação. "Miss Macunaíma! Miss Macunaíma!", Makunaimã repetia enquanto eu flutuava perdido no sonho. Talvez eu devesse mesmo ter assumido mais esse ponto agudo, essa coisa que chamam de doença do homossexualismo e, assim, pôr de vez minha carreira a perder, ser a chacota geral da nação. Optei sempre por esquecer de mim e recolher histórias maiores que as de nossos moralismos familiares e afetos individuais. Dar nomes é atender a esses moralismos, e acho que fui suficientemente explícito sobre meus afetos verdadeiros, ainda que malditos, nesses últimos contos que deixo. Em breve te mando uma cópia. Espero não constrangê-lo durante a leitura, como nas vezes em que achei um jeitinho malandro de lhe escrever que você é uma espécie de namorico meu. Perdoa mais uma vez meus derramamentos,

Manu. Você é o primeiro amigo a quem entrego essas angústias porque é aquele com quem mais consigo me aproximar da leveza dos fatos.

Esta carta vem para dizer tudo sem dizer nada, mas sei que vai pegar o impulso que a move. Talvez seja apenas uma introdução ao medo de uma noite definitiva. Quem não teme a morte, irmão? Em todo caso, há tempos mais urgentes que outros, não se pode negar, o problema é que poucos corpos aguentam. Não posso dizer que não tirei algum prazer desta lombriga esticada que me carrega, corpão de virar tripa. Também não posso negar que tentei disfarçar os marrons e verdes de minha dentição malcuidada com um belo aro de ouro nos olhos. Na minha identidade está escrito que sou branco. A gente faz o que pode. Mas não posso mais ser animador de festinhas no Theatro Municipal, no Automóvel Clube ou em algum casarão do baronato cafeeiro. As coisas mudaram, saudades dos tempos de Dona Olívia e da Kyrial. Também há tempos desisti de ser polemista nos jornais de quem não nos lê, você sabe. E agora não posso nem mais contar com dinheiro público, depois de anos de dedicação em registrar a cultura popular de norte a sul fui despedido ingratamente. Se a saúde resolver ficar um pouco mais teimosa, deverei continuar lutando para ter a estrutura necessária a uma velhice tranquila. Mas já não tenho esse sonho. Tenho outros. Mal sabem eles, mal sabem eles o que colocamos em nossas radiovitrolas e refrigeradores elétricos, Manu.

Obrigado por ler essa espécie de inventário até aqui, sei que o fez com amor. Espero chegar vivo até o final do ano. Ainda tenho tanta coisa para fazer! O Brasil é maior que o mar! Portanto, mano velho, me deseje uma boa recuperação. Me conte sobre a repercussão do livro novo, quero ser feliz com quem merece. E mande lembranças pimpolhas a todos por aí. Aos mais jovens e aos que têm medo da morte, diga que estou bonzinho--bonzinho, só um pouco velho demais para todos os entusiasmos.

Mário

MAANAPE, FEITICEIRO

Quer saber quando Macunaíma nasceu? Não mede em calendário não. Nascer não é o que acontece no parto, no grito da criança, na violência da luz. Não é pôr as coisas para fora de suas casas-barriga, marcar nome e data. Tempo é outro, mistura de mortes na lenta decomposição da lama, a vinda gradual da violência das águas, as vozes desde sempre amarradas umas às outras na mata subindo, na chuva descendo.

Os primeiros sinais vieram dos macacos-prego. Não nos surpreende que gostem de se aglomerar em galhos próximos para gritar em bloco contra os povos do chão, dizemos às crianças que no alto das coisas esses irmãos pequenos conseguem se unir num único espírito de muitas cabeças. É fácil reconhecer se uma jaguatirica foi pega por uma onça-pintada quando os pregos sacodem toda a madeira da floresta, urrando de prazer e revanche enquanto assistem a dois de seus piores predadores se rasgando para decidir quem dará o último golpe. Em situações assim, reconhecemos o sarcasmo desses macacos vindo do alto, cortando suas gargantas como crianças crescidas demais. Como já foram gente nos primeiros tempos e preferiram abandonar as palavras — assim como fizeram todos os outros bichos, plantas e coisas da lama —, os pregos guardam algumas memórias desse tipo de vida que levamos: sabem lascar uma pedra na outra até descobrir o corte da lâmina, sabem lembrar o suficiente para nutrir ódio ou planejar vingança. Porém, naquele ano, deram a se agitar muito mais e por motivos que antes os deixavam indiferentes, como a simples aproximação de um casal de araras. De fato, logo começamos a notar que as vermelhas pareciam só espanto; indicavam querer descer para o sul, sair da serra e entrar mais no Império da Mata Virgem. Algo vinha do Grande Norte.

Isso foi em 1499, pude medir depois. Mãe contava que antes só nos chegavam da Costa Selvagem umas poucas lendas sobre parentes que teriam nos ensinado a fundir o ouro que usávamos sobre o corpo num tempo em que o metal valia menos que pena de pássaro. Contava que esses parentes do mar eram os melhores canoeiros do mundo conhecido. Foram os primeiros a sair do rio Orinoco, subiram para o litoral até as ilhas que acabaram ganhando seu nome, Caribe. Quanto a nós que nos mantínhamos escondidos no alto das cabeceiras do rio do Veneno Antigo, como chamamos o Uraricoera, muitas vezes nem usávamos canoa. Ao nosso redor, uns fixavam a raiz de mandioca por ciclos que não duravam mais de uma geração, outros continuavam a tradição de correr de mato em mato. Não nos separávamos das línguas secretas que deixam sua magia em cada folha, grão, cipó, raiz, fera, fibra, caminho d'água. Quando um de nós migrava para o Norte, tínhamos que sair da serra que fica no limite do Império da Mata e atravessar La Gran Sabana, com escala pelo monte Roraima. Só os mais destemidos desciam até as terras que hoje são da Venezuela e Guianas para atingir o Grande-Rio-Sem-Margem. Mãe contava sobre aqueles que ousavam nunca retornar do mar, se é que lá haviam chegado um dia. Eu e Jiguê adorávamos quando ela contava que os guerreiros viventes à beira desse tal de rio Oceano eram bons arqueiros de longas distâncias e tinham os braços mais fortes por causa do remo. Quanto mais velho fui ficando, melhor entendido do tamanho do mundo, mais fui reconhecendo a verdade das palavras de mãe. Nós daqui da Mata de Dentro éramos menos braço e mais perna e, desde os tempos dos avós já esquecidos, dominávamos a arte dos venenos. Conhecíamos praticamente qualquer folha, raiz ou secreção que se misturasse bem com as intenções da morte. Soprávamos seu poder em zarabatanas finas como o cabelo dos deuses. Mãe tinha razão, preferíamos as artes secretas.

Estávamos isolados tanto desses conquistadores do mar quanto das grandes trilhas que descem do céu dos incas para as terras guarani. Antes da chegada dos leite-sangue de cara peluda, até os mais fortes entre nós evitavam sair da Pacairama, com seus morros bem defendidos no escalpe e veneno. Sentíamos as mudanças de longe. Éramos feiticeiros bem reputados, sentíamos o medo dos parentes de outras línguas a uma distância impossível. Nossos xamãs costumavam descer a serra empunhando grandes machados de pedra em cada mão e, com sangue de urucum borrado na cara, espantavam os invasores sem que nossos guerreiros precisassem desagachar. De longe, com seus gritos idênticos aos das feras que precisam de um único rugido, nossos feiticeiros provocavam a retirada enquanto erguiam pedras polidas e afiadas como bico de tucano. Nossa melhor técnica de guerra era a apresentação, quase nunca abordávamos algum oponente corpo a corpo. Éramos os senhores do invisível.

Mas tudo isso foi antes da faca e do tiro. Não estávamos acostumados a lidar com a onda de agressividade que víamos crescer numa reação em cadeia com a proximidade dos leite-sangue de cara peluda. Só mais tarde descobrimos que naquele longínquo ano de 1499 a estranha agitação dos macacos-prego tinha sido desencadeada pelo caos provocado por uma gripe que fez tombar milhares de litorâneos nos meses após o empreendedor Alonso de Ojeda aportar na foz do Orinoco para as primeiras trocas com os nativos do continente. Chegou até nós só muito mais tarde a lenda de uns tais objetos possuídos por espíritos que deixavam o corpo para baixo por dias e noites até matar sufocado tanto velho quanto jovem e criança. Do seu jeito, a mata nos tinha avisado.

Em 1510 eu ainda era um garotinho ouvindo vozes de sonhos durante o dia, devia ter uns cinco anos ou mais quando o mesmo espanhol aportou de novo no Orinoco e ergueu uma fortaleza. Tivemos a notícia com um ano de atraso, durante a estação das tempestades. Um grupo de guerreiros macuxis, conhecidos dos banhos matinais, veio nos contar de quando subiram o rio e trocaram com uns nativos desconhecidos ouro por faca. Nos mostraram o objeto afiado, o metal lisinho como água parada, o cabo bem polido em madeira estranha. Nunca tínhamos visto coisa assim antes, nem faca, nem troca por ouro. Contaram ainda que esses nativos misteriosos garantiram ter visto alguns leite-sangue de cara peluda baterem em homens cor de noite para que esses erguessem depressa uma maloca de pedra que cuspia fogo, a tal da fortaleza. Era a primeira vez que ouvíamos falar sobre os africanos. Disseram também que os leite-sangue de barba brava teriam vindo com canoa do gigante Piaimã. Eu e Jiguê achamos engraçado e absurdo, afinal as únicas gentes que tinham malocas de pedra eram os reis incas da cordilheira, no extremo oeste do nosso mundo, como sabíamos por lendas muito indiretas.

Meses depois de termos conhecido a primeira faca, alguns amigos wapichanas nos contaram agitados que os tais nativos aventureiros do ouro tinham se unido a outros nativos da boca do mar para envenenar numa madrugada silenciosa cerca de oitenta desses leite-sangue de cara peluda. Os poucos sobreviventes teriam entrado no barco gigante e sumido no rio Oceano. Dessa vez não havia como duvidar de nossos amigos, nós próprios já havíamos percebido que o Império da Mata realmente tinha voltado a vibrar mais no prazer que na destruição. E assim prosseguimos por oitenta anos. Em outras partes do litoral brasileiro, as pestes ceifavam mais que a escravidão.

Isso é o que lembro de mais antigo, nessas primeiras décadas de nossa infância. Nessa época, a gente não questionava mãe sobre qual dos homens seria nosso pai, entre tantos que desciam com ela para os igarapés à noite. Pai era todo velho que soubesse demais. Em nossa imaginação infantil, era extraordinário que vivêssemos em cerca de sessenta na mesma morada; nenhum povo do chão conseguia tanto, só os viajantes do céu. Nos dias de chuva quente e suave com sol e arco-íris, os meninos com pelo, impacientes por aventura, contavam para os mais novos sobre seus sonhos de um dia se tornarem o grande Makunaimã, capaz de transformar o maior bicho em pedra e correr os mundos. Os avós, quando flagravam essas conversas, nos diziam para temer todo aquele que segue suas próprias leis. Eu era o primeiro a ficar quieto e ouvir. Nas festas anuais, era nossa mãe quem puxava o bailado cantando a transgressão do ousado filho de Wei, a Sol. Eram cortantes as notas em que repetia sobre como o monte Roraima havia sido, no início das águas, uma árvore tão gigante que media aldeias de espessura e rios de altura. Tudo o que é de árvore, seja bicho ou fruto, dava em seus galhos que projetavam uma sombra enorme no mundo-floresta, botando medo, admiração e palavras na boca dos homens-gente. Só Makú--sem-lei ousou sacudir o céu para colher um pouco desses excessos. Subiu onde voz humana não é bem-vinda. Ficou furioso quando foi expulso pelos gigantes de lá. Tombou a árvore quando desceu e, desde então, que é quando a gente chama início, todo mundo aprendeu que podia comer um número tão diverso de frutos da mata quanto existem estrelas no céu. Era lindo ouvir mãe cantar assim. Todos cantavam juntos quando chegava na fala do traiçoeiro filho da Sol.

Aqui de volta
No verde-azul
morada onde se aprende
pedra na pedra erguido
no toco que restou
da árvore Wazaká
Makú nos sopra
O gigante Piaimã ecoa
O nome e a forma
de cada coisa que tem
no espírito e pode
acontecer no mundo

sou filho da Sol delícia
dividida entre caça e preguiça
querendo, por sonho
ser força de estrela
mundos de fora, dentro
da floresta, o chão
é de outros deuses, mortes
outros prazeres em vão

Essa era a canção que melhor nos traduzia naqueles anos. Porém, em 1581, bem na época em que eu e Jiguê mal entrávamos na idade de raspar os pelos, começaram a aparecer outros sons na mata, ruídos que nem os avós mais submersos na lama do tempo souberam identificar, e que geraram conflitos sangrentos que nem tanto tempo depois consigo compreender.

Eram os leite-sangue novamente, desta vez mais próximos de nossa serra, aquartelados na foz do Essequibo. Esses que vocês chamavam de holandeses aceitaram trocar com nativos armas de fogo por cativos de guerra, tinham armas sobrando após terem perdido sua própria guerra contra os espanhóis. A derrota trouxe ao menos a permissão de empreenderem negócios, como entediam, nas possessões de seus vencedores na Costa Selvagem. Foi quando a desgraça chegou até nós. Hordas de guerreiros caribe e aruaque, armados com pólvora, começaram a descer do litoral para o sul em busca de novos cativos de troca entre nossos parentes mais próximos. Correu longe a história de uma noite em que uma maloca arekuna foi invadida e todos os jovens fortes foram levados com corda estrangeira no pescoço, enquanto os mais velhos eram mortos pela flauta de metal possuída com a força do trovão. O que mais nos horrorizou foi que semanas depois os invasores voltaram e levaram também as mulheres. Uma fugitiva chegou a relatar que a intenção dos inimigos era conduzi-las a deuses maiores, em casas de pedra, onde serviriam no pão e na rede, enquanto seus homens deveriam matar todos os bichos do rio, com preferência para as tartarugas. Não sei como comiam tanta carne, supus que sua merda devia ser horrível, como pude constatar na década de 1780, mas isso não tem a ver com o nascimento de Macú.

Com a chegada desse grande desequilíbrio, todas as alianças nativas conquistadas ao longo de gerações foram desfeitas. Em poucos anos, não confiávamos mais em nossos próprios amigos. Muitos passaram a escravizar para não ser escravizados, outros preferiam se entregar voluntariamente descendo sozinhos até a nascente do Essequibo, aos pés de nossa serra, para oferecer músculos fortes àqueles homens que explodiam cabeças a muitas corridas de distância com força de trovão nas mãos.

Em 1585, nos chegou a primeira palavra dos leite-sangue para dar nome à nossa Serra da Pacairama: El Dorado. Fomos eu e Jiguê que descobrimos, por ocasião de nossa iniciação, eu como aprendiz de pajé, ele como aspirante a cacique. A prova de meu irmão era me conduzir com segurança até a última cachoeira antes do Uraricoera desaguar no rio Branco, onde eu realizaria minha própria iniciação ao colher uma semente rara que macerada ao pó de yacoana potencializaria a dança dos mortos e inascidos. Nunca havíamos ido tão longe no espírito e na mata.

Chegamos à confluência dos rios onde demonstramos a alguns interessados o poder de nossos venenos. Jiguê mantinha firme uma capivara no laço para que eu soprasse o espinho definitivo. A rapidez com que fizemos o animal tombar gerou um clamor por mais. Estávamos começando a definir os termos de uma boa troca pelas sementes que eu buscava quando toda a atenção do rio se voltou para onde desciam as águas, ao sul. Um bando de cri-criós veio na contracorrente, os bicos longos vociferando silvos breves de alerta. Os canoeiros que subiam à frente, em fuga, gritavam alertando os mais distantes. Eu e Jiguê abandonamos a capivara e subimos o barranco para longe do rio. Achamos um pedaço de mato que nos permitia ficar ocultos e espiar. Por um longo tempo ouvimos crescer um rumor de vozes unidas em compasso de remo. Pensamos se tratar de algumas dezenas de pescadores vindos de alguma aldeia mais vasta próxima do Vale das Amazonas, mas logo o barulho tomou proporções que deixavam evidente se tratar de centenas ou milhares de homens. O assombro geral denunciava que ninguém ali tinha visto tanta gente junta antes, não era uma surpresa apenas para dois habitantes das altas corredeiras, como eu e Jiguê. Foi então que se tornou mais nítida por trás das folhas uma tropa com mais de duzentas canoas grandes, de um tipo que não circulava por ali, revestida de couro de anta. Eram os temidos parentes do mar, adivinhamos. Em cada canoa vinham uns dez nativos, muitas mulheres também a bordo, centenas de lanças apontadas em todas as direções. O cortejo parecia a visita de um ouriço-cacheiro gigante. O centro do corpo era uma embarcação dez vezes maior que as melhores canoas e toda feita de encaixes precisos e monumentais. Usava força de vento em grandes peneiras de trama fina, estendidas em troncos altos. E tinha duas casas, uma na cabeça e outra no rabo, de onde saíam os tais homens cor de leite-sangue de barba brava enroscando na boca. Um deles trazia o corpo todo coberto por uma carapaça de couro preto brilhante com peças de ouro e prata. Foi o primeiro a erguer cano de metal e explodir um fogo tão agudo que era como se as águas do céu, em vez de gotejarem, tivessem caído todas de uma vez, esmagando o mundo.

Estavam tão próximos de onde eu e Jiguê nos escondíamos que tememos fazer rolar alguma pedra e nos denunciar àqueles olhos peludos. Um jovem ousou aparecer na margem, chacoalhando sua lança com risos soltos de quem entendia de tecnologia também, em sinal de paz. Outros vieram atrás. Do alto da barca, o homem com a carapuça preta olhava para o horizonte se alimentando de um mal que ninguém mais via. Emitiu para seus aliados algumas palavras desconhecidas entre nós, as quais intuímos serem inspiradas por um desejo forte, manchado pela seriedade das causas.

Um nativo mais velho, de barriga farta como mulher com bebê, saiu da comitiva deles e levantou a voz estendendo o que parecia ser uma lâmina quadrada e muito refletora. Imaginei que fossem tão poderosos que podiam subir até a Sol e voltar com um pedaço de sua luz nas mãos. Era um espelho o que aquele nativo gordo trazia na mão. Ficamos tão em alerta que pedi sussurrado para que Makunaimã nos proviesse com uma camuflagem de barro e pedra. Ele também era filho da Sol, poderia interceder. O homem barrigudo girava o objeto no ar com gestos mágicos que reconheci, sendo aspirante a xamã, mas sua voz não era possuída de espíritos. Era, ao contrário, assustadoramente cotidiano. Perguntava pelo país de El Dorado, onde o jade despontava da terra em competição com as esmeraldas e onde os homens vestem ouro para dançar. Queria saber se nossos rapazes conheciam lendas sobre esse lugar ser afinal um tal de lago Parima, por essas redondezas.

Meu coração gelou, eu e Jiguê nos olhamos instintivamente. Eles falavam de nosso território, com a exceção de que sabíamos que o Parima havia secado muitas eras atrás e suas riquezas distribuídas entre povos que depois enterraram por toda a floresta a riqueza de seus mortos. O único rastro desses tempos antigos entre nós naqueles anos, como já mencionei, era nosso hábito de pendurar placas de ouro amassado no corpo, em festa de louvação. Havíamos nos mantido até então isentos do comércio desse metal, principiado ao norte. Nosso pavor naquele momento era perceber que também éramos perseguidos pelo sul e que parentes de outras terras ajudavam os inimigos.

Tentamos em vão ouvir o que os rapazes responderam ao falso xamã, tamanha era a turba de vozes que se levantaram querendo indicar algum caminho e até mesmo se oferecer de guia. Pudemos ouvir um deles exclamar claramente a palavra Uraricoera, porém outros nomes foram lançados por cima. Na dúvida se seguiam pela bifurcação à esquerda, onde começa nosso rio do Veneno Antigo, ou, se continuavam pelo Branco, acabaram optando por acampar guarda. Alguns desses nativos mancomunados com os brancos começaram a lançar redes de pesca que nos espantaram. Minha mente estava escura. Disse a Jiguê que era tempo de fugirmos por dentro da mata até o ponto onde havíamos atracado. Quando chegamos lá, nosso barco havia sido roubado.

Levamos quase um mês para voltar para casa. Subimos a pé ao longo das corredeiras do Uraricoera, sem criar briga com ninguém. Nosso assunto repetido era o contato. Tentávamos descrever detalhes e adequá-los à nossa realidade. Ao mesmo tempo, temíamos que aparecessem de novo, se bem que sabíamos que seria impossível alçarem aquela barca impressionante pelas corredeiras do rio do Veneno Velho. Não seria dessa vez que nos encontrariam.

Apenas três anos depois, em 1588, quando já tínhamos notícia de que toda a Costa Selvagem ao norte estava tomada com esse tipo de atividade, vimos chegar a nossas terras os ipurugotos. Eram cultivadores do vale que existe entre nossa serra mais interior, na Pacairama, e a serra dos caribe, mais próxima do mar. Talvez por não precisarem tanto, não eram os melhores caçadores. Foram alvo fácil dos litorâneos aliados aos europeus. Receberam chumbo grosso e tiveram os mais jovens levados. Após várias dessas ondas de sequestro, os ipurugotos aceitaram que a guerra era assunto decidido ao norte e buscaram refúgio migrando para nossos morros. Aceitamos sua presença como condição de uma situação já enraizada que batia irremediavelmente a nossas portas.

Não guerreamos com os refugiados, mas vimos a fome e a epidemia chegarem pela primeira vez em nossos campos compartilhados. Nosso conselho de anciãos, diante de tantos corpos tombados pela febre e pestes, chegou muitas vezes a decretar o exílio de quem fosse visto com quem já tivesse tido contato com algum homem branco. Mas não demoraria para que até os homens mais cautelosos começassem a receber de povos amigos os famosos machados e facões de metal. Mesmo sem contato direto com os engenhos europeus, começamos a admirar sua matemática.

Por quarenta anos, até os portugueses finalmente entrarem em nossas casas, eu e Jiguê vimos grande parte de nossa adolescência desperdiçada, envolvidos em narrativas mais densas do que as versões que ouvíamos na infância. Passamos a buscar conselhos diretamente com os enviados da morte, até que um dia finalmente chegaram. Foi nesse dia que mãe ficou grávida da criança que insistiria em chamar de Macunaíma, na esperança de que o destino do filho temporão nos guiasse por alguma trilha menos sombria nos tempos que viriam.

Mas nomes não conto mais, sou velho o suficiente para escolher o que levo como segredo ou esquecimento. Guardo mais de quinhentos anos no escuro, sei até quando sobreviverei.

São Paulo, 16 de fevereiro de 1945

Amigo Raimundo,

Um alô até Belém! Espero que ainda se lembre de seu Mário, o amigo paulista suarento. É a segunda vez que tento entrar em contato contigo, depois de quase uma década de ausência. A primeira foi há uns dois anos, quando lhe postei um exemplar de meu livro *O turista aprendiz*, onde, entre tantas, conto nossas perambulações pelo Amazonas até o Peru e a Bolívia em 1927. Você deve se lembrar de que nos correspondíamos mais, nos primeiros anos após a viagem, eu havia prometido publicar as notas que você me via fazendo — meu "caderninho misterioso", você dizia no convés do vapor, tentando me espiar deitado na espreguiçadeira ao meu lado. Pois bem, o livro saiu sem muito mistério e com algum luxo, depois de muito corte e arremate. Nem mesmo cito os nomes que mais se acamaradaram de mim durante a viagem, como o seu, meu amigo. Talvez por isso você não me tenha respondido mais. Também é provável que tenha se mudado e nem recebido o livro. Quando resolvi postá-lo, foi difícil achar seu endereço entre minhas pilhas e gavetas de registros obsessivos. Infelizmente, não encontrei suas cartas, perdi muitas coisas em mudanças que fiz, mas achei o registro escrito com sua própria letra no meu diário velho. Lá se vão quase vinte anos! Você deve estar casado, ter filhos, ocupações mais determinadas talvez — você era bem obstinado, eu me lembro de quando Dona Olívia o contratou para nos acompanhar na viagem como garoto de bordo, estava claro que seu espírito aventureiro tinha uma ambição maior do que apenas conhecer o mundo. Agora você deve ter entre 30 e 40, a idade que eu tinha na época em que nos conhecemos. Quero acreditar que você ainda tem um brilho de futuro no olhar. A última notícia que me lembro de ter recebido de ti é a de que tentava um cargo como oficial, alferes, se não me engano. É possível, enfim, que você tenha se tornado marinheiro com salário, direitos, e esteja nas ilhas do Caribe. Te desejo assim, meu amigo, mesmo que nunca receba esta carta.

Já não tenho esperança de chegar a ti novamente, nem por papel, talvez por isso sinto a felicidade de poder nutrir uma sinceridade mais tola que tem me faltado nas missivas com amigos. Com eles, devo ser o Mário conselheiro, aquele que esprema mais um tempinho para responder o que é urgente. É isso o que me tornei, meu amigo, rastros de urgências acumuladas. Lembra de como nos irmanávamos na aventura? Podíamos guardar todos os nossos impulsos para um sonho vindouro. Em meio a tantos desejos que nos cruzavam naquele barco a vapor, nos maxixes da terceira classe, nos menus exóticos da primeira, ambos nos colocávamos como aprendizes um do outro na aventura. É sempre nos momentos de maior riso que me lembro de nossa tentativa de adentrar pela mata e achar uma festa do boi, seguindo os boatos sobre um vilarejo próximo. E não foi que chegamos lá e era um lugar de cachaça boa! Você deve lembrar dos risos de perplexidade de Dulce e Mag pelo caminho de mato fechado. Eu, uma década mais velho, confiava mais no impulso de vocês do que em minhas botas anticobras. Havia um consenso tácito entre nós de que todos éramos crianças. Quando chegamos de volta ao barco, ainda fomos acordar os garçons para pedir mais cachaça com a desculpa de que precisávamos nos prevenir contra um possível resfriado, encharcados que estávamos. Você se deliciava em me ver perder o controle, tão diferente das reuniões oficiais com os poderosos do Amazonas, em que você ficava perplexo com meu tédio pelas pompas e formalidades dirigidas a mim e Dona Olívia. E eu ria pra cacete do seu deslumbre pelas casas de lustres altos e salões com afrescos no teto. Você ficou tão pequeno quando entrou no Teatro Amazonas, ao mesmo tempo com o peito tão cheio... como era bom ver você descobrir o mundo! — acho que nunca te disse assim. Pode me achar um velho bobo.

Imagino que me viu do mesmo jeito quando entrei na mata. Pude sentir o descrédito que você me deu por querer ter escrito um livro misturando mitos indígenas e africanos, você que é — desculpe por trazer categorias agora — cafuzo na raiz, você que, agora vejo, tanto alimentou algumas impertinências do meu herói. Realmente, eu fazia a viagem para verificar a pertinência de meu Macunaíma e rever com cuidado o impulso original que me havia feito escrever o primeiro rascunho em duas semanas intensas, estendido numa rede. Eu queria aquela mesma alegria boba. E tantas vezes, sem saber, você me deu essa alegria muito mais do que a corrente morosa dos rios.

Sim, essa é uma espécie de carta de agradecimento. Mas ainda não cheguei ao fundo para dizer o porquê de tal gratidão. Se você finalmente tiver achado essa carta, não se constrangerá de permanecer comigo por mais dois minutos de grave insensatez. Peço apenas que não me leia em tom de poesia, nem de fofoca. Veja se consegue lidar tranquilamente com a enunciação de coisas proibidas e depois me enterre. Como sempre, estou bem magro, não serei difícil de conduzir ao túmulo, apesar de grandalhão — se é que você me permite uma brincadeira dessa agora, depois de atiçar fogos ocultos.

Antes dos fogos — que serão águas — tenho outra urgência pra te contar. Talvez você, Mundinho, nascido da mata funda que já brota desde Marajó, me entenda com mais razão. Tenho tentado compartilhar certas experiências com outros amigos, mas não sei se com o devido apuro. Todos os meus colegas da cultura louvam demais magias e feitiçarias antigas, mas detestam ter de ouvir os que realmente acreditam nessas forças. Os que preferem me depredar dizem que sou carola, mas de minha fé não sabem nada. Criticam a forma de meus textos para me acusar de formalista, sem pressentir em minhas linhas os becos onde transgrido minhas crenças. Mas histórias de vaidade não interessam para nosso assunto.

Quero te contar de uns sonhos, umas mensagens da mata que tenho recebido, tão ferozmente coerentes quanto estapafúrdias. Desde que voltei para a antiga casa de minha família em São Paulo, sinto penetrar em conhecimentos que não aprendi senão em sonhos, mas que precisam ser narrados.

Lembra de como a gente brincava de pular de um lugar para o outro, durante três meses, sempre se deixando conduzir a esmo pelos interesses turísticos diversos que nos indicavam? Queríamos saber de onde vinha mais mistério. Mesmo para você, um garoto criado numa cidade grande como Belém, a mata era um susto. Levávamos nossas melhores histórias para lá, todos os nossos medos, e esperávamos superá-los por meio de forças ocultas, flechas-surpresa, tolices de quem via muito mais estadunidense matando índio no deserto do que gente tentando sobreviver na mata real. Lembra de quando vimos a cara endemoninhada do homem que vestia a cabeça do boi? Brasil é palavra pequena para traduzir as antiguidades que aquela cabeça suada trazia. E escritor é profissão incabível para descrever o caso. O que sabemos nós dessas pessoas que ouvem as vozes de todas as coisas? Pois acredite em mim, mano Raimundo (que me puxava pelo braço onde o caminho era escuro e espinhento), eu tenho visitado em sonho as vidas reais de meus personagens. Às vezes sinto que é algum tipo de punição por eu ter desvirado histórias que não me pertenciam, na fantasia do que se chama literatura, mas na maior parte das vezes acordo maravilhado com a glória da experiência. Ontem à noite, por exemplo, sonhei com o pai de Macunaíma, personagem que nem cheguei a imaginar antes. Como nós, gostava de pular de lá para cá. E veio de muito mais longe do que jamais fomos no mundo. Como o filho, tinha suas ambições particulares, suficientemente fortes para que saísse de sua terra sem previsão de volta. Que incríveis essas grandes migrações tortuosas! É isso que me espanta no Brasil, é isso que me espanta em você, esses tempos diversos misturados numa alma aventureira, tantas vezes capazes da maior violência pela menor das doçuras. Queria ter mais alguns anos para escrever essa história. Queria ter parado na juventude, sem a arrogância de seu desvario. Ao menos deixo registrado para alguém importante o quanto essas vozes foram sonhadas. Deixo registrado que o pai de Macunaíma também existiu.

Queria tanto que você o tivesse ouvido também, rapaz. Por que você? Para responder a essa questão, preciso tocar em outra importância, uma tal noite de que talvez você nem se lembre. Foi quando aqueles velhos seringueiros da terceira classe me pediram para cantar todas as modinhas de sua terra e me mostraram outras. Meu entusiasmo era tanto e tão sincero para anotar todas as cifras que nem me reprovavam a voz de taquara rachada. Sou afinado apenas com o piano nas mãos ou em coro, mas posso me orgulhar de ser um dos maiores colecionadores de nossa música. Sim, músicas que sempre quis chamar de nossas e misturar na mesma sessão de vitrola. Pois bem, naquela noite você ficou especialmente inflamado, pensando na matemática mágica das cordas e sopros. Veio me dizer que admirava os artistas que viajavam pelos palcos do mundo. Foi atrás de pedir para o copeiro sua viola emprestada e veio exibir pra mim uns dois ou três acordes. Sentou-se aos pés de minha cadeira, o sol da manhã já escorria até nossas pernas numa das laterais avarandadas do vapor — e eu metido debaixo do mosquiteiro. Houve um momento em que você tentou uma dedilhada tão forte e larga que fez sua mão se enroscar no véu do mosquiteiro até dar um pitaco no linho de minha calça. Na hora vi que foi de propósito só pra me atazanar, e te preveni. Você sorriu semicerrando os olhos leve e malandramente para me mostrar que tinha a maturidade de quem sabe até onde um desejo desce. Aquele momento, algo geralmente sentido como uma cumplicidade entre amigos, entre nós foi vivido com outro grau de eletricidade. Por favor, não me faça engolir a vergonha de ter de acreditar que imaginei sozinho, já sou palhaço dos outros o suficiente. Pouco depois, insistindo em seus poucos acordes, você me fazia rir daquele jeito horroroso em que lanço facas de prazer no ar e, entre as cordas, ficamos observando o pelo se levantar na pele. Mais do que o pelo se levantou, verdade seja dita. Um media a excitação do outro para ver se se ajustava com a sua própria. Mas não se engane se o enredo parecer sombrio, nós ainda éramos as crianças que descobriam a mata. E eu jamais tentaria algo além disso. Já estava sendo importante demais ter conquistado um espaço sagrado com você, a força viva que eu procurava. Sei que eu também alimentei a sua, nunca vou me esquecer do modo como você chorou naquele ancoradouro em Belém quando fomos embora. Uma parte voluptuosa de seus sonhos ia conosco. Durante um tempo, foi tão bonito e tão possível que a gente crescesse juntos, mesmo sendo tão diferentes. Tenho certeza de que cada um de nós imaginou muitos caminhos deliciosamente perigosos para nossa camaradagem. Você deve se lembrar de que, todas as noites, Dulcinha gostava de me espiar pelo buraco que havia feito à faca na parede fina que dividia nossas cabines. Mas, por mais que eu tenha imaginado grandes delírios pagãos, nunca ousei ir além da escrita nessa viagem. Escrever era tudo que ela me via fazer. O máximo que fiz foi imaginar os milímetros que dividiam seu punho, meu amigo, e uma perna de solteirão inquieto demais. Houve um momento em que foi possível sermos mais do que dois homens — um com medo de crescer, o outro, de ter por demais crescido. A lembrança está na carne, não há por que mentir, ainda mais depois de tantos anos, ainda mais para um endereço perdido. Não estariam todos os transgressores e pervertidos, pois, destinados a se encontrar em alguma festa no fim do mundo?

Raio de Mundão — meu amigo que sonhava ser marinheiro como outros que conheci em ocasiões menos nobres —, tenho que lhe dizer expressamente o quanto seus olhos estão entre as maiores bonitezas que já vi. Menino, você tem o puxado da mata no amendoado africano. "Uma de-lí-ci-a de se ver!" Lembra de como você gostava de imitar essa minha frase? Um dia, todos que riram dela estarão mortos. Deixe-me apenas por um instante ser exagerado como uma tia velha, para não dizer o pior. Encare como a excentricidade de um artista. Era assim que eu queria me ver quando era mais jovem.

Também está claro que não venho aqui para pedir favores ou retribuições. Precisava mesmo era dizer um alô. Está dito, sim, aquele velho alô está finalmente dito. No mais, continuo a te sentir na amizade e rogo a todos os mistérios para que possamos continuar também a sonhar avisos da mata maior.

Abraço de três acordes,
Mário de Andrade

NOUHOU BINTOU
GRIÔ DE IMPERADORES E MERCENÁRIOS, DESAPARECIDO

Chovia tanto que eu podia gritar sem ser ouvido. Ou eram meus gritos que se disfarçavam com voz de tempestade. Em todo caso, eu fingia que era música.

O rio Branco à nossa frente estava sem qualquer luminosidade, não víamos mais que algumas sombras entre torrentes que vinham do céu e da correnteza. Mesmo imersos no pior da noite, era possível captar os contornos pontiagudos da massa de dezenas de canoas gigantes levando os flecheiros tupinambás sempre a postos ao lado de suas mulheres agachadas na umidade. Elas se cobriam com os próprios cabelos, abraçando as pernas debaixo de um dossel de palha inútil para conter tanta força de chuva. Muitas eram esposas que em certo momento da expedição haviam perdido um filho para alguma febre. Havia as que se cortavam e se atiravam nos rios mais infestados de piranhas, atrás da mãe das águas em cujo colo estaria a criança perdida. Quanto a mim, seguia à frente da embarcação principal, enrolado em meu manto índigo mais apropriado para as tempestades de areia e sol do Saara, mas que me distinguia dos outros poucos africanos escravizados nessa expedição maldita, enquanto eu seguia como homem livre puxando as notas mais agudas que minha korá podia produzir. O couro esticado na cabaça grande do instrumento não dava conta de reverberar mais alto do que aquele concerto de águas. Meu canto não erguia mais que um esganiçar doído, embora me mantivesse no repertório cômico, sob a imposição da chibata curta e grossa de Pedro, nosso capitão. Meu trabalho era expressar alguma alegria musical que compassasse a firmeza de milhares de remos indecisos. Nosso líder português insistia em seguir pela noite, sem descanso, sob alegação de que nesse trecho mais selvagem nenhuma margem seria suficientemente segura para um acampamento tão populoso quanto o nosso. Fazia mais de um ano e meio que seguíamos pelo Amazonas, saindo do Maranhão com destino a Quito. Já estávamos na volta; mais seis meses mapeando alguns afluentes e seria o fim. Não era pouco para uma comitiva no limite dos corpos e das crenças. Quase metade dos 2 mil nativos que seguiam conosco em busca de um certo paraíso tinha desertado em algum igarapé de aldeias amigáveis, provando que selvagens eram muito mais nossos líderes, e bem piores que a combinação terrível de nuvens naquela noite.

Eu fechava os olhos e tentava buscar algum estímulo na memória de minhas viagens mais desafiadoras. Numa das lembranças mais intensas, era eu quem ajudava a conduzir a caravana. Aguentávamos firme, bem no meio do caminho de uma rota totalmente morta que atravessa o Saara a sudeste. Éramos mais de 2 mil mandingas de diversas vilas, partindo da rica cidade de Gao, cheios de ouro. Naquela ocasião, Áskia, nosso imperador, havia mandado forjar bolas desse metal do tamanho das grandes frutas que encontraríamos meses depois, se Alá nos permitisse, nas cidades impossíveis do Cairo e Meca. Cada membro da comitiva havia ficado responsável por carregar consigo um exemplar desse tesouro. Mais de 2 mil pomos de ouro. Deixaríamos o Egito inflacionado por um ano após nossa passagem de poucos dias. E nossa aventura seria lembrada pelos séculos. Porém, naquele ponto de nossa viagem, ainda a meio do caminho de ida, não tínhamos certeza do sucesso e não encontraríamos o abrigo de nenhum oásis em pelo menos duas semanas. Os camelos seguiam constantes em sua lentidão necessária ao enfrentamento do sol, formávamos uma linha suntuosa cortando as dunas com tecidos de vibrantes azuis, púrpuras e carmins. Alguns aceitavam trocar as cores claras pelo preto e índigo dos tuaregues. Seguindo a meu lado, Áskia não parecia o mesmo domador de cavalos a quem todos os povos que vivem do rio Níger deviam tributos. Andava pesado, abaixo da suntuosidade dos tecidos da Índia e Veneza. Estávamos todos mais cansados do que de costume, ninguém entre os mandingas havia feito uma travessia tão longa antes, saindo do centro da África para as terras da Arábia. Só o grande Musa Mansa havia feito jornada semelhante; não é à toa ser reconhecido como o homem mais rico que o mundo jamais terá visto. Sem dúvida, éramos excelentes montadores de cavalos e navegadores. Com nossos barcos de papiro pegávamos as grandes correntes da Guiné, no mar Oceano, e conseguimos chegar até o México séculos antes dos europeus. Porém, naquela ocasião extraordinária, não sabíamos se chegaríamos vivos. Não éramos especialistas em camelos e seu andar conformado, entendíamos apenas da fúria dos cavalos. Sendo assim, apenas segui o exemplo de Áskia entregando os músculos ao sacolejo desengonçado e constante de nossos veículos.

Um pouco atrás de mim, o tuaregue que nos servia de guia parecia rejuvenescido, mesmo dentro da sede. Perguntei quanto de água costumava beber em dias assim. O equivalente a três taças, exclamou comedidamente. Quis saber como conseguia. Ele fez um esforço mínimo para me olhar e disse que entre os seus se aprendia desde cedo sobre como o sol derrete as palavras dos homens. Quem tenta se elevar demais com elas cai seco; quem as usa só na hora certa está destinado a ser bem-sucedido na travessia do Saara ou, em sua língua aspirada, a trespassar, sem se ferir, o Grande Vazio do Medo, como chamam o deserto.

Abro os olhos para a chuva amazônica. Penso que eu e o tuaregue saariano não poderíamos ter sido mais diversos em nossas escolhas, eu havia dedicado toda minha existência a sair da condição do anonimato e subir na vida por força do encanto das palavras; já ele, agia por força do silêncio que tudo movimenta. Se já não tivesse se tornado um esqueleto sozinho para sempre na areia, certamente estaria perdido nas rotas abandonadas ao sabor dos ladrões mais egoístas. Naquela época víamos nosso império ser esfacelado por força das naus e fogos europeus, os desertos e savanas estavam com as rotas em caos. Eu, ao contrário de combater os donos da tecnologia, embrenhei de vez em sua empreitada predatória em direção ao mar, ainda que sem tirar praticamente nenhum lucro pessoal em ouro. Fui porque não tinha mais lar.

Estranha trajetória para quem havia se tornado um célebre griô, braço direito e esquerdo do maior imperador já visto ao sul do Saara, responsável por guardar as árvores genealógicas dos reis até a época remota dos deuses, historiador dos grandes e terríveis feitos que nos construíram como excelentes guerreiros e administradores, conselheiro dos poderosos, porta-voz dos ricos e dos pobres, mediador e diplomata entre as culturas originárias e os crentes em Alá ou mesmo em Cristo, intérprete e tradutor de mais de uma dezena de línguas, domador de vento nas cordas da korá, compositor de epopeias e encantamentos, professor nas universidades de Timbuktu e Djeli, guerreiro de espada, cantor de louvor, mestre de cerimônias, aquele a quem procuram, sentado abaixo das árvores velhas, quando se tem dúvida sobre que nomes adotar, que ritos consagrar, que casamentos abençoar com música e dança, de quais casas espantar os espíritos e, finalmente, aquele a quem se procura quando chega a morte e precisamos de alguma palavra justa. Agora, porém, sob a tempestade infinda na selva amazônica, eu havia me tornado bobo da corte estreita de uns quantos aventureiros portugueses ricos bem relacionados alimentando-se da fúria das águas.

Se quiser saber como tudo começou, posso lhe contar a coisa como quem traz mais do que a voz de um fantasma. É muito viva a cidade em que moro, submersa nas águas do Jeliba, o Grande Níger em língua mandinga. Tão viva é a Cidade dos Mortos que chega a ser itinerante. Quando as chuvas começam a rarear em dezembro, essa minha vila mítica submersa, onde vivem apenas os espíritos, sai da curva onde o rio abraça o Saara, na altura de minha Timbuktu, a cidade sábia dos templos de barro. De lá a vila dos mortos vem deslizando submersa pelo grande rio até chegar ao mar Oceano. Durante a seca, ficamos escondidos no fundo das águas mornas e salgadas que há entre as ilhas da Guiné e Cabo Verde, de tantos ventos. Quando muda a estação, voltamos para as águas doces do Jeliba — toda a vila, suas casas e afazeres fluindo de volta pelo subterrâneo do rio. Por isso agora consigo retornar. Estou aqui para contar a verdade sobre como me tornei o pai de Macunaíma, mesmo sendo mais um morto da história.

Não deixa de ser irônico eu ter sido o pai dessa criatura roda-vivente, justo eu que pude mensurar, com precisão e refinamento, os degraus de mármore e a altura dos engenhos em quatro continentes diferentes do mundo. Também como ele, não nasci destinado à glória ou ao fracasso, embora tenhamos igualmente perseguido um ou outro para nossos fins pessoais.

Apesar de ser cria da grande Timbuktu, eu não era filho dos templos de saber, mas das vielas. Aprendia nas feiras e janelas, contando as moedas no chão, levando o básico para a casa de meus pais. Todos os dias o mundo grande nos chegava pelas caravanas de camelos ao norte, de cavalos ao sul, de canoas a leste e oeste. Era uma cidade para sonhos grandes e perigosos, mesmo para um oportunista das ruas como eu.

Eu era talentoso com as cordas, tambores e tinha a ambição adolescente de permutar serviços de entrega aos sábios da biblioteca em troca de aulas de escrita. Não demoraria para alcançar esse objetivo, acabei sendo recebido como empregado do grão-mestre dos manuscritos por intercessão da mulher que lhe servia as refeições. Os convenceu com os seguintes dizeres: Nouhou ainda não tem a elegância do estilo, mas é alto e bonito, sabe erguer a cabeça para ser ouvido no mercado, pode aprender a colar a melodiosidade no sorriso, tem memória boa para os nomes dos grandes e dos pequenos, sabe ser brincalhão com crianças e velhos, é alguém que homens e mulheres quererão colocar no centro de suas rodas.

Aprendi rápido o que queriam de mim, e disfarcei o quanto pude meu orgulho. Enquanto aprendia a língua dos grandes, absorvia também sobre a dimensão internacional de seus jogos de vida e morte, misturando religião e política. Acompanhava a derrocada das dinastias do Mali, como sua dificuldade em conciliar o ritmo crescente das trocas mercantis pelo Saara e as temporalidades distintas de tantos povos subordinados, muitos dos quais permanecem até hoje felizmente avessos a qualquer tipo de sistematização religiosa, como as que islâmicos e católicos tentavam impor. Livros, letras miúdas e símbolos de ouro e prata erguidos ao céu não seduziam muitos súditos de nosso império.

Quanto a nós, a elite de cavaleiros mandingas conquistadores, sempre fomos conhecidos por ostentar em nossos mantos e calças uma série misteriosa de patuás, pequenos sacos quadrados pregados firmemente para conter a mais variada combinação de ervas, metais, partes animais e outros instrumentos que mantivessem aberta a comunicação mágica com os deuses de cada coisa. Se Alá mostrava o caminho único da união ao povo do Mali, só nossos guerreiros-feiticeiros conseguiam alguma regulamentação mais equilibrada entre um mundo cheio de magia e outro perdendo a sua.

Quando Áskia impôs sua linhagem real e estabeleceu uma extensa rede de fiscais e cobradores de impostos por todo o sul do Saara, recuperando uma unidade nunca vista em tal proporção naquelas terras, eu já era rapaz crescido na malícia da guerra civil e podia igualmente vender com entusiasmo calculado os benefícios de um novo rei. Sabia que Áskia procuraria uma rede de griôs mais calejados nas sutilezas do Alcorão. Os cantadores de Gao já mal sabiam contar seus deuses e não conheciam mais que alguns dialetos fronteiriços. Quando soube que seu cortejo chegaria triunfante para assumir os templos e grandes casas em Timbuktu, vesti meus melhores tecidos e compus um canto em sua glória. Quando partiram dali, fui junto. Nunca mais vi minha família.

Ao lado do imperador, eu tinha a tola arrogância dos jovens que aguentam todas as fomes numa coragem pouco humorada. Fazia cantos sobre massacres e exorcizava os medos de seus cavaleiros. Juntos, adotamos os costumes dos haréns e passamos a definir o potencial de cada aldeia submissa pela liberalidade com que suas mulheres nos acolhiam. Não sei quantos filhos eu possa ter gerado. Minha profissão não dependia de um casamento feliz, mas de minha capacidade em me manter flexível a todas as desconfianças. Se na adolescência eu havia projetado ser um caçador de sonhos, já não podia negar que, quanto mais me acostumava ao espetáculo da vitória e da riqueza, mais me reduzia a um homem num mundo de homens.

Porém, se é uma lei da história que os impérios sejam voláteis, o que diríamos então do poder de seus reis, não mais que um sopro de tempo sobre as cabeças dos que precisam de líderes para se organizar. Estudante dedicado a tantas dinastias e etnias, eu via as rotas mais ricas do mundo conhecido serem aos poucos abandonadas após milênios de uso, enquanto os grandes contatos passavam a ser organizados pelas novas tecnologias atlânticas. Áskia já não tinha recursos e aliados para manter sua hegemonia sequer nas grandes cidades. Como acontece nesses casos, tentou fazer a manutenção de seu poder recebendo mais cortesãos a seu lado, vindos desde comunidades rebeldes do Marrocos até alguns grupos limítrofes ao distante domínio dos bantus ao sul. Mas as competições de cavalaria que Áskia promovia já não atraíam muito os melhores jovens dos mil povos. Preferiam ouro e escravos.

Logo percebi que minha posição ao lado do questionado imperador estaria cada vez mais ameaçada. Os cantadores do rei, como eu, já não tinham poder de influenciar os súditos para as intenções do império e, por mais afeto que me ligasse a ele, o homem político perceberia em hora mais aguda meus talentos esquivos a qualquer ideologia ou partido. Eu tinha que me antecipar e planejar uma fuga diplomática.

Aproveitei um momento de calmaria na rotina formalizada do meu chefe. Flagrei seu corpo estendido nos aposentos reais entre seda, linho e algodão brancos, após um belo assado de boi que mal satisfez os muitos agregados a circularem pela casa. Quando todos haviam partido em direção a seus próprios negócios, comecei a contar algumas piadas e esperei por um momento em que gargalhamos para trazer à memória nossas belas viagens pelas pirâmides eternas e a Pedra Sagrada de Alá. Áskia suspirou como quem pudesse ainda se renovar, e foi então que falei sobre a necessidade de focar os últimos recursos do império nas províncias mais distantes a leste, sobretudo nos povos que vivem no delta da Senegâmbia. Você sabe, meu imperador, eu disse em tom de confidência, esses aliados sempre foram difíceis, e agora estão divididos entre nossos enviados mandingas e os partidários do Kaabu. Essas famílias ricas kaabunkés estão fazendo para si um império próprio com a venda de cativos de guerra para os portugueses. É uma prática que está cada vez mais no centro de seus negócios. Porém, não estão interessados na jihad. Deixam a guerra santa para os Jalofos, seus vizinhos ao norte, mais próximos dos domínios dos marroquinos, com quem também aprenderam a fazer escravos pretos e brancos. Talvez nossa esperança esteja em se aliar com os fulas, moradores das montanhas que cruzamos para chegar à costa atlântica dominada pelos kaabunkés. Os fulas são os únicos que conseguem criar cavalos em pastos livres da tsé-tsé, a letal mosca do sono. Mas não vendem éguas para os kaabunkés. Preferem manter a criação apenas para si como forma de sobreviver relativamente isolados e independentes de tantas rotas comerciais imperiais, como as nossas. Podemos levar cavalos pelo rio e tentar uma negociação.

Contei a Áskia sobre o caso de um tal de João Ferreira, português israelita que conseguiu circular entre os fulas e erguer um monopólio de marfim. Poderíamos armar melhor os corajosos fulas, embora fosse caro fazer uma arma atravessar o Saara, que dirá mandar trazer uma fortuna delas. Além do mais, sugeri a Áskia que não seria uma boa estratégia incitar diretamente a guerra, em vista dos tantos tipos de matança e aprisionamento que já aconteciam por demais nesses limites do império. Não seria sábio fazer da guerra seu último recurso de sobrevivência. Mas não eram questões fáceis de tratar, mesmo para o melhor dos imperadores. Era uma rede quase infinita de problemas muito antigos se misturando com novos. E nenhum griô saberia identificar a origem da violência que levou ao extremo do comércio de escravos. Mesmo que os marroquinos tenham sistematizado a prática, abrindo espaço para os kaabunkés, teriam primeiro aprendido com os árabes, e estes com os romanos, e estes com os antigos impérios da Mesopotâmia e Egito, e estes com os primeiros muros, os primeiros ricos. Quem saberá? Não se podia culpar os kaabunkés por organizarem os ribeirinhos a favor dos portugueses. Questão de sobrevivência, como a que, décadas antes, havia levado o próprio Áskia a entregar seu ouro a faraós e sultões. Ninguém melhor que Áskia sabia que o mundo estava grande demais para todos os tempos que a mãe África tinha de conciliar.

Diante de minhas análises e sugestões, o imperador alegou que a guerra civil começava já dentro de sua família, nas disputas entre seus filhos pelas possessões. Ainda acrescentou que tinha plena consciência de quanto se tornava inútil a guerra religiosa pelo ouro, do quanto suas festas e rituais iam morrendo ante a sombra das naus e caravelas, e seus títulos de sultanato recebidos pelos grandes líderes do mundo antigo não valendo mais que um acordo entre bêbados num fim de festa. Percebi que seu desânimo e melancolia eram intransponíveis.

Após algumas semanas de negociação, entretanto, me felicitou, liberando alguns recursos para que eu formasse uma comitiva particular, sem interesses estatais, que pudesse me acompanhar nessa longa viagem de exílio desde Gao à foz do Níger, no Atlântico. Em nossa despedida, me disse que o mais feliz seria que nunca mais nos víssemos, cada um sendo bem-sucedido em seu próprio retiro. De fato, não tardaria para que Áskia se aposentasse do poder em busca de saúde e calmaria, como nos deixaram as lendas. Meu destino, mais uma vez, seria totalmente avesso.

Durante semanas, minha comitiva seguiu sem muita conversa. Eu me recusava mesmo a tocar a korá para animar os remeiros. Resignados, entoavam seus próprios cantos preguiçosos e nostálgicos, quase nunca preferindo os compassados gritos de guerra de nossas famosas batalhas. Keitá, um rapaz que aceitei como aprendiz, tentava me confortar pedindo que eu tocasse as músicas mais tristes, sob o argumento de que eram mais fáceis de aprender. E assim seguimos, contendo energia para o percurso longo.

Imerso na desesperança por um mundo que não duraria até nossos filhos, eu nunca poderia imaginar que essa longa travessia seria muito mais aprazível do que a expedição que enfrentaria pela Amazônia, alimentada pela alegria eufórica e cheia de espasmos que só os loucos desenraizados têm.

Já sentíamos as águas salgadas do oceano se misturarem ao Níger quando resolvemos desviar para o norte. Seria muito arriscado chegarmos desprevenidos diretamente a Cacheu, onde os portugueses haviam construído um forte de pedra para manter o fluxo de cativos, com autorização dos kaabunkés. Além do mais, seguíamos um boato que nos perseguia há alguns dias, desde que paramos numa aldeia mandinga para nos informar e abastecer. Ao questionarmos os pescadores sobre possíveis outros lugares, além de Cacheu, onde os portugueses conseguiam entrada com os líderes do Kaabu, contaram sobre uma tal de Dona Catarina, uma senhora senegalesa que, como muitas outras, regia alguns clãs muito antigos e havia se casado com um comerciante de escravos português que acabou desaparecendo no labirinto de rios e ilhas e, mesmo viúva, continuava a mediar as negociações entre brancos e pretos, sendo uma das pessoas mais poderosas no meio. Quis conhecê-la. Estar aos pés de uma mulher com tanta força era o que eu achava precisar. Talvez ainda guardasse um pouco de meu espírito aventureiro, um pouco da imaginação do sonhador que pensa ser possível se acalmar aos pés do amor.

Após um longo desvio por áreas pantanosas, chegamos enfim a uma grande casa assobradada de arquitetura portuguesa em frente ao mar, na saída do rio Fresco, ou Rufisco, como ficou em língua crioula. Assim que aportamos, seus empregados, um tanto quanto desconfiados, sangue no olhar, nos conduziram à casa-grande. Catarina estava no pátio externo, conversava com alguns portugueses enquanto exibia uma fila de homens fortes, capturados não sei de que povo, amarrados em trapos sujos e unidos pelo pescoço por uma longa vara cravada de correntes difíceis de quebrar. Não falavam, e era possível ver que uns já andavam mortos. A voz da senhora era firme. Olhava-os sem prometer bons destinos, nem outras torturas. Depois eu aprenderia que ela servia apenas como via de passagem entre prisioneiros de uma guerra que não interessava às mulheres senão pelo negócio que podiam empreender em suporte a seus clãs, para que eles próprios não fossem escravizados. Era a melhor forma de sobreviver numa área com o poder tão dividido.

Catarina era absolutamente linda. Gostava de marcar a cintura cheia com saias negras de camadas europeias e costumava deixar os seios livres em nossas amarrações mais frouxas de tecidos trazidos do Oriente. Usava o cabelo raspado por razão que ninguém conseguia dizer, e se amarrava altos cachos de renda portuguesa, sempre muito branca. Sua pele era uma das mais lindamente noturnas que eu já tinha visto em África. No pescoço, trazia patuás de couro e sementes misturados à prataria espanhola. Calçava sapatos quando ia tratar diretamente com os brancos, pequenas sapatilhas de couro fino. Quando podia, ficava trancada em seu quarto, um grande retângulo branco cheio de luxo pendurado. Só mulheres circulavam pelo andar superior da casa. Não havia a visita de crianças, embora elas preenchessem o ar com uma verdadeira rede de afeto. Reuniam-se nas varandas e cantavam enquanto bordavam suas roupas de festa e invocação. Os guardas sempre ficavam do lado de fora.

Catarina foi uma das primeiras mulheres da Senegâmbia a ser violentada por um regime de vida que separava o dentro e o fora das casas e das coisas. Quando sentia que não suportava, viajava dois dias de barco para encontrar nas terras de seus parentes um modo de convivência mais solto e menos extremo. Tinha saudades de tudo. Havia aprendido a identificar em si um constante buraco quente, a que essa palavra portuguesa "saudade" parecia se ajustar bem.

Durante as poucas semanas em que nos deu acolhimento, sei que servi como uma boa ilusão a Catarina. Cada vez que ela vinha buscar em detalhes do meu corpo algum mistério maior que a mantivesse atenta, úmida, serena, eu recebia seu olhar inquieto como se eu fosse um poço estreito deixando entrar um pouco da tempestade.

Se num primeiro momento cheguei interessado em conhecer as lides do comércio de escravos, não era menos verdade o quanto eu tentava esticar nosso tempo juntos, por puro prazer. Por vezes, as pessoas cansadas do poder buscam nos prazeres mais simples uma saída para um retorno à fonte onde tudo um dia pareceu sem fim. Foi assim que se tornou fácil a gente se entregar, embora ela nunca perdesse a hora de me mandar sair de sua cama e me fazer voltar para o acampamento. Nunca deixava eu entrar no quarto com o sol ainda vivo e exigia que eu saísse antes do primeiro raiar. O amor de Catarina era de cantilenas lunares. Tudo a seduzia, ao mesmo tempo que nada a encantava. Nas primeiras noites, quando disputávamos histórias e canções ao redor do fogo, ela aparecia querendo entender nosso dialeto, gírias, piadas internas, e ria bem alto, com o tom rascante de quem perdeu um pouco de vida por alguns mimos. Ou apenas suspirava num desprezo sem ares de superioridade, como quem já enfrentou várias mortes. O modo como segurava uma mão na outra abaixo do peito parecia um gesto mágico capaz de hipnotizar qualquer um que chegasse perto. Era um decalque da elegância europeia afetada pelo controle, misturada a certa aptidão para o sortilégio. Eu tinha medo de muito em breve encontrar em seus olhos algum traço daquele ódio comum às forças naturais que se desvirtuaram do curso, provocando grandes desmoronamentos. Preferia quando ela ria de olhos abertos, sem erguer o queixo.

Meu erro foi acreditar que estaria a salvo por ter conhecido mulheres mais poderosas que ela. Ela que ainda estava naquele ponto perigosamente imaturo do poder em que se é capaz de matar alguém para manter viva alguma ideia nociva de amor.

E assim foi. Uma noite, vi que estendia a visita de uma comitiva de mercadores portugueses, habitantes da Ilha de Santiago há mais de duas gerações. Não era surpresa para mim que tivessem assuntos até o raiar do sol. As vilas portuguesas em Cabo Verde não saíam da boca dos moradores de Rufisco. Diziam que suas igrejas eram mais altas, erguidas à altura dos ventos estilhaçantes que correm por lá, e suas cruzes capazes de aguentar firme os canhões mouros ou o corte de suas cimitarras. Por mais que eu não entendesse mais do que algumas frases em português, observadas no trato quase diário de Catarina com os mercadores, tentei ouvir a conversa vazando quente pelas janelas do casarão das mulheres. Pude distinguir que um deles sabia o árabe. Repetia algumas frases comuns do comércio, provavelmente enquanto narrava alguma de suas viagens para algum entreposto de Alá nas costas norte e oeste da África.

Fingi estar dormindo até o meio da noite, buscando afinar a escuta para entender fragmentos daquela conversa, quando finalmente vi os portugueses se dispersarem de braços dados com algumas damas de companhia de Catarina. Todos os meus homens dormiam fundo. Levantei-me e passei como quem não quer nada pela porta dividindo o fluxo entre os que ficaram tombados pela embriaguez e os que partiam em busca de outros prazeres. Pude ver quando Catarina subiu para os quartos apoiando em seus ombros um dos portugueses. Apenas dois homens mirrados tinham ficado no salão, sentados lado a lado com suas taças e corpos continuamente se desequilibrando. Mesmo com suas vozes já tropeçando, pude distinguir, para minha sorte, um deles como sendo o homem falante do árabe. Apenas me sentei na soleira da porta com minha korá e comecei a dedilhar notas suaves que não pudessem ser ouvidas pela patroa nos aposentos superiores. Em questão de minutos eu e os dois portugueses já éramos grandes confidentes.

Não foi difícil convencê-los a me levar a Cabo Verde em sua viagem de volta. Prometi as melhores canções e sagas de guerreiros, viajantes, aventureiros, mulheres destemidas. Dei provas incontestáveis de meu valor no trato de nossa negociação, garanti que conseguiria interceder na disputa com os mouros. Poderia levar meu conhecimento dos impérios para a diplomacia atlântica, argumentei. Disse que era tempo de libertar meus homens de um destino incerto e seguir meu próprio rumo. Convenci-os de que estava pronto a mostrar que de nossas terras não saíam só homens destinados a trabalhos forçados nas grandes lavouras. Consegui manipular o brilho nos olhos daqueles homens até que me aceitassem a bordo.

O que falava árabe desdenhou de meu entusiasmo pelas próprias habilidades e perguntou se eu aguentaria ir nas camadas inferiores com os cativos. Posso ajudar a levar a comida a eles, respondi prontamente, conquanto pudesse viajar com mais conforto. Eles concordaram com tanta facilidade e um riso de malícia tão desavergonhada que me subiu um frio na espinha na mesma hora. Disseram que reunisse logo meus pertences, pois planejavam sair antes do sol e aproveitar os ventos da maré cheia. Tive tempo apenas de acordar Keitá e dizer: vou com os portugueses, mas aconselho que você próprio nunca faça o mesmo.

Não me despedi de Catarina. Poupei-a de ter que dar alguma importância ao meu caso e precisar encenar um adeus ao qual nenhum de nós dois era afeito, eu por estar habituado ao trânsito, ela por praticar despedidas violentas.

Não seria nesse primeiro translado pelo Atlântico que eu sentiria todos os horrores dessa nova forma de escravidão. A viagem de poucos dias para Cabo Verde era feita a torto e a direito tanto por mercadores oficiais quanto por particulares de pátria nenhuma. Esse trânsito intenso livrava as embarcações de partir lotadas de homens ocupando menos espaço que um barril de vinho, como nas viagens para a América.

Foi em Santiago de Cabo Verde, a fervilhante, onde tive uma visão bem mais nítida da dimensão inédita da violência daquela prática. Logo que atracamos no pequeno ancoradouro, fomos recebidos por quase uma centena de homens brancos sem corte certo na barba. Acotovelavam-se e grunhiam uns para os outros como javalis contidos num chiqueiro, enquanto inspecionavam os dentes de uma dúzia de homens paralisados, os quais eram disputados até no punhal. Aqueles cativos não eram um valor de guerra, como eu havia visto em tantos povos, mas simples mercadorias, tanto mais exploradas quanto mais alto fosse seu valor em ouro e ducados.

Está vendo aquele ali com o chapéu largo, me indicou o comparsa português versado em árabe, esse homem é um dos mais ricos por aqui, dono de uma estrebaria velha que adaptou para a criação de escravos reprodutores. Lá cada homem fica em seu nicho, onde recebe milho moído durante o dia e escravas com a boca amarrada durante a noite, todos sob os olhares vigilantes dos feitores ansiosos para que cumpram sua função e espetáculo.

Essa foi apenas uma das histórias que o marujo destilou, cheio de prazer, enquanto víamos as negociações acontecerem. Em meia hora, o trato estaria consumado e o cais livre para os vendedores de outros artigos comuns, como se nada mais grave tivesse acontecido ali. Nos vãos entre os troncos que compunham a plataforma do cais, juntavam-se cabeças de peixe com tufos de cabelo. Mal sabia que esses primeiros passos seriam apenas o início de uma rota de horrores que eu percorreria em minha última viagem pelo mundo conhecido.

A alucinação começou já enquanto atravessava as ruas de pedra, flagrando pelas portas e janelas coloniais senhoras africanas servindo de esposas bem acinturadas aos donos da vila branca. Esses sempre seguiam atrás de homens fortes com lombo lacerado. Em todo canto, vi mulheres murchas antes do tempo e bandos de crianças tornadas animais de carga, levando mais um tronco para o pelourinho, assistidos por velhos vermelhos de túnica negra com cruzes de ouro. Nunca tinha visto tamanha degradação, nem quando visitei as minas de ouro de nosso império, trabalhadas por milhares de cativos que tomávamos em tantas terras.

Deixei que o homem falante do árabe me conduzisse a uma taberna onde se decidiam as trocas. Foi lá que nos disseram sobre a expedição que percorreria a selva das amazonas até a origem do grande rio, coisa bem articulada que se preparava em São Luís do Maranhão, colônia francesa recém-retomada pelos portugueses. A travessia de um mês seria feita numa embarcação antes destinada a levar escravos para as Antilhas, onde a tripulação se reuniria a uma frota que desceria enfim para a Costa Selvagem.

Em cinco minutos, oferecemos nossos serviços de tradução, braços fortes e músicas diferentes dos cantos de saudade dos portugueses. Selamos o acordo derramando uns nos outros álcool de cana.

No meio do Atlântico, as noites eram piores que os dias. Aqueles que, como eu, tinham a liberdade de entrar até na cabine do capitão ouviam claramente os gemidos de doença e fome dos cativos competirem com os gritos das tempestades mais bravas. Durante o dia, a tripulação se distraía repetindo risos forçados e ordens guturais, sobretudo quando algum corpo era discretamente lançado naquele mundo sem horizontes à vista, sem lei de nenhuma terra.

Algumas vezes, fui designado para descer aos patamares inferiores e despejar por cima dos corpos retorcidos uma mistura rançosa de milho bravo fermentado. Os mais obstinados em viver lambiam os corpos mais próximos em busca de restos. Quando nossas chamas iluminavam alguns rostos que ousavam se erguer, víamos apenas gargantas arreganhadas em espasmos secos e sem voz. Diante do fogo, eram seus olhos cegos que gritavam.

A situação piorou quando o capitão decidiu interromper, nos últimos dez dias da travessia, os banhos de sol diários, sempre ameaçados por algum motim. Cada vez mais, corpos eram lançados ao mar como se fossem uma paga para que os outros chegassem vivos. Eu não podia mais deixar de pensar em meus privilégios diante daqueles homens que não eram aprisionados por seus pecados de guerra, aqueles simples camponeses e caçadores que nunca conheceram os impérios que tornam uns homens superiores aos outros.

Uma noite, na reta final para o Caribe, desci escondido para levar um pouco do nosso pão àquelas pessoas. Abri a escotilha rapidamente e vi, por não mais que três segundos, como um cardume de piranhas, umas dezenas de mãos cheias de sangue e merda se erguerem naquele ar mais fétido que um campo de guerra alguns dias depois da batalha. O horror era ser surpreendido com o fato de que, de alguma forma, a maioria daqueles organismos ainda se movia.

Quando chegamos a terra firme, não criaram resistência na hora do trato com os comerciantes, como tínhamos visto em Cabo Verde. Por mais que em São Domingos a negociação fosse mais feroz, uma partilha entre portugueses, espanhóis, ingleses, holandeses e franceses, a travessia deixava qualquer esperança de libertação para trás. Ali os preços eram altos e, embora a Coroa espanhola tentasse dar sua arquitetura ao local, a verdade é que essas ilhas eram território em perpétua disputa, frequentemente ameaçado por piratas com tecnologia melhor que a dos reis — esses lobos do mar buscavam suas velas e madeiras nos confins do mundo —, de modo que todo negócio pretendido no Caribe envolvia invariavelmente algum pacto sinistro entre forças oficiais e extraoficiais. Aquele mundo que eu havia visto na taberna em Cabo Verde se multiplicava em cada artéria que saía dos portos de São Domingos. Prostitutas europeias com escravas indígenas e africanas ajudavam a conduzir os interesses pelas esquinas, e até mouros convertidos à força dos inquisidores pagavam seu tributo cristão pela posse de escravaria. Dali partiam navios negreiros para o México, o Peru e a Costa Selvagem. Era ali que começava o Brasil também.

Decidi tomar a primeira embarcação para o Maranhão naquele mesmo dia. Não queria correr o risco de ter meus poucos pertences roubados. Dentro da korá, havia escondido umas quantas moedas espanholas de prata e ouro, e tinha algumas pedras caras embrulhadas em meus tecidos, presente de Áskia. Além do mais, eu tinha ouvido conversas de marinheiro o suficiente para saber que nessa ilha a civilização era mais selvagem que a mata amazônica. Em meus sonhos tolos de encontrar um bom lugar para mim nesse Novo Mundo, eu imaginava que me depararia com ilhotas amenas em mata dispersa como as da Guiné, cujo maior perigo eram os lentos hipopótamos. Sem dúvida, a rede de rios amazônicos suplanta até a imaginação dos mais viajados. Eu não tardaria a descobrir.

Sobre a vila de São Luís, no Maranhão, recém-tornada centro regional, não tenho muito a dizer, a não ser que seus templos, fortes, armazéns e sobrados mantinham ainda a pureza de um ideal, todos pintados de branco. Ainda não era uma vila totalmente corrompida, a escravidão de africanos não era tão disseminada ali, não havia grandes plantações que se atrevessem a competir com as da Bahia. Nessa boca da Amazônia em que eu me encontrava, predominavam os sonhos de produzir ervas mágicas em larga escala, com a ajuda de nativos. Sobretudo, ali pulsavam os sonhos de partir em busca das cidades douradas.

Também não há muito o que dizer sobre meu primeiro encontro com aquele que seria não só capitão de nossa expedição, mas de nossas vidas. Encontrei-o já na hora da partida. Ele havia solicitado a todos os seus subcomandantes para que trouxessem os melhores músicos da tripulação à embarcação principal. Queria escolher pessoalmente o melhor dentre todos. Fui avisado de que seria a minha chance de ter uma viagem mais amena e me apresentei.

Pedro de Teixeira era um homem de 50 anos, mostrando ainda o vigor da juventude em um corpo troncudo e braços curtos decididos. Apesar da baixa estatura, os cabelos e barba cheios, já quase todos brancos, lhe conferiam aquele ar resistente que atribuímos às palmeiras, impressão reforçada pelo peso de suas botas de couro dobradas na altura dos joelhos. Apertou minha mão com a firmeza desconfortável dos homens que nunca têm dúvidas e falava claro e alto, de modo que pude entendê-lo, mesmo com o parco conhecimento de português que eu havia acumulado desde minha estadia nas terras de Catarina. Contaram-me que és griô de imperadores e aventureiros, disse ainda segurando minha mão, vamos precisar de mais de mil e uma noites arábicas para entreter uma expedição formada por povos tão distintos. Também ficaremos muito tempo fora de nossos costumes, corremos todos o risco de enlouquecer juntos. Espero que traga muitas canções antigas sobre as minas de ouro de Mansa Musa que vimos nos mapas que os catalães fizeram da África. Entre nós, não será tratado como escravo, vejo que tens alma de quem conhece o mundo.

De fato, durante grande parte da viagem, fui tratado com privilégios. Íamos sem pressa, aceitando o ritmo que nos indicavam os guias tupinambás, respeitando as contracorrentes e igualmente atentos ao mapa cheio de encruzilhadas de águas rabiscado por dois franciscanos espanhóis que tinham conseguido sobreviver à descida dos altiplanos peruanos e seguiam conosco. Em nossa embarcação iam também dois escrivães, um jesuíta e um nobre português a serviço do rei, além de um cartógrafo. Como já disse, eu era um dos poucos africanos a bordo, e o único com privilégios. Em mais de uma ocasião, Pedro sugeriu que eu poderia ser utilizado para assustar grupos de canibais.

Protegidos por tantas centenas de lâminas e armas de fogo, eram raras as vezes que recebíamos alguma flechada ou dardo venenoso. Na maioria dos contatos éramos recebidos por cantos e gritos de admiração e estupor. O momento em que tivemos mais medo foi quando saímos da planície vasta para começar a costear os altiplanos andinos. Quando chegamos à Quito devastada, com seus templos de pedra transformados em depósito de pólvora e ouro, tememos a represália dos espanhóis. Após semanas em seus cativeiros, finalmente chegaram as permissões reais para que tomássemos o caminho de volta. Ainda passaríamos meses nas proximidades fundando um forte e nos restabelecendo. Cada um já contava para si o poder e glória que acumularia no retorno. Talvez tenha sido aí que as coisas começaram a descambar.

Apesar da vitória prevista, ainda tínhamos praticamente um ano de viagem pela frente. O cartógrafo já reduzira seu trabalho à representação dos afluentes principais do grande Mar Doce, como chamávamos o Amazonas. O rio Branco iria passar batido, não fossem os rumores em língua indígena que vinham de todas nossas canoas, prenunciando que, ao subir para o norte, encontraríamos o vale perdido do ouro em um tal lago Parima.

Pedro destacou quinze embarcações para subirem por uma semana em busca de informações sobre o lugar lendário. Na verdade, nosso capitão conhecia bem as histórias de homens loucos como Orellana ou Aguirre que, um século antes, haviam se perdido na selva em busca de reinos maiores que os de Cortês ou Pizarro. Eram muitos imperadores para uma selva sempre rindo da nossa cara, como as dunas do Saara.

O que Pedro verdadeiramente pretendia, ao destacar alguns poucos homens para segui-lo, era verificar a feição dos povos que se escondiam nesses vales e serras que escapavam das garras dos grandes rios. Era uma região tão inexplorada que os portugueses só voltariam seriamente um século depois de lá chegarmos e, mesmo assim, não ultrapassariam as embocaduras do rio do Veneno Antigo, justamente onde Pedro me levaria à perdição.

Tudo começou como uma brincadeira entre machos. Eu sabia muito bem o quanto Pedro e seus homens invejavam a liberdade com que os tupinambás da comitiva trocavam de pares nas brincadeiras a dois, a três, a qualquer hora do dia, nas canoas coletivas; invejavam a mobilidade que a nudez dava aos trabalhos dos nativos, invejavam sua capacidade de ouvir vozes em todos os silêncios.

Para os barbudos, nem os sacrifícios de seu Cristo justificavam as ordens de um Deus que também teria criado os mistérios da Amazônia. Estavam não só no fim de uma viagem ambiciosa, mas no fim das crenças mais absolutas. O jesuíta que seguia conosco para relatar ao rei as descobertas com palavras justas já nem repreendia mais quando nosso comandante, nas horas mais escuras, dizia que iria escolher uma nativa rebelde para partilhar com os mais atrevidos.

Pedro atiçava cada vez mais as vontades dos desesperados, ao redor dos fogos em que tostávamos alguma carne, mas, naquela noite, a coisa não veio em tom de pilhéria. Quando nos disse que iria escolher uma mulher na próxima comunidade que encontrássemos, sua voz saiu grave e em tom de segredo, como quem voltou do inferno e não quer assustar as crianças. Então, arriscou uma gargalhada amigável para naturalizar o caso entre seus iguais, porém, mesmo entre esses, só houve o silêncio incômodo de quem sabe que vai ter que pagar pelos próprios gracejos impensados.

Um dos braços direitos de Pedro, um homem franzino nos seus 30 anos, parecendo ter muito mais, quebrou o constrangimento perguntando se

Pedro realmente achava que valeria a pena avançar mais por esse afluente, com essa noite de chuva pesada. A resposta do capitão foi rápida e seca: depois de meses de expedição, noite e dia, chuva e sol, são o mesmo mal. Só parariam de remar quando encontrassem alguma diversão. Depois, acrescentou que todos haveriam de convir que nem os mais religiosos poderiam se opor ao sexo com uma nativa que fosse tão selvagem que sequer os tupinambás teriam a esperança de converter ao seu modo de vida.

Estranhamente, enquanto tecia seus disparates, às vezes Pedro olhava para mim, quase como um menino que busca aprovação de um rapaz maior e mais experimentado. Eu já não podia fingir alegria nas canções e, a bem da verdade, duvido que alguma canção conhecida se ajustasse à loucura de Pedro naquela noite. Com a chibata na mão, não deixou de arreganhar os dentes quando me disse que me ajudaria a dar o ritmo certo.

Foi bem na bifurcação do Branco com o Uraricoera que encontramos a ilhota onde tudo aconteceu. Conseguimos divisá-la em meio à tempestade ao ver alguns pontos de fogo serem mantidos firmes apesar da chuva. Alguém se abrigava ali, devia ser algum caçador nômade, supunha Pedro. Vamos atracar, ordenou sem desviar o olhar das chamas dançando.

Foi tudo muito rápido. Quando me empurraram para dentro da cabana improvisada, os homens de Pedro já haviam rendido dois nativos, um guerreiro grande meio bobo com cara de criança e um jovem com cara de velho, muito magro, de cabelos longos e olhos fundos. Eu, Pedro. E vocês? Os nativos responderam algo como Xiguê e Maaná. A mulher não abriu a boca, devia ter seus 40 anos, tinha o corpo muito forte com poucos traços de cansaço, embora eu a tenha visto em momento de absoluto horror. Pedro sibilava alguma sedução barata em sua direção enquanto mostrava o amarelo dos dentes. Mesmo contida por dois homens, ela conseguiu erguer um chute até o queixo dele. Uma corda de sangue ainda pairava no ar quando o corpo do capitão tombou com suas roupas molhadas em cima da fogueira, nos deixando sem luz. Segurem firme essa égua, Pedro berrou, e tragam Nouhou aqui, já entendemos que a fila de adestramento deve começar pelos mais fortes.

Meu sangue gelou, eu e a mulher nos olhamos com o mesmo medo, alguma faísca se irmanava em nossos olhos no escuro. Como ela era pequena perto de mim, e como era forte também! De algum modo, seu corpo dizia que admitiria minha violência se os outros a deixassem em paz. Eu não podia prometer nada. Uma lâmina se cravava em minhas costas me empurrando até ela. Estranho como até o desejo de gozar se torna uma alternativa fácil quando estamos diante da loucura e da morte. Eu e ela parecíamos até piscar ao mesmo tempo para não perder o instante juntos.

Foi aí que a futura mãe de Macunaíma, nosso filho, decidiu parar de se debater nos braços de nossos homens. Soltem-na, Pedro ordenou, ela não tem para onde fugir. Seus parentes urravam os idiomas de todas as feras, tentando em vão assustar os algozes pela arte da imitação. Com o corpo livre, a mulher começou a vociferar palavras firmes que fizeram seus parentes calar e esperar. Então, ela veio até mim, tapou minha boca com uma das mãos e, com a outra, tateou suavemente meu manto índigo encharcado, com olhos tristes e bem experimentados.

Pedro, ainda arquejado no chão, ria da hora cega, mesmo sem força de voz. Em seu rosto, era nítido o sentimento de vanglória por ter sempre a seu lado a violência das leis desta terra. Foi meu último dia de vida. Eu continuaria apenas como uma ausência retinta na vida de meu filho bastardo, o que chamam Macunaíma.

São Paulo, 17 de fevereiro de 1945

Querida vovó Manoela Fortunata,

Que reza era aquela com que nos benzia em caso de susto, bucho virado, mal ar, quebranto, olho gordo ou medo da morte? Perguntei a todos aqui de casa, alguns nem sabiam de que eu falava. Será que, se fuçar no cruzeiro atrás do altar da Igreja de Nossa Senhora do Rosário dos Homens Pretos, encontro algum papelzinho dobrado com reza similar? Vou pedir à Dona Mariquinha para fazer essa busca, minha mãe precisa mesmo sair um pouco para algum propósito excitante. Muito nos ajustamos à decência nessa casa, minha vó. Se a senhora estivesse viva, não sei se aprovaria o rigor de sua nora com os costumes católicos das igrejas ricas. Felizmente, circulam outros interesses pela casa. De todo modo, entre os habitantes desse digníssimo sobrado, prevalecem corpos que se procuram nos gestos das famílias elegantes. Mas também somos gente que ri solto. Não somos da turma da cachaça pura, nem do whisky, somos daquela categoria de família que transforma produtos honestos e populares nos licores mais finos. Somos aqueles que rangem a escadaria de madeira cara quando descem para a vida.

Agora me lembro melhor, não era bem uma reza, sequer uma ladainha. Era um murmúrio secreto, rezado em língua cifrada até para os anjos e demônios. Era idioma que só serve pra gente que consegue ser os dois. Pois bem, é dessa força que preciso agora, minha avó. Sei que é uma vergonha pedir, em seu descanso, uma ajuda nessa hora, mas tenho medo. Para quem, além de seu espírito já consolado pela morte, eu poderia contar sobre todas as vezes em que, no desespero da solidão, busquei a companhia de nossos iguais, ascendentes de tanta escravaria, nas esquinas e portos, nos quartos de hotel, no carnaval? Com esse comportamento, a senhora pode imaginar que ganhei mais do que o gozo de estar entre iguais. Também daí tirei minha desdita, marvada sorte, pois essa pleurodinia — diagnóstico vago — me subindo do intestino à garganta não é inflamação que ganhei sentando em banco de igreja.

Podemos falar com a honestidade da ternura que sempre trocamos, vó, pois deve ter sido um tanto assim que a senhora ganhou os sete filhos, entre os quais meu pai. Cada gravidez, um novo estudante do largo São Francisco. Sete registros na Igreja da Sé: pai incógnito e mãe solteira. Será que a senhora buscou amor todas as vezes? Tenho certeza de que, seja qual for o nome que tenha dado a cada caso, lutava sempre por uma vida melhor.

Papai nunca gostou de falar muito da senhora e das gerações passadas. Nem exigíamos o contrário, era um tanto quanto tácito entre os membros da família o fato de escamotearmos cada vez mais nossa ascendência africana, conforme galgávamos a sociedade. A senhora, ao contrário, gostava de lembrar de tudo. Mesmo tendo morrido quando eu tinha apenas 9 anos, tenho a memória viva das tardes que passava em seu rabo de saia, na rua Líbero Badaró, com os primos e tios. Muita coisa girava em torno da Igreja dos Homens Pretos, quando ainda era erguida no triângulo histórico. Ouvíamos as histórias sobre seu irmão capelão da irmandade, meu tio-avô Fortunato. Um negro na casa dos vereadores, quem diria! Já era surpreendente o fato de vocês morarem naquele casarão, bem no centro de tudo. Pra falar a verdade, entendo sim como era possível — naquela época, jornalistas e banqueiros ainda não disputavam os metros quadrados da região. E não terá sido generosidade da família Elias da Silva deixar a casa sob a administração dos pequenos Andrade, seus dóceis "escravos livres" há mais de duas gerações. Vocês eram obrigados a sublocar os salões inferiores para reuniões partidárias dos liberais, para tipografias, festas e até uma loja de móveis, o que era uma alegria para sua netaiada. Eu e meu irmão passávamos por todo aquele furdúncio a cada manhã de sábado, subindo as escadas em direção a seus quitutes, e só podíamos nos sentir no centro nervoso de grandes acontecimentos. Aos poucos, a casa foi ficando velha e rachada perto dos arranha-céus que foram erguidos bem na frente. Uma hora ou outra seria demolida. Pelo menos a antiga dona teve a dignidade de passar a posse para a senhora em seus últimos anos.

A senhora não cansava de contar das vezes em que havia recebido visita do Luís da Gama, pedindo um cantinho onde pudesse conspirar com seus aliados brancos e pretos acerca da produção de mais uns virulentos e bem fundamentados panfletos abolicionistas. A senhora também não nos fazia esquecer do quanto éramos privilegiados de poder passar como brancos, às vezes. Conhecíamos os chapéus certos e estávamos próximos das pessoas que debatem leis. A senhora em particular costumava preservar certo recato no decote, como se fosse uma culpa ter peitos bem cheios. Imagino o quanto deva ter precisado se provar diariamente na administração de tudo, mantendo sempre a discrição no sorriso e o controle no olhar, devolvendo delicadamente aos de cultura europeia um desprezo respeitoso quando se surpreendiam pela senhora não se portar como um corpo que carrega fardos que ninguém quer. Todos em sua casa "falavam muito bem".

Sim, a senhora transmitiu a nosso pai essa habilidade em forjar dignidade, e ele a nós, seus filhos. O que a senhora diria se tivesse vivido para me ver no palco do Theatro Municipal, em 22, ou criando o primeiro Departamento de Cultura brasileiro, com salário e gabinete pagos pela prefeitura? Certamente viria às lágrimas ao ver que o neto ocupava lugares ainda mais luxuosos que os do filho. Sim, meu pai me ensinou como podemos nos associar às pessoas certas para determinado tipo de aventura.

Só para a senhora já morta posso ainda me orgulhar de meus feitos, como um adolescente qualquer. Infelizmente, sou conhecido o suficiente para ser obrigado a me comportar como um sábio modesto e risonho aos mais jovens, e com silêncio inabalável diante de uns tantos fogos inimigos.

Nem preciso dizer que os insultos mais dedicados são aqueles que, mesmo publicados em jornais de grande circulação, procuram me inferiorizar apontando o disparate risível da existência de um mulato que seja grande, mas delicado. A maioria me quer apenas pela arte, não pelo amor de olho no olho.

Minha avó, a senhora viveu muito bem até os 76 como mulher livre. Suas missas foram rezadas com alegria em igreja dos pretos e igreja dos ricos — papai quis assim. Quanto a seu neto das belas madeixas, hoje já bem careca, não sei se chego aos 52.

Já disse, precisava mesmo da sua benção. Espremi tudo que podia desse corpo. Tem uma anotação minha em cada palavra dos homens. Respondi a tudo e a todos. Eu e minha boca grande, tantas vezes representada em caricatura. Embora tenha me mantido com absoluta discrição em minha vida particular, soube extrair da carne o prazer possível. Quisera eu ter uma carne mais cara no mercado. Mas devo admitir que sempre pude pagar um bom jantar a meus amantes mais escuros que eu. Agora, nesse ponto do andar, sou apenas um viado velho que ainda gosta de roupa acinturada. Eles querem me dar a glória para que eu me encastele e pare de circular. Não sirvo nem mais para ser funcionário e ter salário. Eu que volte a me virar como professor de piano para mocinhas de família e publique minhas obras completas para os moçoilos iniciados. Mal sabem eles que nunca reclamarei por estar rodeado de mulheres e jovens espertos.

Vovó, obrigado por ter acolhido tão bem a palavra humana e justa em sua casa. Sem isso, jamais teria tido essa jornada maravirrosinha, apesar de tudo. Um dia, ainda conheço a língua de tuas rezas.

Sinto saudades do seu cheiro,
Seu neto
Mário Raul

II
DANDANÇAS

São Paulo, 18 de fevereiro de 1945

Fernando,

Ouça de uma vez por todas, acredito mesmo que você seja o pior de todos nesse celebrezinho Grupo dos Vintanistas. Não digo tal indelicadeza só para romper suas resistências, mas por pura amizade, simpatia besta até. Não se esqueça de que deixei clara e evidente minha proteção a vocês no Congressão dos Escritores, mês passado. E ainda tenho que ouvir dos urubus mais velhos que sou corruptor de jovens. Cuidado com sua reputação ao andar do meu lado, algumas difamações poderão respingar em você também.

Já disse e repito: o que você quer como escritor, glória e solidez, exige anos de aprendizado e os resultados serão bem menos satisfatórios. Que tipo de reconhecimento você queria de mim, afinal? Nem sempre poderei escarafunchar seus desejos ou libertar você dos próprios fracassos. Você me coloca nessa situação desconfortável de mestre e não me dá pista do que deseja aprender. Sabino, assim como as romanas raptadas cujo nome carrega, você foi raptado pelo Rio. Antes eram você, o Hélio Pellegrino, o Otto Lara Resende, o Paulo Mendes Campos, o Wilson Figueiredo. Outras associações ou cooperativas de afeto em tempos de guerra. Você parece ter ficado muito mais com o afeto do que com a arte. Agora exige de mim respostas, como se eu fosse a voz oracular dos tempos que cruzam. Falo por amizade, você precisa de aprumo. De fato, você escolheu ir pro Rio num momento em que sabemos que a guerra e a censura estão mais afrouxadas. Tem que aguentar mais um pouco, mineiro.

Você tem muito a observar por aí, as sínteses desconfortáveis da pátria mãe, a capital federal sitiada. Veremos os nomes que os partidos terão após o terremoto das ideologias com essa guerra. Estar atento para a mudança inédita da história é guindar mais para os liberais ou protecionistas? Que se ergam novas usinas, caldeiras, fuselagens! Fazendas morrem, terras secam. Que nosso aço se exploda em canhões de guerra estadunidenses e ingleses. Dá até um arrepio na nuca.

Pois bem, para saber se orientar nesse caos, sugiro que observe dois Carlos, muito diferentes entre si, o Lacerda e o Drummond, mas ambos sensíveis à participação diversa de artistas e políticos da cultura no poder. Não sou ingênuo o ponto de não saber que a trupe armada do presidente nos vê como medalhões que aquietam os fachos da oposição quando publicamos nossas pesquisas sobre a cultura popular. É um modo de intervir positivamente, mesmo que eles usem esse palavreado do povo como informação para fazer propaganda. Os Carlos são figuras que nos ajudam a pensar a dinâmica dessas mudanças, um se afasta de comunistas oficiais, inclusive familiares, e entra no jogo por dentro da legalidade e usando a armadura de jornalista, outro se faz de político como se contaminasse a rosa da poesia e se vê perdido na cidade, como você próprio agora, embora tenha lá já seu nome um tanto quanto inabalável.

Quem olha na cara do povo? Os cronistas, Fernando. Como eles próprios também fazem. A crônica invoca as contradições do brasileiro em diferentes esquinas. Mas isso é coisa de velho, dizem, foi o que reclamei pro Drummond esses dias, tem que ter a paciência dos artesãos antigos, concentrados nas minúcias de seus trabalhos como se não sofressem as alterações de clima, mas sem perder certo estupor risonho diante da novidade. A história é uma grande fofoca, Fernando, você precisa aprender a ver a cidade mais assim. De outro modo, vai sofrer mesmo, o corpo mole antigamente cuidado no carinho de mães e tias vai ser castigado nos bondes onde o toque é anônimo, naquelas noites indevassáveis de não ter pra onde ir, como as que consomem cada um de meus amigos. Para os mais jovens é pior, claro. Lembro de quando tinha a sua idade, o fogo dos 22. Havia a guerra no horizonte, a primeira, mas os anos difíceis, de fome e gripe espanhola, ainda nem pesavam em nossa pele, chegariam só em 17 e 18. Só em 19 foi menos sofrido, tivemos enfim o carnaval. Eu andava livre pela cidade, atormentado apenas por minha própria sombra e fumaça. De olhos abertos aos abismos da multidão, ao que cabe em minhas lentes grossas de foco contido. Sempre fui mesmo de criar amores imaginários, platônicas alturas para não me conformar ao mundo, algo para tirar do corpo um pouco mais do que o voluntarismo das grandes causas. Mas me alistei, fui lá só pra verificar o quanto eu era de fato um homenzarrão fracote, cheguei a fazer cálculos estratégicos belíssimos. Fiz por teima, desejo incontentado, um modo de colocar na arte essas vozes entrecortadas que me acolhiam nas esquinas, enquanto eu procurava os ideais. Vi a cidade parar nas greves gerais. Pelo menos uma ou outra vez vi a carne do povo, essa entidade abstrata que não nos enciranda. Só agora voltaremos quem sabe a agir com um pouco mais de liberdade, mas não sei quanta história ainda precisaremos viver antes de escrever qualquer coisa com aceitação pública e respeito entre os iguais. Há muitos respeitos a se tomar por aí, Fernando.

Se esse é o peso do mundo, não sei, não pratico dessas feitiçarias, pratico outras. Confesso que uso nossas cartas para incrementar meu "O Banquete". Já lhe falei sobre esse meu texto novo? Espero ter saúde para terminar. O nome não ilude, é um diálogo com os diálogos de Platão. Mais uma vez o velho grego que gosta de desembaraçar truques de sombras. Um dos personagens é Janjão, um compositor negro que será recebido e produzido no círculo distinto de influenciadores da rica Sarah Light. O outro é um estudante inconveniente, um pouco como você, se bem que, como mineiro, você deva sofrer de não ver recompensada sua exímia modéstia e educação. O moço, no meu diálogo, reclama mais da falta de reconhecimento. É esse estudante quem vem falar de arte. Fala de arte esparramado pela noite. Gosta de vestir extravagâncias que o coloquem como um aristocrata decadente que ainda assim seria mais refinado que o ambiente burguês em que debuta. Ora, Fernando, aí vocês não poderiam ser mais diferentes. Você acabou de se casar com 20 anos, sua luta é essa. Aceite que o mistério lhe chegue em seu próprio lar, embora lugar algum no Rio possa lhe dar o mesmo reconforto das serras mineiras. Busque ao menos uma vista, o Rio tem dessas coisas. E tire das exuberâncias cariocas toda a miséria que conseguir investigar, mas ria, Fernando, por favor, ria. Já tivemos suicídios demais. Chega de morte! Por um fim de verão menos tenso!

De resto, adorei sua estreia na narrativa longa, embora ache o nome da novela, *A marca*, meio pau. Começou bem. Chegou no Rio e já publicou uma narrativa de fôlego pela José Olympio! Para te fazer contente e irritado, vou deixar por escrito o que lhe disse pessoalmente aqui em São Paulo dias atrás em boca de bar. Não adianta você querer ser profuso como o Jorge Amado, tem que ir dia sim, dia também, como Machado de Assis, só cuidado com o que mais vai pegar desse homem.

Cada um desses achou um modo particular de ser batizado pelas oficialidades dos governos que se seguiram desde o Império. Durante os anos duros dessa última guerra, só mesmo o Capanema nos deu jeito de trabalhar, ainda que nas masmorras burocráticas de Getúlio. Agora estou reduzido a quê? Doente, não posso contar nem com as aulas do Conservatório. Ter ido para o governo não me salvou de estar banido de novo na Pauliceia. Há heroísmos que temos que deixar apenas para uns jovens Byrons, deixemos para eles a morte. Fico na esperança de que a guerra e as ditaduras acabem em questão de meses, se meu corpo aguentar. Não é mesmo de amargar? Você quer que eu lhe dê um conselho? Preste bastante atenção em qual doença vai colher para si na escolha dessa maldita vida de escritor. Cada um tem a sua. Não pegue uma coisa muito visível, uma escandalosa doença de pele. Escandalosa, nunca. Não queira sequer virar um simples tuberculoso, arranhadura das gerações. Trate de morrer velho, mais velho que eu, o que você pretende é de longo caminho. Comece por ver os próprios passos, dentro e fora de casa, depois cruze com outras pegadas, outros passos de dança. Encontrará sempre um caminho na música. Ela nos ajuda mesmo quando a usamos para não nos ajudar. E conte com a sorte, ela será mais importante que os conselhos de um escritor já mais pra lá do que pra cá. Amanse a fera, Fernando.

Com a mais fiel amizade,
Mário

NO LAGO DE FOGO DAS ICAMIABAS

Macunaíma não nasceu de estupro não, nasceu foi de mulher — e por nosso esforço também cresceu.

Há quem cave a terra para encontrar a origem certa dos fatos, há quem afunde nas águas para não esquecer o que importa. Sozinho, curumim Macunaíma não sabia fazer nem uma coisa nem outra.

Somos como ele, nem derrotadas, nem vencedoras, somos o que sobrou e o que virá. Somos, como chamam os homens, as filhas de Ci. Mãe de todas a chamamos, nos tempos e tempos. O nome em que se revela para nós é só um estalo da língua nos ossos do coração, o apito baixo de aviso que só se recebe em sonho, a espera na certeza do fruto, o equilíbrio entre o desejo e o prazer, a porta escura entre os mundos, o que pulsa até em corpo que a morte levou. Ninguém leva Ci a lugar nenhum. A cada segundo retorna com uma face antiga diferente e nem as mais velhas entre nós sabem de todos os seus mistérios. Somos como ela; quando homens descobrem nossos domínios, buscamos outras margens. Nem crocodilo nos tira da beira das coisas. Num seio deixamos criar leite, o outro queimamos na brasa para manter a flecha mais próxima do coração quando a moça ainda é menina. Não nos chamem de icamiabas, çacoaimbeguiras, amazonas, mulheres guerreiras. Foi quando os homens inventaram a medida do tempo que nos desmisturamos deles.

Descemos dos Andes até aqui. As primeiras de nós saíram de Cuenca quando os incas chegaram e passaram a sacrificar virgens pela organização dos grãos na cidade das alturas. Mas também haverá outras mulheres que lhe contarão uma história diferente e você deverá acreditar em todas elas. Só tome cuidado nas ocasiões em que lamentar a vida olhando as estrelas. Ci poderá lhe enfeitiçar com a mesma loucura que nos imputam injustamente. Mas sim, somos as que suportam e fundamentam qualquer inconsistência da razão, somos as que carregam a mãezinha velha no colo a cada nova lua, somos as que a escorrem pelas pernas até o domínio dos mortos.

Vem pelas águas que eu te conto, te pego no raso primeiro. Alegria tem sido desde que descemos livres pelas montanhas. Aprendemos a vencer cachoeira brava e homens de um tamanho que nem tem mais, além de outros pequenos como o quati. Brotavam da terra, muitos matamos, muitos mataremos desde quando resolvemos descer o rio Maior de Todos em busca de pousos outros para as gerações. Foram os séculos que nos ajudaram a se esconder aqui no Lago-da-Volta-e-Meia. Cuidado para não se enredar na raiz traiçoeira da vitória-régia, aqui acontece de tudo, é onde gente viva passa a ser espírito de muito poder. Qualquer uma de nós sabe disso, não só aqui como em qualquer lugar do mundo. A gente só se cala para a luz, às vezes.

A primeira que teve que aguentar no bico do peito aquela criança feia foi a mãe — a mulher cujo nome acharam melhor ocultar. Dizem que nem cabelo tinha mais quando Macunaíma ainda era criança, ele que já nessa época era peludíssimo, o redemoinho cheio da nuca encontrando os pelos que sobem do rabo. De palavra, não dizia nada. Foi assim até os seis, não falava nem mamã, nem mamá. Quando queria coisa, virava berro, cabeça vermelha. Não sabia nem o nome que lhe davam. Não se interessava muito pelas gentes ou bichos. Gostava era de coisa plantada cheia de sombra. Dormia na rede acima da mãe e a preguiça de sair para mijar era tanta que acordava a mulher toda noite com seu molhado-quente. A coitada rolava num fôlego de susto, achando estar sendo liberta de um pesadelo de tempestade. Era assim toda noite até que a moça foi ganhando feições de velha antes mesmo que Macunaíma terminasse de espichar. Julgava melhor receber o mijo do filho do que deixá-lo livre para as tonteiras da mata. Além disso, dizia que no cheiro descobria o que curumim havia comido de errado. Onde foi que achou carne de tapiretê? Tinha medo, pois, desde a fase de andar de quatro patas, o menino gostava de ir sozinho para o escuro. Temia que lhe matassem o filho misturado, de modo que não voltou para sua aldeia depois de plantar Macú para fora da barriga. Amarrou os três sangue-meu atrás de si e puxou para longe, descendo o Uraricoera. Abriam casas apenas onde fugitivos passam e terminaram por achar um fim de mundo onde puderam ficar alguns anos.

Foi lá que Jiguê, belo e bobo, achou moça Sofará, menina sem nação que desconhecia até pintura de urucum e jenipapo. Trouxe ela de braços dados num dia em que mãe sovava forte a massa brava debaixo de um calor de matança. A velha tomou a moça nos olhos para ver o tamanho da brincadagem e desceu a observação para as pernas robustas de muita correria. Gostou do que viu, teria alguém para ensinar como se cria casa em mata-mundo. Se quiser ficar, disse a velha raspando o suor da testa, já venha amassar o de comer. Esses dois aí, disse apontando o desprezo para Jiguê e Maanape, não trazem muita coisa de grande para cá não, mal seguram o fogo tremendo para espantar jacaré que ousa subir em nossa clareira de luz. O mais novo, então, acha que tem corpo de deus grande no céu, mas só fica amarrado no meu peito e, quando consigo me esconder no escuro para descansar, mija um igarapé todinho na minha cabeça. Sofará riu bastante com a cumplicidade da sogra e foi ficando.

Boa safadeza era a dela. Todo mundo gostava quando ela e Jiguê soltavam gemidos líquidos, enrolados nas mesmas tranças de folhas. Ao ouvir os sons da mistura dos corpos, mãe ficava tranquila de que o filho pudesse ter mulher para orientá-lo. Maanape cismava uma inveja respeitosa pelo gozo do irmão, mas gostava de ver os fantasmas do prazer descerem dos galhos ao seu chamado de feiticeiro para reconhecerem a maloca como casa de gente sim. Já o menino, este só ria feitinho ave carniceira toda vez que flagrava Jiguê e a mulher com mais pressa de roçar do que de fazer a roça. Ele ainda não diferenciava palavra de gemido não.

Teve uma lua em que Macunaíma parecia estar na hora de raspar os pelos, mesmo tão curumim. Foi o basta de mãe. Pediu ao filho feiticeiro para espetar o beiço do menino com veneno de sapo amansado no fogo. Enquanto agarravam as partes que se debatiam no corpinho peludo, a mãe expelia as palavras como flechas de curto alcance, rápidas e precisas: pare agora de mijar em cima de mim, todo espírito vê que no sol você é moleque fraco que não exercita o peito e de noite anda todo de pernas salientes, tem a mira forte de quem poderia caçar antão assim.

Vou não, Macunaíma disse de bico latejando e olhos vermelhos, espantando até os pássaros que entendem tudo. Era sua primeira frase. Maanape espertou: onde você disse que não vai não? Sabe nem o nome seu! Macú, Macú, tu tá feliz ou tu tem cu?

E o menino peludo disparou: nome não falo não!

Jiguê abriu sorriso de caçador vaidoso e disse: êta que esse menino só fala pelo "não". Sofará ria de achar engraçada a voz grossa do moleque, coisa de bicho que mora em pedra.

Desde esse dia Macunaíma falava coisa sim, coisa não. Às vezes, em sonho, recontava em outra língua. Maanape pedia aos deuses interpretação. No mais, o garoto ia seguindo como um contrário dos outros. Os dias matava na negação do trabalho; nas noites de chuva forte, saía tagarelando sobre o que não existe é nunca.

Um dia, nos anos, o tempo estava cheio até de si mesmo. O sol crepitava os cabelos, piolhos atiçavam as asas dos pássaros, fruta rachava antes de cair, água rolava grossa e lenta, corpos se escondiam na lama, uma ou outra nuvem parava quieta na luz como alma pesada. Tudo era promessa excessiva, tudo parecia invencível diante da morte. Em dia assim, perna de Jiguê não sabia ficar dobrada. Ia descendo correnteza atrás de bicho sim, bicho não. Maanape aproveitava as caçadas do irmão e ia pisando em seu rastro seguro, colhendo as raízes certas para os momentos raros. Mãe e Sofará jogavam nas mãos uma da outra as responsabilidades da fome. A velha mascava tabaco para engolir mais fácil o trabalho, às vezes compartilhando a maçaroca na boca da nora. Uma gostava de ver em si a mulher forte da outra.

Macunaíma não fazia nada além de arrancar cabeça de saúva, dia sim, dia também. Naquela tarde cheia, o garoto, já bem nos seus dezesseis, fedia o futum dos que crescem muito rápido, mas ainda mantinha a cabeça de curumim, sem perceber em si os azedos e podres de gente grande. Seus companheiros de silêncio eram os mosquitos mais carniceiros. Sua preguiça era tão viscosa que nem conseguia imaginar os alívios de um banho. Vá procurar água que te ponha num rumo, falava mãe. Em água não entro não, peixes anões me entram pelos furicos, teimava o guri antes de voltar à caça de cabeça de saúva.

Após matar as formigas maiores, ficava observando as menores em busca de algum sinal de gratidão. Imaginava-se rei soberano da floresta, respeitado até pelas entidades que jamais conheceria. Mas não saía para caçar não; gostava de grandeza, não de trabalho. Não queria repetir, sonhava criar novidade. Achava a sobrevivência digna, mas chata. Sabia que havia aldeias grandes por aí. Ouviu bem dos irmãos sobre a existência dos pele leite-sangue. Tentava imaginar de onde teria vindo seu pai, tinha certeza de que sua nação era composta pelos homens mais fortes. Imaginava melhores facas e anzóis, ainda que seus irmãos se recusassem a adotar essa tecnologia. Queria vacas e galinhas. Maanape e Jiguê insistiam na morte que chegava disso tudo, mas Macunaíma queria comer coisa nova até a dor de barriga mandar parar.

Era assim que vinha imaginando quando mãe lhe deu um tapa na cabeça. Desce agora e já para as águas, senão conclamo Iara a puxar teu corpo pro fundo do igarapé no meio da noite chuvosa. Os cabelos dela entrarão pela tua garganta até te matar sufocado, antes mesmo de chegar ao rio. E um tapa Macú ganhou outra vez. Pensou que a mãe era chata assim porque vivia fugida. Sabia que um dia ela devia ter sorrido para o mistério da mata. Mãezinha, mãezinha, me leva para a mata, ele disse cavando de si um dengo de curumim que nunca lhe cabia bem. Te levo é com a corda no pescoço, a velha vincava bem as rugas para dizer. Sofará segurava o respeito no fôlego, mas, quando a briga ganhou caretas, desatou a rir. A velha sentiu o ódio agudo de quem perde o controle de seu mundo e cuspiu uma ideia para se livrar dos dois e ficar sozinha. Pois vá você, Sofará, levar meu filho na beira do rio, no mato, onde quiser, desde que volte com cada prega do cu muito limpa ou lhe enfio um rabo de tatu.

A menina escondeu da velha a satisfação em se livrar do trabalho — pintou na cara máscara de submissão. E foram. Assim que a casa sumiu por trás das árvores, Macunaíma foi logo dizendo, ai que preguiça, me leva nas costas, Sofará. A garota não era muito maior do que ele, apesar de uns dez anos mais velha. Nas brincadeiras com Jiguê, ela sempre embutia um riso no gemido quando o parceiro bufava demais em busca do gozo. Mas aceitou levar Macunaíma nas costas, de tão bobo ele era. Queria ver até que ponto era só curumim grandão ou homenzinho tentando se safar. No cavado do passo firme da cunhã de pernas grossas, o corpo do garoto peludo ia chacoalhando em risos que faziam seu pau encolher. Macú menino ria e rerria de ver Sofará puxar firmeza e força. E tinha medo de sua obstinação de moça cheia de vontade de flor cheirosa. Só me solte quando já estiver com os pés na água, ele pedia se agarrando mais.

Ela o descarregou na parte molhada da serrapilheira, onde já podiam ouvir até os murmúrios do rio nas pequenas pedras. Em contato com a umidade, Macunaíma se eriçava igual colmeia mexida com vara. Qualquer estímulo fazia seu coração bater ainda mais forte, mas fingia desleixo. Se olhasse direto para as coisas da cunhã, esticaria todo em menos de um piscar. Se ela o tocasse, se melaria antes do primeiro beijo. A primeira vez dura mais quando é ritual, os gestos medidos no vento, um milímetro por vez para não romper o gozo antes da hora aguda. A moça ou moço que pegar com as mãos no sexo de outra pessoa tem que dar tempo de a cabeça, há anos ansiosa pelo ato, se acostumar com a realidade intensa das peles babadas. Sofará tinha essa educação, frequentava essa magia. Mesmo tão desabitada de costumes, sabia o que uma cunhã aprendia no dia anual da Festa da Menina Moça. Desde o primeiro sangramento, a menina trancada em casinha de palha, sozinha e no escuro, aprendendo a disciplina que um corpo deve ter, segundo os homens, quando o sangue da mulher quer mandar demais. Também já fazia quase dez ciclos d'água que ela estava com Jiguê. Muitas vezes, tivera que conter o espírito de jaguatirica que o possuía. Outras, ia sozinha à mata se perguntar o porquê das coisas. Não gostava de viver fugida como a família do marido. Os gracejos de Macunaíma davam leveza ao serviço dos dias. Podia lhe ensinar a ser homem.

Entram na água até o pescoço. Ela percebe no peito do rapaz a respiração curta e trata de pousar a palma da mão no coração dele, espremendo a água entre as peles. Faz um carinho tranquilizador, seguro, de quem irá cuidar com certa experiência. Leva mais dois dedos, como enguia elétrica, ao maxilar do bicho peludo. Ele firmava os dentes para controlar o pulso, mas acabou suspirando fino como moleque inexperiente. Sofará poderia ter rido, mas apenas sorriu com respeito, e isso bastou para que o jovem Macú fizesse inchar rapidamente uma confiança que cresceu em três segundos, chegando acima do umbigo da moça, pulsando como um coração exposto de caça recém-rasgada. Ela se afastou pela distância de alguns cabelos, pois tinha sentido no latejar rápido que, embora a coisa fosse grande, sua presença lustrosa e perfeitamente apunhaladora seria breve. Mas não deixou de passar um dedinho curioso nas veias mais salientes para arriscar um último limite. O rapaz realmente exibia um atributo principesco, mas a força com que tentava manter o brilho concentrado no olhar acabou quebrando a falsa certeza de um sorriso firme, embora ainda mantivesse a pose de uma pessoa de arco bem esticado nas mãos. Ficava quieto e rígido, obedecido. Ela não resistiu. Apalpou a cabeça da coisa aflita com a mesma firmeza delicada de quando se arranca de um galho baixo um fruto duro de sair. Saiu. Pelo tempo lento que leva uma revoada de pássaros para cruzar um rio largo, o rapaz foi explodindo nuvens na água. Agora se limpe, Sofará ordenou, enquanto saía do igarapé torcendo os cabelos. Macunaíma cumpriu de olho arregalado nas distâncias. Estava feio de novo.

No dia seguinte, o menino peludo foi o primeiro a acordar. Era a primeira vez que isso acontecia. A Sol, mãe de tantos deuses, renascia de pele suada naquela manhã. A noite teve que se esconder às pressas, recolhendo as sombras como se fosse uma ninhada perdida. Quem tinha que subir galho, subia num pulo só; quem era de cova, descia rápido com medo do fogo. Macunaíma se sentia extremamente vivo, algo o convidava ao movimento como nunca havia experimentado em nenhuma manhã-de--mais-outro-dia. Antes, quando seus parentes o convidavam ao trabalho, virava emburrado denunciando na cara dos outros a incerteza que eles próprios tinham de seu gosto pela sobrevivência. Macunaíma era como um termômetro da estupidez humana. Perto daquela força viva se recusando a aceitar as regras do jogo, cada um seguia para suas tarefas um pouco mais amuado. Mãe sovava a massa cada dia mais amargurada. De que adiantava ter a última palavra na casa de uns três ou quatro? Estavam perdidos no mundo. Jiguê não tirava mais a máscara de durão, mesmo quando a mata lhe passava rasteira, o que era frequente, já que caçava sozinho, no máximo com a ajuda de Maanape. Quanto ao feiticeiro, cumpria o cotidiano com austera resignação, seu tempo era o das estrelas, onde tentava ler um futuro de união.

Sofará só ria, aceitando tudo como um jogo de criança, porque costumes não entendia mesmo não. Não via graça em separar casa e mato, amante e parente, prazer e cuidado. Naquela manhã, nada lhe parecia especialmente melhor ou pior que nos dias anteriores de sua existência. Não ficava colada no lembrar dos prazeres.

Macunaíma, ao contrário, descobria que podia fazer do prazer um sentido para a vida. Encontrava algo maior que a preguiça, muito maior que essa desvontade em acreditar. Pela primeira vez, entendia que sua descrença era também uma desolação que ele assumia por todos, ao constatar que, sem comunidade maior, sua família parecia um roçado de solidões. E isso lhe dava a medida instintiva de que, em algum lugar, haveria uma vida melhor. Uma vida onde os prazeres diários não fossem apenas intensos, mas capazes de desvendar encantamentos.

Naquela época, ele não conhecia nada dos brancos além da faca que Jiguê usava. Estava muito longe de construir a ideia de riqueza e posse. Mas imaginava farturas. Imaginava que, quando fosse moço grande, teria um sorriso bem aberto. Queria o sorriso daqueles que conhecem um pouco mais, como às vezes via no rosto de Maanape, quando o feiticeiro se desconcentrava dos ritos para contar aos parentes inteligências de fazer rir. De repente, toda aquela proteção precária que a mãe lhes impunha parecia a própria violência misteriosa de que ela queria fugir. Mas ninguém conseguia enganar Macunaíma não, ele sentia que a estranha liberdade de uma vida em constante excitação só poderia ser encontrada onde houvesse novidade todos os dias. Curiosidade, só a mata lhe dava, e com mais combinações possíveis do que os rituais e afazeres que enchiam os dias dos irmãos. Diante da vida contadinha que lhe ensinavam, Macunaíma começava a nutrir a ideia de que viver em perigo era mais do que necessário. Mas não achava graça nenhuma em ter que lutar só para se mostrar o mais forte. Se pudesse ser o mais esperto, mesmo que não conhecesse as tramas invisíveis do irmão feiticeiro ou os nós do irmão caçador, poderia inverter a vida para usar a noite na construção de artimanhas que lhe permitiriam não ter obrigações durante o dia. Talvez pudesse libertar toda a família do apego pela dignidade da sobrevivência. Talvez existisse muito mais gente solta na mata querendo brincar. Talvez um dia pudessem ser bichos de novo. Talvez um dia pudessem desnascer.

Crescia mesmo em Macunaíma uma vontade de ver a Sol andando para trás. Foi em meio a esses pensamentos encharcados que teve a ideia da armadilha. Primeiro veio a gula, a vontade de comer uma coisa tão gostosa quanto a descoberta do sexo e a lembrança de um dia fora do comum. Seu estômago roncava alto quando se lembrou do sabor da carne de anta. Pescou na cabeça a lembrança de que Jiguê vinha tentando rastrear uma mãe com seu filhote há dias. Se podia pegar a mulher do irmão, podia também pegar sua caça. É assim que os corpos crescem e se conhecem, pensava. E tinha tanta coisa para conhecer! Ninguém nem ainda lhe havia explicado por que seu cabelo estava sempre em pé, bem-disposto como galhos sinuosos em direção ao céu, enquanto os cabelos de seus familiares viviam sempre sonolentos, escorridos como cachoeira tímida. Ninguém lhe havia explicado finalmente o porquê de viverem isolados de todos os outros, sempre no medo ou na urgência. Ai que preguiça!

A Sol montava cada vez mais ardida na mata, desafiando, puxando da terra tudo quanto era folha, larva, réptil, flor e fogo. Chegava em pequenas manchas vermelhas ao horizonte pressuposto entre troncos. Macunaíma pensava ter acordado com o corpo maior. O tambor do peito chamava para alguma coisa importante, não era só vontade de brincar de novo com Sofará. Olhou para as saúvas que catava com fervor e achou que aquilo era morte pequena de se comemorar. Em seu estômago de ronco alto cabiam todas as ambições da manhãzinha. Só caçar piolho não podia mais, mas não sabia como pegar a anta que Jiguê espreitava. Tentou se lembrar do tanto de corda que o irmão tinha precisado enrolar para atar todos os nós da armadilha quadrada, feita de galho pesado — como as grades das fortalezas dos portugueses, Jiguê dizia se vangloriando. Cismado com as coisas que ainda não sabia, Macunaíma olhava e reolhava para os galhos mais altos, tentando encontrar resposta. E teve a ideia. Viu que os galhos se ramificavam não em forma quadrada, mas triangular, como braços abertos. Era isso que lhes dava a estabilidade que tornava os macacos invencíveis. Mesmo o teto da maloca, se fosse quadrado como a cabeça e a armadilha de Jiguê, já teria caído faz tempo. Armadilha tinha que ser feita como triângulo, peito aberto de guerreiro. Que bobo Jiguê era.

Macunaíma foi correndo pra mata, antes que a mãe suspeitasse que carregava intenções. Foi trepando o mais alto que pôde para escolher os galhos de que precisava e colher a palha do buriti com que teceria corda mais longa que a do irmão. Tinha que montar a armadilha mais alto, para que, ao cair, tivesse um impacto decisivo sobre a anta. Assim fez. Escondido na parte proibida da mata, foi tecendo sua corda, trepado onde ninguém podia ver ou incomodar. Viu que levaria dias para cumprir o plano. Era melhor muquiar a parte já feita num galho alto e voltar toda manhã para fazer o mesmo. Toda manhã, depois de esticar a corda um pouco mais, Macunaíma ia se banhar, e voltava pra casa satisfazendo a mãe, que sorria ao pensar que o filho tomava jeito-gente.

De uma lua para outra, a corda estava pronta, cada nó cumprido na força da inteligência. Macunaíma tensionou bem a armadilha, como via o irmão fazendo com seu arco e flecha, e voltou para casa sem saber conter a língua na boca. Mas esperou até a Sol ir embora e apenas na escuridão saiu chamando o nome de todo mundo, orgulhoso de possuir a maior das descobertas. Contou seu plano em detalhes, para espanto de todos e desdém de Jiguê. Passaram a noite rindo, ora pela incredulidade que sentiam pela ação do menino peludo, ora pela graça que era ver Jiguê tirado de sua posição de caçador superior.

Quando a luz voltou, Maanape sugeriu que fossem conferir se a artimanha do menino-rapaz era verdadeira. Se o truque fosse de intenção reta, o espírito dos ventos rasteiros colocaria a caça no caminho certo. Pelos cantos, Jiguê continuava a esgarçar na cara seu desdém. Mãe não via coisa mais importante que o trabalho certo da mandioca, estava cansada de graça. Sofará, desatando nós dos próprios cabelos, se levantou da rede e disse, sou eu quem vou ver se esses nós-dos-deuses pegam mais que o vento. Voltou meia hora depois com um enorme sorriso de mistério. Era verdade. E era coisa grande, todo mundo tinha que ir junto ao local do abate para arrastar o bicho e cortar a parte boa. Foram e fizeram festa de sangue. Até Jiguê ficou satisfeito, sendo o dono da faca que media a fartura. Macunaíma já queria pegar um pedaço cru, queria testar na língua o quanto de vida ele trouxera para a família. Jiguê controlou. Esperto você foi, mano meu, mas a partir daqui sou eu quem divide a ordem. Todos concordaram e foram logo armar fogo grande. Ficaram o dia todo comendo carne assada debaixo da Sol. Menos Macunaíma. Ninguém havia se colocado contra Jiguê quando o caçador estabeleceu que, mesmo na esperteza, Macú merecia castigo. E jogou as tripas da mãe tapiretê no colo do irmão mais novo. Essa é sua parte, espertinho.

O ódio foi se enrolando ao redor dos dias. Jiguê achava que era outra coisa, justiça, equilíbrio dos deuses. Maanape se contentava com essa explicação para manter o ambiente familiar morno, sem muito fogo, sem muita chuva. Mãe se preocupava apenas em processar a carne planejadamente, de modo que pudessem vencer o apodrecimento e aproveitar ao máximo. Sem dizer nada a ninguém, ela acreditava que a caça prodigiosa do filho havia sido dádiva de Makunaimã, aquele que foi chamado para vingá-los. Quanto a Sofará, a moça percebia que o orgulho exibido de Macunaíma era também um modo de ele expressar a intensidade com que se dispunha ao aprendizado do mundo — e da carne.

Dias desceram, a tapiretê foi comida até o tutano e o desejo voltou para atiçar uma vida melhor. Nem sabemos dizer se foi Macunaíma quem puxou Sofará ou se foi ela quem o levou para o mesmo fio de água escondido na mata. Não tinham a ilusão de se unirem numa só chuva, ambos sabiam buscar um no outro uma experiência bem rara, sonhada por todos, um espaço de segurança diante de outros olhos para expandir os próprios limites internos, gritar entre as vísceras, esticar os nervos atrofiados nas margens de todos os tabus.

Chegaram à terra molhada se perseguindo como crianças, ao mesmo tempo que apontavam a grosseria dos pelos um do outro, rindo perplexos como se tivessem crescido apenas ontem e os corpos amadurecidos parecessem um plantio imperfeito. Só dentro d'água começaram a se cutucar, um zombando da sensibilidade do outro. Zombavam do desejo também, não queriam mais saber dos toques de solenidade da primeira vez. Enchiam a mão nos corpos, mas para fazer cócegas e confundir a vontade. Queriam a verdade — e a buscaram até a visão ficar escura num fim de fôlego. Então Sofará rolou para o lado o corpo cansado de Macunaíma e o enterrou na areia, dosando asperezas e delicadezas. Chegou a acender pau de fogo na pedra e ameaçou queimar os olhos do imobilizado, depois desenterrou apenas um pé e mordeu com força o dedão para ver se o tolo se soltava e aprendia a ser moço. A pele chegou a se romper na ponta do dedão e, enquanto ele tentava se debater debaixo da areia, ela pintava os seios com o sangue da mordida aberta, manipulando aquele pé desesperado como ferramenta certa. Só quando ela percebeu que o bicho se soltaria de vez, correu para um cipó próximo e, entre as pernas, escalou alturas. Ele conseguiu se agarrar na ponta do balanço, chegou ao pé dela e até pensou em morder também, mas seria utilizar a mesma artimanha. O jogo era mostrar que poderia também aprender alguma coisa por si mesmo. Ficou paralisado nesse pensamento, balançando de um lado para o outro abaixo de Sofará, apreciando o movimento assustador que pode emergir da maciez, enquanto ela ria ao constatar que, se continuasse se movimentando em toda sua força, ele teria medo de aprender a meter. Na hora certa, ela saberia fingir ser um terreno sem vento, mas agora era a primeira vez que se sentia a senhora do tempo. Com o marido, só conseguia o tempo pela metade, pois o tempo era algo que deveria durar pela vida toda, e nem filho ainda tinham feito — maldição de Makunaimã, Maanape dizia.

E como se o rapaz tivesse mesmo conexão com seu padrinho ambíguo, logo teve a ideia que tirou Sofará da disputa feliz. Sabia que, em casos extremos, às vezes era necessário apelar à violência, e poderia fazer disso outra brincadeira sem grandes consequências. Com uma das mãos, agarrou uns seixos na beira d'água e começou a mirar naquela cabeça acima da sua. Não foram muitas tentativas até o braço peludo atingir o supercílio da moça. Com a visão oleada de vermelho, ela ria ainda mais para provar que era possível sempre gargalhar de qualquer choque dos sentidos. Ria da loucura de um céu pintado de sangue.

Então Sofará apenas escorregou. Escorregou pelo cipó, por dentro d'água, por cima do corpo submisso de Macunaíma, perplexo com o fim inusitado da violência. Já era moça de promover os encaixes mais justos sem precisar olhar e, deliberadamente distraída, sentou até o saco do rapaz, acomodando-se sem pressa para não assustar. Macú arregalou os olhos para ver se controlava a realidade e soltou um uivo tão estranho que parecia anunciar ser o primeiro membro de uma nova espécie que nasceu para desafiar a Sol. O vermelho escorria entre os corpos. Mas, antes que ele se acreditasse no controle, ela se contraiu inteira, se desequilibrando rapidamente em múltiplas direções sobre a dureza pretensiosa daquele pauzão que mal se descobria. Macú até que tentou se segurar bem reto debaixo da fluida imprevisibilidade daquela boceta gostosa, tão consciente de si, mas se esguichou inteiro sem sequer conseguir medir na respiração o que lhe acontecia. Crispou as mãos no primeiro pedaço de carne que encontrou, nem sabia se sua ou se dela, apenas para se certificar de que não experimentava a morte. Melou todo o céu. E foi sentindo uma espécie de lei universal misteriosa segundo a qual todo aquele que ousa tocar as nuvens fica com as mãos frias no retorno. Finalmente, passou a se perguntar atônito sobre como é que pode uma só ponta de corpo acender assim um mundo todo.

De um lado de onde se podia ver escondido o mundo todo, Jiguê espreitava a cena, os cílios vibrando involuntariamente. Seu ódio era tanto que tinha vontade de arrancar as próprias mãos do corpo. Não pela traição, isso não existia entre eles, mas pela inveja. Assistia com indignação a bunda de Macunaíma se mexer com mais disposição do que ele próprio quando caçava. Tinha raiva de ter se doado tanto para o trabalho a ponto de esquecer o prazer. Ele nunca aprendera mesmo a transformar o prazer em jogo, apenas em máquina. Também lhe sobrevinha a certeza humilhante de que a vida é bem melhor com segredos, embora a gente deseje o reconhecimento por nossas ações para a comunidade. Olhava para Sofará e pensava que havia sido uma ilusão tentar civilizar uma filha da mata virgem.

Quando gritou bem alto o nome dos dois, como alerta de fera, Sofará e Macunaíma viram seus corações caírem duros no chão como pássaros que em pleno voo são transformados em pedra.

Em casa, não foi preciso falar. Mesmo mãe entendia a situação sem precisar encará-los de frente. Jiguê juntou o pouco que era da esposa e pediu que voltasse para as terras do pai. Não queria saber se Sofará jamais pudesse encontrar o rastro de seus familiares nômades. Nem precisou lhe explicar que ela não era força que cabia em casa alguma. Ela própria admitia esse destino e, afinal de contas, meses depois, de boato em boato, soube chegar até nós, sã e salva.

Na primeira noite depois da partida de Sofará, Macunaíma ficou desenhando o mapa do mundo na cabeça, mas tudo se ramificava em mistério demais. Não podia mais aceitar que a vida voltasse a ser aquela solidão rasteira. Deveria existir alguma terra onde pudesse ser amigo de todas as mulheres e cuspir na cara de todos os machos. Assim quis e guardou no coração, ritualizando o silêncio que tinha que engolir.

E foi esse silêncio que um dia Ci ouviu. Mas sobre o casamento do homem peludo com a mãe da mata não contamos não. Basta dizer que foi desse lago que ela tirou a pedra com que esculpiu em muiraquitã o presente a seu noivo-discípulo.

Agora é melhor que você saia dessas águas. Já contamos até o excesso. Se revelássemos mais, você correria o risco de não querer jamais voltar para as próprias ilusões. Siga em frente sem olhar para trás, o sonho é seu. Lembre-se de que recordar muito pode ser mais perigoso do que enfrentar mulheres guerreiras. E mantenha esse riso aí em guarda. Não há muito mais como se defender quando se está do outro lado do paraíso.

Rua Lopes Chaves, 19 de fevereiro de 1945

Ai, Tarsilíssima...

Pois será preciso então que retomemos o assunto Oswald! Juro que tentarei achar um modo de falar com a graça de um tom de fofoca, afinal já não temos mais tanta juvenilidade para nos vestir com o manto de nobres ressentimentos, sobretudo se usássemos as já cansadas desculpas de revolução. Também nem quero me lembrar daquela minha birrinha com seu outro ex-marido, o Osório. Sinceramente, não sei como você consegue se manter elevada com esses dois, na leveza de um perdão constante. É farra de deusa? Preciso me confessar em seu colo. Vai me dar a aguardente do sítio de Itapecerica?

Diga para Dulcinha que recebi os mimos com muito gosto. Peça com insistência para que me procure, quero saber pessoalmente como conseguiu essa fonte boa de pasta de cupuaçu aqui em São Paulo. Saudades de vocês duas, mãe e filha.

Allons-y! O assunto. O dito-cujo. Você sabe mesmo me colocar em uma sinuca de bico, eterna musa, sem me deixar bravo demais por isso. Quando recebi sua carta, pensei, lá vem alguma boa intimidade, pois por que ela me enviaria uma carta se, para as urgências, temos o telefone? Talvez você tenha ouvido que mamãe e titia é quem têm recebido minhas ligações. Não sei como, mas você sempre sabe de tudo, e mantém essa profunda dignidade e discrição, sem cuidar da vida dos outros. Deve saber que ando me recuperando da saúde. De volta à casa de mamãe, com meus quadros, esculturas, discos, livros ao redor, me sinto um pouquinho mais que um monte de ossos na beira dessa estrada sem pé nem cabeça. Com que alegria certa cruzo todas as manhãs, quando desço para o primeiro andar, o quadro de Lhote que você me trouxe de Paris há tanto tempo, aquele do futebol! Com que síntese um de nossos francesinhos preferidos captou o gesto essencial de concentração e força em cada corpo! Ao mesmo tempo, cada um com seu impulso particular se funde num único amálgama, máquina que faz girar o mundo. Parece esse jeito nosso, meio capoeirista, não aquele atletismo empertigado, você sabe. Nossa força é de morro e ladeira, horizontes elásticos, mal esquadrinhados, meio corcundas, meio barrigudos. Nossa força é de bucho virado. Por isso instalei teu presente há décadas em lugar onde todos de casa passam mais de uma vez ao dia. Isso para te dizer o quanto nossa ligação ainda é sutil, minha amiga. Você sempre me deixa mais mole, mas nem por isso deixei de sentir um gosto de fel na boca quando abri hoje cedo um envelope assinado por você e me deparei com outro dentro, assinado pelo Osvaldo. Você me pede, com muita simplicidade, para que dê atenção ao pedido dele. Mais uma vez, você atende aos estratagemas dele em te colocar como interventora numa possível reconciliação. Imagino que, para você que foi esposa e o perdoou, deva ser difícil compreender por que eu, um amigo, um simples parceiro no caminhar da história, não o perdoo também. Bem, acho que umas últimas palavras devem ser ditas sobre o caso.

Tarsila, desde o começo eu e ele tivemos nossas diferenças. Francamente, embora ambos frequentássemos os mesmos salões ao redor dos jornalistas, o burburinho dos estudantes de Direito, os clubes da alta-roda, é certo que nossas origens nos distanciam muito. Embora você seja também uma boa filha de família enriquecida pelo café, conseguiu rara independência de mulher através de uma arte internacional. Buscou isso desde menina. Como não te enaltecer? Eu e esse outro velhaco entramos já grandinhos na arte, como meio de agitação. Ele por razões de poder, eu por uma espécie de devoção religiosa. O embaraço já começou daí, ele sempre conseguia me constranger ao me apontar algum idealismo antiquado, ao mesmo tempo que me criticava por nunca aderir por completo a suas ideias mais panfletárias. Ele encara seus ideais como justos por serem coletivos, enquanto os meus, de desenvolver uma arte própria, lhe parecem um pouco egoístas. Ele acha que me coloco em primeiro plano em tudo. Quando nos conhecemos, na flor da idade, ele me via como uma força espontânea da cidade, uma voz cuja animação ingênua poderia colorir seus planos heroicos de erguer uma consciência moderna por dentro de uma elite que ele acreditava mais vanguardista. Ele só não imaginava que, desde a Semana, andaríamos com pernas próprias. Talvez esse seja seu rancor, talvez ele acredite que nós o usamos como escada da mesma forma que ele quis nos usar.

Você vai dizer que é amargor de minha parte e que, durante um certo tempo, quase uma década, fomos um só coração, como atestam os clichês que ele mesmo dissemina em suas palestras cá e lá. Minha amiga, nunca fui eu a disseminar calúnias, nunca usei do deboche desmoralizante, nunca promovi brigas públicas. Ao contrário, sempre que sou consultado, pública ou privadamente, reforço o caráter heroico que ele quer para si, digo o quanto admiro seus projetos literários e o máximo que faço é relativizar o protagonismo paulista diante dessa bela avalanche de novos autores que descem e sobem pelo território brasileiro. Autores com os quais ele nunca quis conversar, enquanto costuma reiterar suas acusações de que sou um prostituto dos mais jovens, ou um vaidoso que fala em nome de todos. O que ele quer? Ser lembrado sem cultivar as relações? Colocar-se como mestre sem admitir a genialidade dos mais jovens? Parece que ele tem mais medo de ser esquecido do que de não conseguir produzir uma grande obra. Pior que isso, parece que ele quer muito mais construir uma grande obra do que entender o Brasil. E por que precisamos tanto afirmar essa totalidade brasileira? Já não estamos cansados dos Salvadores da Pátria? Podemos ver ao nosso redor as crateras de bomba que os nacionalismos abriram. Mesmo que os bombardeios não tenham chegado ao céu do Brasil, vivemos há séculos a guerra de raças, senhores e escravos. A conciliação e a síntese modernista não deixam de ser uma farsa, embora transgressoras em seu tempo. O que seria de mim se eu não tivesse usado como vantagem o lado branco de minha ascendência? Realmente, para ele, criado com elegância desde o berço, devo parecer um ridículo *parvenu*. Acha que tem garbo o suficiente para se vestir com seus ternos laranja, enquanto busca flagrar em mim afetações grotescas de esnobismo a me denunciarem continuamente a origem duvidosa. Entendo que ele, herdeiro de uma família agora em decadência, ainda reze para si seus próximos rompantes missionários. Quer ser comunista porque acha que sentiu na pele a derrota da história. Pois bem, não vai ser imitando a imitação do sotaque caipira que ele vai conseguir tal feito.

Os tempos mudaram. Cada um afirma sua parte, e não duvido que em poucas décadas entraremos numa guerra civil ainda mais intensa, mas, dessa vez, não de senhores contra senhores. A terra sangra e nossas festividades urbanas não são mais que perfumaria. Esse é o lado bom de pensar que não durarei muito tempo.

Por que me calo, então? Porque não quero me erguer como alguém que defende a versão correta da história. Macunaíma já me causou muitos constrangimentos por isso. Embora seja cada vez mais bem recebido por jovens cultos de todas as capitais e outras tantas cidades, é certo que não é a voz do povo. De que adiantou colocar mais de mil verbetes de fauna e flora se eu não conheço as trezentas línguas que por aqui circulam? Osvaldo ainda vive nessa ilusão de união, uma união que irradia de São Paulo. Por que eu deveria voltar atrás para encontrá-lo nesse ponto? Além disso, por que eu aceitaria, nessa altura da vida, participar de mais um embate disfarçado de amizade? Aquele glutão é menos camarada soviético do que pensa. Mas, seja qual for a máscara ou causa que vista, certo é que todos vivemos tempos de extremismos. Qualquer que fosse minha reação a seu pedido de perdão, ele a leria como estratagema maligno, mas me acolheria com o sentimento magnânimo de ter o coração limpo, como se fosse ele a vítima. A coisa tomou proporções épicas faz tempo. Quantas vezes naqueles dez anos de convivência mais intensa não tivemos nossas rusgas e ele sempre me lambia para, logo em seguida, morder mais uma vez? Por que devo aceitar seu perdão? Não se trata de uma briga entre homens por honra. Também não podemos reduzir a uma vaidade de egos. Freud não explica tudo. Freud não explica os trópicos. Sei que Osvaldo tem um lado maravilhoso e que não sou nenhum santo. Sei que o tempo passa e torna tudo risível. Tudo mesmo?

Amiga, com você posso finalmente tocar em uma ferida sensível. Em 1929, quando lhe comuniquei minha intenção de guardar o silêncio de meu afastamento, como eu ficava constrangido ao ter de ouvir seus pedidos para que eu e seu marido nos reconciliássemos, enquanto me chegavam da cidade inteira boatos sobre o caso dele com Pagu. Seis meses depois você pediria a separação. O que eu poderia ter respondido a você naquela época? Agora, posso tocar no assunto de leve.

Vamos analisar apenas a primeira frase daquela famigerada crítica que ele publicou na *Revista de Antropofagia*, sob o título de "Miss Macunaíma": "Passageira do gaiola 'Caiçara' esteve ontem em Natal, durante algumas horas, a mais genuína representante da antropofagia feminina no Brasil." Primeiramente, imagine por um instante essa frase escrita no masculino. Continuaria tendo graça pelas suas tentativas de me humilhar ao dizer que eu estaria viajando como um esnobe num navio mais barato, com nome de gente miscigenada. Sua tentativa era muito mais dizer "olha como é ridículo um mulato funcionário com ares de nobre". Era de esperar que ele tomasse a minha coluna no jornal, a qual depois publiquei em livro, *O turista aprendiz* (em que contei minhas viagens pela Amazônia e Nordeste), e achincalhasse uma suposta afetação de alguém que desdenha o quanto é bem recebido por poderosos com jantares e cerimônias. E seria leviano ou ao menos tolo se eu acusasse tal deboche como sendo inveja. As coisas não são tão simples.

Voltemos para a frase. Em seguida, diz que eu seria a maior representante da antropofagia feminina no Brasil. Mais uma vez, imaginemos no masculino. A graça estaria em ridicularizar minha suposta arrogância por supostamente ter me colocado como avatar do grupo. Sendo que, na verdade, ele é quem estava bem chateado por eu não querer participar como antes do projeto novo da revista, mesmo tendo conseguido espaço em um dos jornais de maior circulação. Tenho certeza de que até hoje ele acredita que minha intransigência com a revista se devia ao fato de eu querer andar sozinho e me sentir mais bem posicionado. Como explicar para ele que não só nós dois, mas o mundo todo estava muito diferente no final dos anos loucos? Ele acredita que meu trabalho em registrar a cultura popular é apenas uma maneira de me manter em um suposto trono. Eu bem sei o quanto ele era crítico ao fato de eu e o Drummond termos aceitado trabalhar para o Ministério do Capanema, no governo dos golpistas. Claro que, para alguém que ainda podia viver de renda, ele tinha toda razão em nos julgar por nossa "contaminação".

Ai, Tarsila, só nós sabemos quanta cara feia temos que aguentar, quantos interesses mesquinhos contornar para conseguir colocar nossos trabalhos em meios mais oficiais. Se você, que é bela, rica, talentosa e famosa, precisa manter o escudo erguido o tempo todo, imagine como não é para um mulato cheio de afetações que visam dar um pouco de dignidade a uma expressividade naturalmente terna como a das mulheres? Imaginou? Agora voltemos para nossa frase, a original, escrita no feminino. Veja como a piada fica muito mais engraçada. Independentemente de minhas preferências pessoais, você sabe que pior que ser mulher, pior que ser negro, é ser viado. É o último grau da humilhação, o inominável, o pecado nefando dos padres. Ele, um libertino mulherengo, ao mesmo tempo apaixonado e casadouro, não poderia ter encontrado piada mais baixa para me desmoralizar naquele que seria nosso projeto coletivo. Aliás, piada repetida. Ele só entrou para o coro daqueles que, desde a publicação da *Pauliceia desvairada*, têm me associado à imagem de um fresco lânguido e promíscuo para desvalorizar meu trabalho.

Tarsila, minha amiga, veja que, mesmo para você, depositária de meu coração desde o início da amizade, não consigo confessar meu lado beco. Embora tenha ouvido com muitos risos suas histórias sobre a boemia parisiense, tão mais liberal que a nossa, ajo contigo com a mesma castidade respeitosa que pratico com as pessoas de casa. Um santo devoto a alguma causa nobre, nada mais. Mas essa causa é minha, não a vendo pra ninguém, não a ponho em manifesto. Minha causa está no mistério, esse foi o lugar que me coube. Nenhuma vida suja além de uma obra clara e distinta, se quiser ser lembrado pelos tempos e tempos. Fui trezentos para não ser eu mesmo.

Mas tenho nutrido ainda minhas paixões, transgressões, embora todas manchadas pela liberdade duvidosa da arte. E insisto. Espero que esses dias de cama me permitam organizar a versão final de um longo ensaio que tenho escrito sobre a pintura barroca do Padre Jesuíno do Monte Carmelo, pardo de terceira geração, como eu. É para os inimigos falarem de vez sobre o quanto sou carola. Eles nunca enxergaram a importância de um descendente de escravos ocupar determinados espaços. E vá eu falar de sexo com a mesma liberdade deles! Serei o sujo por transgredir o pacto tácito entre masculino e feminino. Embora sejam eles os agressores, eu é que serei visto como um devasso sujo na sua mais funda baixeza.

Essa briga não é para hoje, minha amiga. Não é para o nosso tempo. Fico com o meu Padre Jesuíno, me interessa mostrar como ele lutou para ser reconhecido, mesmo sendo pardo. Me interessa saber como ele conseguiu simpatia de uma comunidade religiosa tradicional para estampar uma visão de união de raças ou, ao menos, a representação de algumas delas nas beiras do Paraíso. Mas nem nesse paraíso mais liberal de Jesuíno entraram anjos afeminados como os de Caravaggio ou Michelangelo.

São muitas questões para elaborar um perdão. Em primeiríssimo lugar, são esses tempos que não nos perdoam. Não culpo o Osvaldo individualmente, embora esteja atento à sua perfídia. Sigamos cada um de seu canto. Se nos forçarem novamente a algum encontro em tal ou qual reunião de artistas, como aconteceu essa semana no Congresso dos Escritores, irei rir espontaneamente de suas piadas, mas sem precisar olhar nos olhos, como fiz há uns dois ou três anos. Hoje, tenho uma saúde frágil para cuidar, o tempo das relações quentes passou e tenho tido sonhos bem estranhos. Espero que em breve consigamos nos abrigar em alguma trincheira para eu contar os detalhes desse novo labirinto que me toma no sono. Não deve ser apenas um efeito da mistura da febre com as chuvas intensas.

Será um prazer tal conversa num futuro breve. Entre mim e você, ainda sabemos preservar alguma gentileza em meio à destruição. Ou é esse jeito mais manso o que nossa interlocução sempre me inspira, a ponto de tantos terem acreditado no quanto fui apaixonado por você romanticamente. Espero que você também ainda dê bastante risada dos que invejam os mistérios gloriosos, gozosos e carinhosos de nossa amizade.

Do sempre,
Mário

IRIQUI COSMÉTICOS E DISFARCES

Jesú Tristo e Ceuci me olham e me guardam — têm o olho na hora! — e sabem: aprendi o mistério das cores ao passar noites em claro para ver o branco das flores de vitória-régia ganhar um tom vivo de vermelho quando chega a luz.

Naquela noite maldita em 1790, foi do mesmo jeitinho que descobri as orgias da morte. Foi de manhã que a gente viu a cor viva da desgraceira, as casas e o rio num vermelho mais vibrante que a intensidade das sementes de urucum maceradas no óleo de pequi. Era uma multidão de corpos tombados nas inclinações dos bancos de areia, bem na encruzilhada do

Tacutú com o Uraricoera, lá onde o rio Branco já nasce lodacento, um verde tão escuro que não sei como ficou tingido com aquele vermelho vivo, morto, enquanto o sol nascia e os aldeamentos pegavam fogo. Todas aquelas casinhas e capelas de argamassa oculta em tinta branca trazida de Portugal ardendo seus tetos de palha. Os cômodos haviam sido besuntados com óleo de tartaruga estrategicamente espalhado como caminho traiçoeiro pelas mãos dos nativos traidores. Conseguiram fugir para as serras depois de tacar fogo em suas civilizadas casas de alvenaria, seus lares cristãos nos últimos vinte anos. No grande forte de Pedra, de onde os soldados controlavam os cinco aldeamentos espalhados pelos três rios, já nem fumaça subia mais, foi lá que a violência passou primeiro, no risco rápido da pólvora e da faca, estilhaçando soldados e nativos num caos de poucos minutos. Em menos de uma hora, foram mortos praticamente todos que eu amava e odiava. De manhã, apenas o lamaçal de sangue espalhado por cada um dos cinco vilarejos e o sol nascendo sem nuvens, erguendo suas camadas de fogo entre o escarlate e um fio de púrpura, como só faz de vez em quando, sem aviso. Parecia que queria nos lembrar de que sobre esse vermelho todo não havia mais ninguém de pé, nem perdedor, nem vencedor. Os restos do batalhão de reforços, enviado pela capital do Estado do Rio Negro, fugiam dispersos pela mata, cada qual pela própria alma. Os únicos que continuaram descendo o vale do Branco sem temer a planície foram Macunaíma e seus dois irmãos. Fugiam tentando apressar seus cavalos estropiados, enquanto tocavam cerca de quarenta cabeças de gado em direção a São Paulo, como bradavam no berrante para os povoados mortos. Não sei se foram mesmo, não chegariam nem com metade das cabeças. Como atravessariam as águas todas? Foi a última vez que os vi. Devo ter sido a última a fugir, fiquei até o fim, sem saber para onde ir. Só me mexi para sair do esconderijo de folhas quando vi um jacarezão desse tamanho puxar pra dentro d'água um corpo pálido sem cabeça, ainda carregando seu famoso vestido de seda branca — nunca mais voltaria a ser da mesma cor. Era o cadáver de sinhá Cecília, esposa do capitão Moura e mãe do filho de Macú, menino lindo que foi um dos primeiros a serem decapitados pelos facões quando estourou isso que vocês chamam de Revolta da Praia de Sangue. Eu não tinha mais o que fazer ali, eram mais vermelhos do que se podia reconhecer. Segui a mesma opinião de todos que sobreviveram, deixei aquele lugar com o desejo de que a mata o tomasse de novo, apagando em umidade definitiva cada rastro daquela história infeliz para os partidários dos dois lados da moeda. Fugi sozinha.

Macunaíma e seus irmãos. Conheci aqueles três no Império da Mata Virgem, bem longe do Forte São Joaquim ou qualquer outra aldeia de parente ou povo barbado. Eles eram como eu, das veredas e caminhos antigos, dos esconderijos. Nossa casa não era casa, nossa mata não era medo, nosso lar era território sem risca de régua; éramos daqueles que aprendem a se mover sem cessar pelo território-lar porque o próprio mapa dos deuses move a si mesmo o tempo todo, cuspindo, engolindo. Gente do nosso tipo sempre tem algum mistério familiar, algum segredo de origem. Alguns caminham para esquecer, outros por aventura, a maioria apenas para sobreviver. Macunaíma e seus irmãos traziam essas três intenções de fogo.

Eu já tinha ouvido falar deles muito antes de cruzar seu caminho. Havia aquela história que gente grande achava que era só para assustar caminhante novinho atrevido. Dizia que, no dia em que Macunaíma matou a própria mãe, os ventos deram nó uns nos outros e pararam o céu. É o que Maanape me confirmou depois. Mandingueiro dos bons aquele lá.

Eu já tinha ouvido umas histórias assim, nos limites onde a mata encontra o sertão, onde o vento vira diabo, onde homem branco divide a terra e põe gente tirada de sua raiz para cavar fundo uma espécie de terra de ninguém. Foi história que correu longe, tenho um conhecido que costuma subir da rota Peabiru para a Vila Rica esburacada e de lá para Palmares e nos contou o mesmo, apenas acrescentando que esse tal de Macú, das bandas do monte Roraima, seria aparentado do demo, teria mesmo proteção para realizar os piores crimes. Acreditei. Nesse tempo eu já era mistura braba de Jesú Tristo e os cultos de sangue de Ceuci, além de ser filha de uma tupinambá com um malê que rezava para Alá. Acho que foi por isso que Macunaíma gostou de mim e que seu irmão mais novo, o que chamam de Jiguê, me quis para ele. Ajuntei, e fui costurando meu caminho no deles.

Embora os três fossem muito unidos, havia ali no meio daquela amarração alguma história mal contada que nem sempre o mandingueiro conseguia conciliar. Nos tempos de nossas andanças, quando eu pulava da cama de Jiguê para a de Macú, tentei muitas vezes saber a fundo a verdade. Concordavam apenas em dizer que abandonaram toda vontade de morar em casa feita, depois que a mãe morreu. Quando os conheci, já deviam ser caminhantes há mais de um século. E dá pra imaginar o que um século faz na cabeça de quem procura e não acha. Um dia, perguntei ao próprio Macunaíma, ele apenas me disse, afiando uma lança na faca curta, sem perder a calma ou a destreza, que matou a mãe por engano achando que era veado escondido. Os irmãos confirmaram sem muito acrescentar. Jiguê insistia que era castigo enviado por Makunaimã para conter a arrogância do irmão de nome quase igual; Maanape assentia com as pálpebras serenas atrás da fumaça de tabaco e acrescentava que tinha sido também um destino inevitável para a mãe, enraizada demais no pesadelo da vingança. Eles pareciam amargamente mais felizes sem ela, aquela cujo nome nunca me disseram. Também nunca falavam de seu povo, apenas lembravam algumas histórias de pôr medo e fazer rir feito macaco velho.

Não sei exatamente por que eu tinha essa liberdade com eles. Vendo como passado distante, história de avó, hoje posso reconhecer que eles não queriam era cair na mesma briga por causa de outra mulher. Jiguê tinha medo de repetir o sonho bobo que alimentou com Sofará, não via em mim como via nela um ser puro da floresta que se disfarça apenas com lama, um ser que pudesse ter a vontade toda dominada. Ele entendia muito bem o trabalho que eu tinha em me manter diariamente pintada, o urucum na cara toda, o grafismo de jenipapo alinhado com os músculos mais presentes, as contas no punho, pescoço e tornozelo, as flores também, porque não queria que me vissem como escrava fugida como havia sido meu pai. Porém, mesmo tentando me exilar na metade indígena, a presença marcante de meus traços decididos inspirava à maioria dos nativos a me ver como feiticeira, cheia de truques proibidos de sexo, morte e moedas de ouro. Não só Jiguê como os três irmãos admiravam o quanto eu tinha conseguido sobreviver com beleza e dignidade, livre na mata, não por ser pura, mas por entender a cultura de meus inimigos. Peguei o que quis de cada um — reza e mandinga trago de muitos povos. Até Maanape se consultava comigo. Pajé caído ou inquisidor algum mexia com meus ares. Eu não precisava me preocupar em agradá-los, como em muitas nações das três raças a mulher deve fazer.

O jogo de poder e dominação era entre os irmãos; Jiguê gostava de ver o quanto Macunaíma me satisfazia porque, por contraste, valorizava ainda mais o amor que dava, indiscutível. Macú também acendia quando Jiguê gozava fundo em mim, testando força e foco, pois sabia que assim o irmão com pretensões de guerreiro teria ciência da beleza de sua própria saúde e da justeza de sua administração da mata. Jiguê se queria assim. Nesses momentos, Maanape fixava as rugas dos olhos nas chamas mais baixas da fogueira em nossos abrigos provisórios, consciente dos menores espíritos.

Certa noite, sentados em lados opostos de uma fogueira, Jiguê e Macunaíma atiravam-se histórias de quem sabe mais, ambos inchando o peito num riso de força só pra esvaziar outro riso fino depois. Riso na ida e na vinda, os irmãos traçavam caminho juntos. O irmão feiticeiro ouvia a certa distância.

Maanape levantou-se para longe do fogo repentinamente, mas, como era de seu feitio, sem chamar atenção, como só faz quem tem medo de estar doente e não quer incomodar. Veio dentro da maloca me achar. Espiei quando foi separando dos cantos uns ramos de sua coleção de folhas sagradas — aquelas que ninguém tocava com medo de não saber quando agiriam como veneno ou remédio — e foi tecendo baixinho sua espécie de fala que não é nem canto, nem reza, nem resmungo. Parecia choroso, mas guardava na goela entalada a fé em seus amigos invisíveis. Achei que fosse pedir alguma coisa importante, como sempre fazia, mas estranhei a urgência fora de hora, por mais que eu soubesse que cada um é o único a conhecer detalhes preciosos de sua própria mandinga. De repente, falou bem claro: recolhe o que é teu e o que mais precisar dessa mata de dentro, vamos para um lugar de onde não haverá volta. Foi assim mesmo que disse, sem levantar os olhos do chão. Não vou me esquecer nunca do modo como tentei apreender a gravidade da situação, sem penetrar seu segredo, mas nenhuma de minhas artes poderia jamais prever o que nos aguardaria e o feiticeiro já sabia: esses dois aí não têm mais pra onde ir, revelou, a mata livre já não basta para incendiar a competição que os alimenta a sobreviver na força do fogo, e pra esses dois aí já não tem jeito de sobreviver fora do fogo. A mata também ensina a ficar quieto diante da morte, mas isso eles não podem aprender agora, precisam ainda da chama ardente da vingança, mesmo com nossa mãe devolvida pra terra — esses dois só sabem viver assim, minha filha, já não tem mais jeito que desentorte —, precisamos caminhar até os sonhos de fantasmas brancos, será um sacrifício, mas seremos bem recompensados, está prestes a acontecer, você verá. Mantive silêncio respeitoso. Continuou dizendo que, se o irmão matou a mãe por vontade ou engano, não fazia diferença diante de Makunaimã, deus embusteiro. Contou mais da vingança remoída da mãe, desde que os tinha feito subir o Roraima, onde pariu Macú na cara do deus de seu nome. Disse que o problema da mulher sua mãe era querer fugir do avanço do homem branco, obrigando-os a recuar por caminhos da mata grande onde só vivem aqueles que não conhecem nem a própria língua. Como poderiam enfrentar tantos povos, dependendo apenas da força e astúcia de três irmãos? A vingança que mãe queria, disse Maanape, só podia vir depois de sua morte, quando os irmãos pudessem escolher finalmente se infiltrar entre os brancos, entender seus negócios, conhecer sua matemática, sua língua com força de lei sem espírito, seus deuses sofredores, o segredo final de sua violência gulosa. Partiriam em breve, me revelou. Eu poderia escolher entre continuar a me nutrir do medo da mata ou partir com eles para a ameaça dos aldeamentos portugueses. Lembro-me de que na hora em que a escolha me foi lançada, apenas olhei para fora da maloca, em direção ao fogo e, na força expressiva com que Macunaíma e Jiguê lançavam suas pilhérias um para o outro, entendi que as revelações de Maanape seriam tão reais e duradouras como a morte petrificada num mosquito dentro de uma pedra de âmbar.

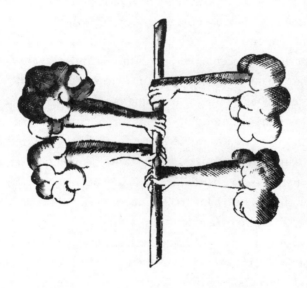

Nossa entrada nos aldeamentos foi simples. Cada um de nós já havia espreitado outros lugares, escondidos na noite, as casas de barro, as tintas brancas, os altares com cruz de metal ou madeira reta, as rodas puxadas por bois, o cavalo em que se monta, as cercas que separam a comida do resto da mata. O forte de Pedra também não nos surpreendeu, com seus canos de ferro apontados para a encruzilhada dos rios.

Chegamos de dia — não queríamos ser confundidos com inimigos — e foi num único golpe que vimos o movimento de toda aquela gente raçada junta. Espetamos os olhos na surpresa e no riso. As roupas dos soldados e suas esposas intrigaram os irmãos; Macú ria demais dos panos embaraçando nas pernas, grudando chuva, suor e lama. Mas gostou dos chapéus, botas e de tudo o que era de couro curtido. Jiguê ficou mais matreiro e perguntou pro irmão feiticeiro o porquê de todo mundo se mexer sem parar, cavando, matando, colhendo, cortando, enquanto uns poucos só guiavam os caminhos. Maanape não falou nada, permaneceu como veio do mato. Depois, só disse para baixarmos as armas na terra e pedirmos acolhida.

Foi parente quem primeiro nos recebeu, nativos que falavam a língua geral enquanto lançavam no ar redes de interromper o fluxo de tartarugas e peixes. Jiguê achava aquilo magia das grandes desde que tinham visto brancos pela primeira vez e pediu pra tocar, muito bobo, mas Macunaíma foi logo esperto e ofereceu ajuda, perguntou se precisavam de braço pra carregamento. Vá falar com o capitão, um deles disse, aqui todo dia chegam bocas de fome cheias de preguiça; se querem ficar, vão ter que trabalhar. Nenhum dos irmãos entendeu direito o que trabalho era, mas Macú intuiu que era coisa de uns quererem ser mais fortes que outros, de uma preparação constante pra uma guerra distante, de um fingir satisfação para sobreviver em terra seca e batida, arrasada sem dó, como se o lar verdadeiro estivesse sempre em outro lugar. O irmão mais novo tinha dessas, talvez porque fosse tão burro para entender as coisas dos homens que enxergava logo os desejos por trás delas. Jiguê achava que era lição de fantasma, Maanape sabia que era origem mais escura. Foi ele quem primeiro bateu na porta do forte, baixando uns olhos que chamou de educação.

Logo descobrimos que a loucura daquela gente era ainda mais descontrolada entre paredes, no que chamavam de intimidade, não apenas em suas fachadas de ideais arquitetados. Os parentes que lá viviam já não eram os mesmos que encontrávamos na mata, muitos escondiam o sexo para serem vistos como sérios pelos brancos — seriedade era coisa de pôr na cara o sofrimento antes da aceitação boba de uma existência jovem. Corpo ali era desgraça, visto apenas como cesta de fome inconveniente, instinto bravo, peso da vida. Bonito era saber rezar palavra decorada, medida, repetida, jamais improvisada e reelaborada como no contar de nossos avós.

Objeto era coisa de se guardar, não necessariamente de se usar. Ali nossos parentes gostavam de guardar tudo: ossos, trapos, cacos de barro cozido, cesta já furada, além dos mortos e qualquer coisa que lhes conferisse a dignidade de gerenciar seu próprio território, mesmo em terra invadida. No forte, bem na boca do Veneno Antigo, a coisa era bem outra, carnes de tartaruga empilhadas apodrecendo antes que pudessem servir à fome, barris de pólvora, cachaça, farinha de mandioca rança, farinha de milho seca, armas de todos os tipos, canhões, espingardas, até mesmo pistolas. Tão distantes da capital do Estado do Rio Negro, das praias de parentes do mar tomadas por esquadras de mil nações. Por mais que os brancos fossem rápidos em desgraçar a terra por aqui também, aqui ainda era lugar onde a mata engolia mais rápido que a morte.

Nos primeiros tempos de nossa estadia — medido no badalar de um sino tão alto quanto bala de canhão, modulado pela vontade insistente da fé — vi cada um dos três irmãos assumir as subalternidades que melhor condiziam a suas naturezas particulares.

Jiguê foi logo absorvido pelos parentes que lhe ensinaram a arte de caçar em grandes quantidades, combinando artimanhas nativas e estrangeiras. Nos ombros fortes, puxava à frente dos outros as redes carregadas de tartarugas, peixe dentudo, peixe miúdo, peixe tudo, até pirarucu maior que sua altura Jiguê trazia nas costas. Não ligava de entregar tudo aos soldados do forte, em nome do Cristo deles e da matança — meu Jesú Tristo que me salve! Bobo que era, o irmão guerreiro foi vestindo bem os elogios dos brancos e na força da guerra se irmanou a eles, muito macho sim — ao menos nos primeiros tempos, antes de virmos faltar até farinha para nossas bocas.

O feiticeiro era diferente. Maanape foi fluindo, desde o primeiro dia de nossa entrada, em direção aos conhecimentos invisíveis dos inimigos, visando por eles melhor antever uma vingança a longo prazo. Com seu costumeiro silêncio desconfiado e manso, estudava com disciplina e rigor a língua lusitana e o latim já morto que não era de ninguém. De beabá em beabá, foi conquistando a confiança de Pai Benício, frade carmelita que havia se arraigado em nossa mata fechada tanto por um idealismo tolo de vestir com sua fé as cidades novas que surgiam quanto pela ambição de um dia retornar promovido para Santos, sua terra natal já saturada de tantas facções de Cristo. Maanape costumava se manter calado quando via parentes diversos rirem baixinho do frade sempre sangrado de suor enquanto saltitava as banhas de lá para cá com seus pés delicados de moça protegida, coberto daqueles panos mais grossos que não chegavam a esconder a vermelhidão de sua lascívia continuamente estampada em olhos assustados. Com uma liderança religiosa assim, o feiticeiro passou a guardar suas línguas invisíveis apenas para as caminhadas solitárias em mata próxima, onde nunca deixou de colher suas ervas, tomando o cuidado de não as impor a ninguém. De ambos os lados das cordas de caça, recebia o respeito por essa medida. São poucos os que sabem caminhar pelos dois lados da moeda, bordejando entre cara e coroa como num fio de faca. Rezava para uns de dia, para outros na noite. Às vezes eram os parentes de diversas nações que o procuravam para entender melhor o lado doce das ordens de Cristo, outras vezes eram os soldados brancos, e até mesmo o padre e seus cupinchas que lhe corriam até a porta sempre aberta em busca de sortilégios mais carnais que as preces solitárias.

Quanto a Macunaíma, aprendia de tudo um pouco sem saber pra onde ia. Em tudo, queria explicar para si mesmo o que tinha a ver o cu com as calças. Entre a revolta macambúzia e uma disposição voluntariosa, era-lhe difícil entender que ele e os irmãos deveriam aguardar talvez mais de uma geração antes que pudessem se vingar com pleno domínio das armas dos brancos.

Certo é que nenhum grupo o aceitava facilmente com a confortável naturalidade dos acordos tácitos como só existe entre iguais. Nem *índio*, nem *preto*, era mais uma ruminação distanciada ou um êxtase fora de propósito o que lhe marcava a cara.

Os irmãos tentavam acalmá-lo, pediam paciência nas negociações. Aos poucos, foi se afeiçoando às plantações. Puxava arado, aprendia a manejar boi e a misturar sua bosta na terra. Gostava de revirar as coisas, sempre gostou, da preguiça à pressa gananciosa. A cada novo dia, queria entender como poderia fazer um pouco mais, não só para o forte ou parentes com fome, mas para si, único de sua espécie bastarda. Lhe desgastava o estômago entender por que o milho era milho e, por mais que crescesse fácil, o porquê de nunca satisfazer os buchos que cresciam ano a ano. Custava-lhe entender por que a mandioca tinha que ser plantada ora aqui, ora ali, assim como as razões pelas quais se semeava em terras amplas só uma coisa ou outra, criando fazendas que nunca matavam a fome. Não entendia essa coisa de guardar comida e depois levá-la em barcos para gente de quem nunca conheceriam a face. Não entendia essa coisa de o capitão não ser enfim o último chefe a quem se deveria matar, mas um rei distante. Nos primeiros tempos, achava que a palavra rei fosse apenas o papel onde se inscreviam as ordens absurdas que nos chegavam raramente determinando novas divisões. Só vimos as caretas de Macú suavizarem um pouco quando chegou sinhá Cecília.

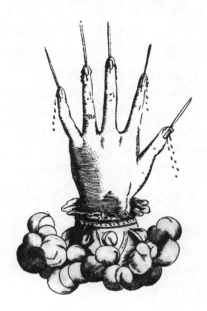

A vinda da moça foi bastante anunciada. O primeiro a saber foi Maanape, pelo menos é o que diz o Disse-não-disse. Foi o Disse-não-disse quem contou que em noite clara de lua insuportável — pingava mesmo um amarelo desperdiçado — o capitão Moura, chefe do forte e dos cinco povoados, correu até a toca do feiticeiro para lhe pedir conselho. Boato foi quem disse que alguém viu quando o chefe foi de cabeça baixa atrás do feiticeiro para dentro da mata. Todo bicho se calou para o que aconteceu lá dentro, mas sei porque era eu mesma que lá estava sangrando espécie pra Ceuci e espreitei pra ver. O capitão, já nos seus 40 anos, reclamava para Maanape: de que valia ter lutado contra os franceses, holandeses, espanhóis, ingleses, ter recebido patente, forte e direito sobre cinco vilas e o escambau, se não podia ter mulher além das visitas que fazia às indígenas e negras em suas redes. Não podia diluir seu poder distribuindo filhos bastardos. Não podia mais colher zombarias dessa gente sem-vergonha. Precisava viajar para a capital e voltar com mulher de família. Maanape pegou para si as vozes dos deuses daquele outro homem e disse que sim, que mulher lhe era devida, que já lhe estava mesmo bem predestinada, seria boa e forte, educada e controlada, mãe para muitos filhos de pele clara. Mas avisou: que tomasse cuidado! Ela também, no meio da mata, no meio das coisas que nunca param de se mover no silêncio, haveria de buscar outros divertimentos como os que ele procurava quando não estava controlando o forte, quando a noite caía e o Cristo ficava apagado na capela. Os deuses da verdidão começavam a saltitar no sem-cor da noite. O homem ficou cabreiro, mas confiou no olhar firme do feiticeiro. Maanape ajuntou: pode ir tranquilo, aqui ninguém vai pôr as coisas de cabeça pra baixo enquanto estiver fora, os soldados vigiarão não só os movimentos suspeitos nos aldeamentos como também as ambições desmedidas uns dos outros. Dito isto, o feiticeiro soprou algumas fumaças na cabeça de seu inimigo chefe, rezou certos cantares naquela língua que só os três irmãos conheciam, e cada um voltou para seus sonhos nas casas de pedra e barro. Ainda fiquei na minha sangreira matutando o caso, pedindo a Ceuci e a Jesú Tristo que me indicassem caminho.

Uma semana depois o capitão partia. Teve que viajar até São Luís do Maranhão para buscar uma tal sinhá recomendada, conhecida das famílias de poderosos que dominavam toda a costa norte, aquela gente aparentada do irmão do finado ministro marquês de Pombal. Achou Cecília num convento de carmelitas, pronta no piano, nas letras, no bordado e na obediência. Já tinha seus 27, mas era o que de melhor o capitão podia arrematar praquele fim de mundo imprevisível — não podia ser moça que revelasse de boca aberta uma vontade explícita de escravizar os indígenas, nem alguém que se opusesse aos missionários carmelitas que chegavam ao Império da Mata sem causar mais ameaças que os jesuítas escorraçados. Ela tinha que ser simpática à administração dos novos líderes, os milicianos.

Moura e sua mulher encomendada chegaram num dia mais quente que o comum e bem na hora do sol mais insistente. O trabalho de todas as mãos das cinco aldeias foi ficando ralentado como bicho de espreita e os corações batucando forte pra ver que coisa era aquela de moça com pescoço esticado, cabelo preto enrolado no cocuruto, ouro tilintando no tetão espremido, respiração de passarinho engaiolada em tiras apertadas, braço fino de quem não ergue o punho nem para exigir mais um cafezim. Apesar das sobrancelhas de mata, do olhar fundo de quem se entregava demais a tudo, do nariz de espada firme, a pele era branca de doença teimosa. Vinha cabreira, mal querendo saber onde lhe colocavam as malas, pacotes e encrencas. Não queria saber nem onde lhe colocavam o corpo.

Vinha sempre seguida por uma escrava refinada, dessas que gostam de flutuar pra não mostrar as dores. Logo se percebeu que era essa outra quem lhe servia não só de braço, mas de voz e vontade. A escrava era muito bonita, vestia-se apenas com um pouco menos de renda, para fingir que não chamava mais atenção que sua senhora. Tinha os lábios apertados sem sorriso, coisa de quem já acorda pensando nas obrigações, como que para conseguir levantar diariamente do próprio pó, talvez porque a moça estivesse visivelmente doente. Os remadores tupinambás que fizeram o caminho todo da volta diziam que a mulher tinha pego maleita, pois foi piorando a cada nova encruzilhada de rio. Eu achava bem que era maldição de tristeza; aquela lá não sabia mesmo se era branca ou preta, escrava ou senhora, de onde vinha e em que pouso atracaria sua disposição para a felicidade. Era maldição da mata, essa que cai sobre gente que a odeia e a vê apenas como massa sem nome, sem lhe enxergar os detalhes e os pequenos passos de espírito — Jesú Tristo que me guarde de não conhecer a forma de cada folha!

O fato é que uma semana depois o capitão tirou três homens de suas tarefas para cavar sete palmos à beira da capela. Pai Benício nem fingia se comover no sermão que escolheu para a ocasião, chegou mesmo a forçar um nó na goela quando exaltou a elevação das almas dos pretos que se convertem por vontade própria. Foi só nessa ocasião fúnebre que o capitão apresentou oficialmente sinhá Cecília aos povos dos cinco vilarejos. Vimos com distância respeitosa aquela seriema embrulhada em véus pretos sem qualquer brilho que a distinguisse como gente que acorda lembrando dos sonhos. Capitão Moura anunciou que sua senhora precisava de nova mucama, mas temia que, se mandassem trazer outra negra do litoral, essa teria o mesmo destino da primeira. Aproveitou para elogiar nossas terras, em que não se precisava de trabalho escravo porque aqui índio era amigo do progresso e atuava pelo saber comum. Não gostávamos da palavra *índio*. Ainda xingou uns impropérios contra o Estado do Brasil, mais ao sul, onde se matava por ouro, onde briga chegava com novas cercas e muros, mais do que riqueza. Finalmente, disse que precisava de uma ajudante boa, conhecedora dos truques da higiene, para acompanhar a mulher como mucama dia e noite.

Pensei na hora em me voluntariar, pois desde o começo tinha ficado mesmo encafifada com o nome da sinhá ser por demasiado parecido com o de minha senhora Ceuci da Mata. E ninguém poderia duvidar de que em nossas terras era eu quem melhor conhecia as armadilhas da beleza. Mas nem tive tempo de me decidir, mal o capitão terminava sua fala, levei de Macunaíma um empurrão que me fez destacar, ofegante como de desejo, dois passos à frente da multidão paralisada em temor e respeito. Foi assim que me tornei unha e carne com aquela que nos traria glória e desgraça.

Antes de bater em sua soleira para me dispor às suas ordens, dei-me apenas o tempo de aprontar a carcaça com as melhores essências, tanto as que dão cor quanto as que dão cheiro, brilho e feitiço. Tudo que pudesse disfarçar meu lado carniça, esse que só deixo ver a Ceuci. Queria mesmo era mostrar que de truques sou, o que foi logo entendido no primeiro olhar. Me recebeu de pestanas projetando sombra e diplomático sorriso de satisfação, desses que não são contentes, nem entediados, só pra desarmar minha buceta apertada. Não pediu que me sentasse, nem autorizaria. Também não pedi; simulei aceitar minha posição subalterna, ainda nem firmada e, no deboche claro de uns dedinhos tamborilando na perna, mostrei mesmo que era fingição. Mulher com mulher se sabe quando o medo não nos faz competir. Entendemos sem surpresa que poderíamos até nos lamber cheias de gracinhas honestas, mas preferimos guardar a energia para outros fins — era macho demais pra pouca teta naqueles povos do Deus; de sexo já estávamos era fartas, seja por politicagem, libertinagem ou simples raiva. De corpo mole — só porque sou mais troncuda —, fiz entender que a tudo obedeceria por pura birra. No pescoço firme igual pau de moço, também queria me fazer ver na carne que era conhecedora de todas as tensões dos sete mares e dos mil capitães do Brasil. Só no modo como levou uma chávena à boca já me revelava bem consciente de que, se aceitava a maldição de se perder no que considerava esse fim de mundo, era porque fugia de coisa pior. Viramos amigas de guerra, dessa amizade que nunca se pode esquecer, mas tampouco se quer reencontrar quando se vencem os caminhos da morte. Nesse primeiro dia de pacto silencioso, apenas me perguntou o nome e repetiu o seu. Iriqui, Cecília.

Em poucos meses éramos um só monstro. Troquei o mistério da nudez pelos segredos dos panos, enquanto ela passou a exigir sempre nos cabelos as mesmas flores aberrantes que eu usava plantadas atrás da orelha. Vi minha língua ganhar rebuscamento e sua voz encorpar-se na densidade grave dos desejos assumidos. De seu lado, me ensinava sobre o amor nobre e elevado que costumava sonhar com suas comparsas de convento, aquele tipo de sentimento que pretende nos aproximar do céu, e expunha as insatisfações com seu capitão; eu lhe incentivava a ter uma sensualidade mais consciente que a fizesse se sentir mais livre e não ser vítima dos próprios derramamentos. Nas tardes em que o capitão passava aquartelado entre os seus, me instruía na palavra escrita por meio de livros proibidos. Me ensinou a ler a mistura de fé como resistência e desejo como ascese, nas cartas de Mariana Alcoforado ou nos poemas de Teresa D'Ávila. Compartilhou sua admiração pela coragem de São João da Cruz em admitir sua força na vulnerabilidade de ter cedido aos impulsos da noite escura da alma; nas madrugadas em que o capitão seguia pela mata em alguma emboscada contra outras nações europeias, eu a levava por caminhos opostos da mesma mata, iniciando sua pele branca nos segredos vermelhos de Ceuci, a mãe amarga que não nos abandona. Com uma sendo respeitada pelas mais altas patentes e outra pelos nativos, nos tornamos praticamente invencíveis.

A aproximação de Macunaíma foi esperta. Primeiro observou. Semanas, meses, séculos. Via como os soldados empertigavam o corpo-arma na presença de sinhá, meio embaraçados por não conseguirem disfarçar, em sua rigidez, algum descontrole nas pálpebras, algum fogo escapando de um beiço caído, certo manejo duvidoso entre os dedos. Via também como os nativos tentavam imitá-los e foi aprendendo como podia ser constrangedor ver os de baixo tentando emular os gestos que os de cima aprendem de berço. Chegava a ficar com a cara quente de vergonha quando flagrava algum trabalhador exagerando na mesura de um chapéu de palha desbeiçado, no jeito como baixavam a voz para fingir elegância com seus sotaques esgarçados, na distância em que se colocavam diante da moça, tremendo como se com ela estivessem colados em colchão de gente rica. Macú se manteve por meses sem se deixar conhecer pela mulher do capitão, chegando mesmo a se esconder atrás do milho quando percebia que ela se aproximava dos campos arados em que fazia seu serviço de se tornar um homem livre. Até de mim se afastou para não ter de agir como seu irmão Jiguê, que, ao constatar me perder para a casa do capitão, não cansava de me interpelar pelos caminhos reivindicando inutilmente direitos antigos sobre meu corpo, como criança que pede nova porção de um doce que acabou.

Mas chegou enfim o dia em que sinhá Cecília deu de olhos com Macunaíma, sem que ele pudesse ter evitado ou talvez até mesmo tendo se deixado à vista. Nem eu que o conhecia desde o tempo do Império da Mata sei dizer, talvez tenha de fato ficado na butuca pra se mostrar só em alguma tarde modorrenta em que soubesse que sinhá estaria inchada de tédio. Macú confiava que chegaria o dia em que, depois de correr desesperada pelas poucas novidades que os aldeamentos poderiam oferecer a seu gosto citadino, estaria disposta a alargar seus interesses em outros perigos.

Na hora certa, Macú apenas deixou-se ver sem se pavonear, enquanto sinhá Cecília passava pela roça de milho ciscando pelos mesmos descabelos dos sabugos. Manteve-se concentrado no arado, sem exibir ou exagerar sua destreza meio mole, praticava sua lide vagarosa e constante, não levantando os olhos da terra senão para mirá-la de canto uma única vez, mas o suficiente pra revelar, numa só fagulha, que tinha segredos e intenções que ninguém mais ali teria.

Por esse tempo, Macú já havia entendido muito bem que seu brilho não estaria em escolher os aliados certos, mas em assumir-se único, filho de preto desconhecido e índia de nome guardado, corpo de poder ser encarado tanto como feio quanto como bonito, desconhecido de tudo, estrangeiro de todo e, por isso mesmo, esperto que só. Do chapéu de palha, só usava a aba, furando o centro para deixar o cabelo cheio vazar ao céu. No pescoço, vestia lenço vermelho enviesado com penas de urubu. A calça de algodão, tingia de urucum e enrolava até o meio das coxas. Nas munhecas e tornozelos, atava seus nós talentosos em palha de buriti, sem outras sementes que pudessem distinguir suas crenças, como os outros faziam. Ninguém sabia dizer de que lado estava, o mais provável é que não estivesse nem a favor de si mesmo, nunca assumindo a identidade de uma luta imediata, mas sim a humildade da mudança constante em direção a uma vingança nebulosa. Quando sinhá voltou para a sombra da casa, após esse primeiro encontro, vi que retornava àquelas ruminações dos primeiros tempos, como há muito sua euforia desesperada de não ter saída não lhe permitia.

O segundo encontro foi Macú quem provocou, na noite da mata. Apareceu do nada enquanto eu e sinhá capturávamos uma surucucu- -pico-de-jaca, rara de achar onde tem cidade branca. Vive naquela parte da mata onde aldeias milenares permanecem isoladas, gente em quem nunca o branco chegará, onde nem a gente chega. Vivem lá essas surucucus- pico-de-jaca — ou seriam quase jacarinas? — e no interior mais fundo do Império da Mata destilam seu veneno encantado.

Aquela noite era especial para nós duas, sabíamos onde encontrar a presa, conhecíamos as cavidades de sua toca secreta, precisávamos apenas de espaço. Fui de um canto, Ceci de outro — sinhá Cecília transformada em Ceuci, cabelos despregados do dia, uma insensatez bem direcionada. Tudo o que era alça lhe caía dos ombros pelo empuxo dos tetão. Ia cabreira pra pegar cobra, roupa de cozinha por cima do vestido desatado pra dar no couro. Era sua iniciação, noite de provocar todos os encontros e acordos com Ceuci — queria voltar de peito cheio para a mãe.

Ela estava já com a cobra nas mãos quando Macú deu-se a ver de repente sob uma rede de lua que pairava a uns vinte metros de nós, era uma aparição de braços estendidos oferecendo lenço e corda. Por um fio a serpente não escapa da mão de Ceuci-Cecília. No susto, Macú aproveitou para dar um passo fora da clareira e sumir do jeito que veio.

Ficamos inquietas, avisei pra picarmos a mula imediatamente. Ceci quebrou o pescoço da fera numa ponta de galho, vim depois e dei-lhe o facão. Não queríamos ter mutilado a serpente, teria sido melhor oferecer o bicho em seu esplendor, mas o que aconteceria se não parasse de se mexer daquele jeito entrançado, mesmo sem cabeça? Eu duvidava era muito de que Macunaíma tivesse vindo para nos salvar de alguma desgraça. Chacoalhei a cabeça e dei comigo sob a força da deusa e de Jesú Tristo que me ajuda do lado de lá. Ganhei força e segui nós duas para um passo firme. Começamos a subir o morro com a pressa cautelosa daqueles que pisam em solo estrangeiro pela primeira vez. É como se a presença impertinente de Macunaíma nos aliasse de nosso próprio território. Às vezes parecia ser o dono de tudo ali. Era conhecido como o deus das queimadas, ninguém como ele sabia desmatar tão bem. Só em dia de tempestade não derrubava nada, mas dizia que era por respeito aos relâmpagos e que se quisesse conseguiria tacar fogo no mundo sim. Depois ria de si mesmo para encantar nossos olhos com certa autoironia meio falsa. Em dia de lua amarela pingando daquele jeito sobre a folha seca, ninguém podia com ele, estufado que só.

Reapareceu diante de nós, dessa vez a cinco passos. Numa das mãos uma corda de palha de buriti com seus nós mágicos, na outra um lenço vermelho de estrangular e carregar presa se necessário. Estranha ajuda, oferecia. Eu queria que ele fosse embora logo, tínhamos ainda caminho a cumprir. Havia um fogo nos esperando lá pra riba, subindo uns passos longe do Tacutú. Macú, calado na mata, pressentiu e respeitou nossa urgência, jogou as prendas no chão e saiu de retro pelas sombras. Foi num sumiço só. Eu e Ceci fomos recuperando o fôlego nos cantos sagrados, sem mais pressa de subir.

O mais de nosso mistério não conto.

Na volta, quase de manhã, segui para casa um pé na frente de Ceci, então não sei dizer muito bem se foi nesse dia mesmo que sinhá Cecília, mulher do capitão Moura, se deitou pela primeira vez na rede que Macú ocultava no fundo da mata, perto de um ninho de coisa pior.

Não deixou de ser bonito o amor entre Macunaíma, aquele que não era de ninguém, e Ceucília, a usurpadora dos mistérios do dia e da noite.

Já nos primeiros dias de convivência entre os dois, Macú-no-cu foi constatando que os pobres, se não conseguem ganhar poder com os ricos pela inteligência, o conseguem facilmente pela beleza e pelo sexo. Esse orgulho de ter um corpo a um só tempo proscrito e atraente era sua vantagem. Matraqueava para si mesmo que seu orgulho era relutar em assumir as artimanhas do discurso amoroso. Não era tolo o bastante para não perceber o quanto projetava suas próprias ambições no colo daquela mulher. Nas noites em que ousavam caminhar juntos pela mata, até reconheciam com ternura o carinho mútuo, o espírito visceral que os unia para além da razão dos iluminados, e praticavam no coito o elogio da espécie, essa última artimanha dos deuses. Quando tinha dúvidas, Macú conversava com o escuro da mata do jeito mesmo que fazia com

Makunaimã, seu pai. Devolvia para a mata a impertinência de outros mistérios. Pai havia? Por que matei minha mãe? Por que ela se entregou de tanta boa vontade à minha mira? O assombro do irmão Maanape, diante dos poderes ocultos de cada raiz, já não lhe bastava para seguir adiante nos planos de vingança que mantinham unidos os irmãos. Não deixava de agradecer ao amor de Cristo. Gostava daquela passagem em que o carmelita vociferava igual ao demônio, esticando seu deboche até o teto alto da capela, enquanto interpretava o Salvador entrando de espada no templo de Salomão. Preferia pensar a violência como reparação e justiça e, sob essa forma mais branda de desejar o mal, erigia para si sonhos de refinamento, como conhecer a capitania de São Salvador, seus portos incandescentes, tal como lhe ensinava o Disse-não-disse.

Cecília tinha visitado muitas capitais. Contava sobre as raízes do frade Benício no porto de Santos, as mesmas que as suas. O pai, um homem de nome Silvino, alfandegueiro de sucesso, teve a oportunidade de enviar a filha pra passar um verão na casa de uns credores seus em Vila Rica, a cidade dos amotinados, anônimos e decapitados. Nunca tinha visto tanto ouro ostentado em nome dos valores mais nobres, cristãos, filosóficos e racionais. Entre os bêbados desesperançados e as putas com fome, muitos encontros, tiros e facadas. Muita gente de poder morreu naquela encruzilhada, nos dizia. A cada dia, falava de uma cidade nova. Angariou alguns bens de moça no Rio, em Salvador, São Luís e finalmente veio parar nessa boca do rio do Veneno Antigo, o Uraricoera. Viveu de perto o veneno pior, de ver homem tirando tudo de outro homem por força de lei e participar do esquema mantendo seus privilégios. Dizia que já que era terrível essa coisa de contrato de casamento, que ao menos fosse estudada. Tinha sonho de um dia voltar — para onde, não sabia muito. Dizia bem assim: um dia volto. A mata a atraía mais do que os motivos florais do papel de parede nos quartos das freiras. Nos sentidos soltos da mata, harmonizava estrondos de dentro com os de nunca. Um novo sopro de infância e premonições da velhice. Pela magia, era plenamente jovem, farta do mais puro leite, enquanto esperava por um destino melhor do que um casamento apagado.

Certa noite, quando soube da chegada de uma filha de Ci pelas redondezas, quis logo fazer negócio: é contigo que se acha a pedra muiraquitã? A amazona apenas semicerrou os olhos. Cecília insistiu por saber mais, queria tirar do silêncio austero da guerreira o modo como se entalhava tão perfeitamente no jade o famoso triângulo de sapo. Eu era a intérprete, nem é preciso dizer. A icamiaba conhecia bem a língua geral, mas não contou o nome secreto da pedra capaz de furar e polir a joia verde que parecia um olho de Ceuci, aquela que dormia entre o lodo dos igarapés e as florações anfíbias. Cecília tinha a ambição de conhecer se não o fundo das coisas, suas margens extremas. Comprou a muiraquitã por alto valor — foi preciso roubar uma adaga do marido para consumar a troca. Eu nunca que tinha visto tamanha perfeição, mesmo para meu repertório variado. Ou então já havia caído como vítima do poder encantatório do amuleto.

Só depois de desfrutar por semanas o orgulho da façanha foi que Cecilia deu a muiraquitã na mão de Macú. Dessa vez quem viu foi Pai Benício, lagarto escondido dentro da latrina onde derramava os restos de sua gula. Não falou nada, mas não deixou de expressar em alto e bom som uma tossidela gosmenta quando viu a joia emanar entre as mãos amantes um brilho de igarapé. O artefato parecia ter luz própria, nada que o padre já tivesse visto algum dia.

É uma verdade a se considerar que as pessoas se tornam puras demais quando veem ameaçados seus privilégios; antes e depois, até sabem rir dos próprios defeitos. Antes da muiraquitã chegar, quando as portas dos aldeamentos ainda estavam abertas para forasteiros como nós, os espíritos eram mais flexíveis. Com a chegada da pedra das icamiabas nas cinco vilas convertidas, os morais ficaram exaltados. Os elos ocultos representados naquele sapo brilhoso abalavam ainda mais o equilíbrio de poder já meio capenga por aquelas bandas. Por mais que a primeira ameaça tenha vindo do padre — ou teria vindo da ousadia de Cecília e do caráter duvidoso de Macunaíma? —, não era novidade pra ninguém que outras pequenas ondas de calafrio chegavam de todos os cantos, cada vez mais próximas e reverberantes. Todos éramos responsáveis por andar de braços dados com a desgraça, por mais que eu tente traçar seus itinerários e antecedentes.

Durante quase toda a estação das chuvas, o padre guardou bem o segredo da pedra de pacto, como possível arma a ser usada em momento propício contra o capitão. Não soltou nenhum pio antes da hora certa, mesmo quando meses depois Cecília pariu o filho de Macú e ninguém ousou suspeitar da paternidade oficial, chegando a louvar os traços "mouros" da criança, em tentativa de elogiar os antecedentes heroicos de Moura na costa africana.

O padre pretendia soltar o bico apenas quando acabasse a farinha mandada pela capital, falta que foi se tornando mais comum a cada virada de tempo e que plantava a semente da discórdia entre os encarregados do armazém do forte e o texuia dos macuxis, Parauijamari, temido a aldeias de distância e que dez anos antes tinha aceitado trazer gente de sua gente pra cá, os mais curiosos, cheios de fogo, para conhecer a matemática dos brancos.

Era o que menos aprendiam. Os mais velhos não conseguiam mais incentivar os curumins a seguirem firmes revirando o bucho da terra naqueles roçados brutos. Não entendiam o porquê de o fruto de tanto sangue em suas mãos precisar descer ensacado em direção à boca do Amazonas, enquanto de lá mal chegava farinha velha que mãe nenhuma não ensinaria a fazer.

Então os mais velhos entre os mais velhos foram se entregando à morte, em suas redes ensopadas de melancolia. Os corpos eram velados por dias a fio na sala principal de suas casas de alvenaria. Os dias de luto eram estendidos a cada nova morte. Capitão Moura não podia com aquele cheiro da podridão compondo uma sinistra sinfonia com o ar da revolta. Tomou a atitude desesperada de se aliar a Pai Benício para pedir influência entre os infiéis e profanadores de corpos, como gostava de julgar. Chamou o carmelita em seu gabinete no forte, em noite de chuva intensa, para brindar um Porto raro. O padre bateu a água da roupa no chão de pedra do capitão e foi direto ao ponto: é em taça de sangue que me pede para derramar entre os infiéis o verdadeiro amor de Cristo? Vossa senhoria quer que eu encurte o prazo dos lutos dos infiéis, forçando a não queimarem seus mortos na praça em frente à capela, mas nunca que vamos lhes convencer a enterrarem seus sábios e lembradoras aos pés de nossa igreja, comigo não existe truque, não está em minhas mãos o milagre, eles querem a comida que produzem, nem mais, nem menos. Capitão Moura fingiu não se avexar, mas levou tempo pra pegar língua de novo e, quando conseguiu aprumo, soltou manso que só o que dava era tentar distribuir o gado que tinham pra cada um cuidar do seu, isso podemos prover, prometeu, na capital querem mesmo trazer esse investimento pra cá. Só não temos comida o suficiente, finalizou. O padre repetiu a última frase do capitão, não sem pontuar com uma interrogação: só não temos comida? Nosso dever é proteger essa gentalhada das guerras entre eles e outras nações, investiu novamente Moura, eles precisam resistir mais firme, sem nós estariam sujeitos a quem? O padre concordou, lembrou de que sob o jugo dos holandeses e espanhóis costumava ser uma sangraria só, mas que ao menos com eles seus aliados tinham armas nas mãos. Ninguém luta de bucho vazio, replicou em tom direto o padre, ninguém luta só pra poder comer, você não quer lhes dar nem a morte do jeito deles. O capitão não retrucou, apenas serviu a ambos mais vinho, não sem deixar de observar que a altivez do padre não lhe havia mesmo impedido de se deleitar em goles cheios que bochechava de leve sobre a língua amarga. Darei uma fazenda a cada povo, cinco para as principais nações e suas aliadas, esbaforiu o capitão, assumindo um tom resignado. Deixe a Fazenda São Marcos para Parauijamari e seus aliados, mas a gestão do plantio deve permanecer com Macunaíma, ele sempre soube o que fazer de melhor por lá com planta de vento ou raiz, sabe medir o que a terra pede, não terão do que reclamar, com ele terão mais o que distribuir e ainda sobra nossa parte, que devemos continuar a remessar aos aliados de Manaus, caso contrário nem farinha podre nos devolvem. O padre já afogueado não se conteve e soltou que Parauijamari não gostava mesmo era de Macunaíma, seu nome era indigno do deus e não se sabia dizer de que lado estava. Ninguém confia nos três irmãos, resumiu o capelão, ainda acrescentando uma última picada: o capitão também não deveria confiar tudo e todos a Macunaíma, ainda mais pra essa gente que faz rir até os soldados com as piadinhas que inventam maliciosamente sobre a cara angelical de vosso filho ser mesmo cu de um e focinho do outro — só nesse ponto o padre se conteve e gozou sozinho do segredo da pedra-pacto diante da cara embarafustada do miliciano. De mãos nas ancas para ajudar as costas a se reerguerem um pouco, o capitão fixou o recorte da janela ampla de seu cômodo superior, bem fidalgo, de onde se podia vislumbrar apenas limitadamente a extensão de seus domínios. Em seguida, falou baixo: acredita mesmo que eu desconheça tais histórias, homem de fé? Sei por demais o que se passa ali. Se Macú-sem--lei é o homem ideal para acudir o equilíbrio dessa família, que seja, não vejo nisso motivo de traição, encaremos como um ajuste, não me queira mal você também, arrematou o capitão com cínica ingenuidade. Que seja, o carmelita benzeu ou amaldiçoou, mas não diga que não avisei quando o facão riscar na soleira de sua porta. E saiu. Sozinho com seu último gole, o capitão Moura sabia que sim, bem pouco separava sua casa da desgraça, só não imaginava que já seria antes de desraiar de novo essa lua picada.

Bem cedo pela manhã, já era possível sentir que uma grande ausência ocupava o ar. Não demoraram para descobrir que eram os pastos que estavam mais vazios. Alguém havia cruzado o morro com umas quarenta cabeças durante aquela chuva que tinha calado tudo à noite. Só podia ter sido Macunaíma e seus irmãos, murmuravam, só eles sabem fazer coisas grandes na miúda.

O sumiço do gado punha abaixo o acordo entre o padre e o capitão, que só com a terra não podia contar para negociar com os convertidos. Parauijamari foi logo antes de todos reclamar na porta do forte para assumir sua posição de líder. Onde estava a farinha? Os soldados só pediam para esperar a volta do capitão, em audiência com o padre. De fato, Benício foi chamado novamente assim que se verificou o roubo. Sozinho em casa, Moura descobria que sua mulher e filho haviam sido raptados ou fugido junto com os ladrões. Iriqui também estava ausente — se dignou finalmente a lamentar meu nome. Eu também sabia ser amante dele. Moura acertou com o padre de que tentariam acordo com os rebeldes de Parauijamari. Mandou os soldados trazerem o texuia à sua presença e disse que daria o que seu povo pedisse se resgatassem Cecília e o moleque vivos, possivelmente escondidos nas serras de dentro. De Macunaíma queria a cabeça, os irmãos poderiam fugir.

O líder macuxi reuniu seus homens e ainda antes do almoço organizaram a busca. Subiram os morros se dividindo em pequenos punhados, cada grupo com apoio de mais dois soldados do forte. Em poucas horas, chegariam os reforços vindos de Manaus, artilharia que o capitão havia solicitado com prudente antecedência.

A comitiva de Parauijamari subiu a serra antes de todos, portanto não teve dificuldade em avistar, duas horas à frente, meia dúzia de vacas atreladas com nós perfeitos, os mesmos que amarravam em outra árvore Cecília e o filho ainda respirando. Apesar de quase inconsciente, a mulher teve a coragem de contar ao chefe indígena sua versão da história. Sinhá confirmou aos homens que tinham sido deixados para trás. Os ladrões seriam uns bandoleiros dos grandes caminhos, sem pátria nenhuma, sem nomes de deus, gente muito viciada em caçar recompensa por aí. Por aí na mata. Mas não sabiam conduzir boi e vaca por esses caminhos, por isso levaram junto Macunaíma, que implorou para que os irmãos pudessem ir junto como tropeiros. No caminho, Maanape, o velho feiticeiro, convenceu o líder da comitiva a me deixar pelo caminho com meu filho, disse que muitos viriam atrás de mim, que estavam todos perdidos. Ceci chegou a contar que foi o velho mesmo quem sugeriu aos bandidos que ninguém se importaria um tostão com eles, os irmãos, sempre fora dos planos, disciplinados apenas em suas próprias ambições, atentos a tudo. Dariam graças a Deus de os terem levado. E assim nos deixaram e desapareceram por dentro da serra da mata, a oeste, onde deverão fazer seu negócio, não entendi bem se era com holandês, espanhol ou inglês, terminou Cecília, entre inconclusiva e febril, com o filho dormindo de cansaço em seus braços. Ela não sabia mais de onde tirar leite.

Eu também havia sido solta, mas combinei com Ceci de seguir seu resgate à espreita, entrando no vilarejo atrás dela só quando percebesse certa segurança. Foi o que me salvou. A trupe de Parauijamari levou sinhá direto à porta do forte. Essa aí e o filho têm fome, foi a primeira coisa que o texuia disse ao guarda. Foi informado de que o capitão lhe esperava em sua residência. Lá não vamos, tragam-lho aqui, posicionou-se o líder macuxi.

Moura chegou esbaforido, as roupas de baixo saltando das sobreposições. Trazia espada, era o primeiro a saber que o medo era o único amigo de cada um ali. Onde está Macunaíma?, quis saber. Seus homens o encontrariam, respondeu Parauijamari, com instruções de não deixar Macú-sem-lei seguir ou retornar vivo. Explicou ao capitão que não poderiam estar longe, se seguiam mesmo pela serra de dentro. Os rebeldes mantinham Cecília na ponta do laço. Entregaram apenas o filho no colo do pai. Sinhá só foi libertada quando o capitão convenceu o texuia de que, como chefe dos rebeldes, seria melhor que mantivesse guarda junto aos soldados no forte. O plano do capitão era transformar Parauijamari de aliado em cativo. O líder macuxi sabia se meter numa enrascada, mas aceitou para ter a chance de conseguir mais acesso aos controles do forte. Quem sabe amanhã chegue mais farinha, quem sabe paguem melhor por nossas riquezas da mata.

O plano dos irmãos era outro, claro. Tinham deixado as vacas, a mulher e a criança como pista falsa de seu itinerário. A verdade é que em vez de seguirem pelo oeste, descem a serra pelo sul, com intenção de retornar à vila por sua boca aberta quando a noite fosse toda. Macunaíma queria Cecília e o filho de volta. Queriam também pegar mais cabeças de bode e cabra e levar em barco. Chegariam na calada para se certificar de que todos os destacamentos do forte haviam mesmo sido enviados para a serra, assim teriam todos os vilarejos para si na hora do ataque.

Quando deram com o pé na clareira onde fica o forte, viram logo a presença de Parauijamari numa das torres de vigilância. Macunaíma correu pelas sombras das bordas pra pegar boa distância e soprou a zarabatana bem no pescoço do soldado que fazia guarda na torre ao lado. O homem tombou e no mesmo instante o texuia começou a berrar por socorro. Foi sua perdição. Quando os guardas de baixo apareceram e viram o corpo caído do colega, não imaginaram que tivesse sido golpe de ameaça externa, mas sim um movimento traiçoeiro do velho Parauijamari, mestre da zarabatana também e alguém de quem já não aguentavam mais a falação sobre farinha na porta do armazém. Acrescia a esse ódio a constatação, por parte dos soldados, de que não se alimentavam muito melhor que os indígenas. Deram um tiro certeiro na testa do texuia e, como se não bastasse, subiram à torre e chacoalharam bem seu corpo à luz de tocha — queriam espantar outros inimigos escondidos na noite mais alta.

Gritos começaram a vazar pelas celas do monstro de pedra. Era o que desejavam Macú e os manos, assim aproveitaram que o mundo acorria para ver a confusão na fortaleza e subiram para a casa do capitão na rua principal sem o risco de serem vistos. Bateram na porta com a coronha de dois fuzis, um nas mãos de Macú, outro na de Jiguê. Queriam garantir, mostrando as armas, que não seriam surpreendidos por soldados da capital na casa do chefe. A porta estava entreaberta. Maanape desconfiou que tivessem fugido, escoltados pela tropa de elite mandada da capital. As janelas do andar superior estavam escancaradas e não havia sinal de luz ali dentro. Maanape ordenou a Jiguê que subisse a escada enquanto ele próprio vasculharia o primeiro andar. Disse a Macunaíma para fechar o ferrolho atrás de si, mas não sair de perto da entrada. Maanape voltou logo, com umas frutas, que foi colocando em um saco. Olhou bem para Macunaíma quando este se inquietou com a demora de Jiguê no andar superior. O feiticeiro já havia tido a premonição da notícia que o irmão guerreiro traria, descendo a escada de olhos mudos. Cecília e a criança estavam mortos, enforcados. E não sabiam dizer se pelas mãos do capitão, de algum rebelde ou por um ato de vontade dela, maldição de amor.

Enquanto Macunaíma decidia se veria ou não os corpos, a matança que arrasava o forte foi se enredando pelas ruelas das cinco vilas. Salvaram-se uns poucos que conseguiram subir a serra. Uma noite bastou para que os cinco bons vilarejos de Cristo virassem cidades-fantasma.

Não sei se foi aí que Macú jurou vingança a quem possuísse a muiraquitã depois dele, apenas suponho que antes de partir deva ter procurado a pedra na casa assassinada, até mesmo nos bolsos dos cadáveres. É bem provável que tenha sido por ter visto os corpos mortos da mulher e sua cria que o filho do medo da noite transmutou a vingança prometida antigamente à mãe em coisa mais costurada a sua própria tripa.

O fim de nossa história juntos eu muito é que vi e já contei de início, a praia toda da cor que eu gostaria de ver só em coisas belas, os irmãos descendo a planície com quarenta cabeças de gado, bradando no berrante: São Paulo, terra de bandeiras, de assassino profissional, um dia chego lá. Rio de Janeiro, capital dos capitães, lá vou eu. Santos, cidade dos que emprestam a juros, segure os fundilhos pra me receber.

Aquilo foi que me arrepiou — cuspa em cima, minha Ceuci, deixe tombar no inferno, meu Jesú Tristo, vou é correr daqui, descer até as minas onde espero chegar viva e pronta pra servir à escrava liberta, encantadora de homens, dona de cofres preciosos na Diamantina dos ricos. Lá vou eu pro teu cangote, Xica da Silva. Me espere com leito seguro, me cubra de pérolas e ornatos caros e escandalosos, preciso de magia, tenho muito o que lhe contar. Não morra sem mim.

São Paulo, 31 de janeiro de 1945

Querida Henriqueta,

Tudo era violência — e a tal ponto que fui procurando em cada saída de esgoto uma delicadezinha que fosse. Taí como se enjeitou o Congresso dos Escritores — coloco na maiúscula pois foi assim mesmo que se comportaram. Prevíamos, não? Você há de me censurar mais uma vez por ter assumido a função de recepcionar os mineiros, pernambucanos, cariocas, baianos e cearenses que nos visitaram. Achei um horror que tivessem sido deixados aos cuidados daquela gentinha incompetente da comissão de organização, desculpe a franqueza, Henriqueta. E como é que pôde não terem te convidado para estar conosco? Até agora não entendo, mas insisto: você fez bem em não vir, estaria perdida e exaurida como eu agora. Até ontem, quando deixei os últimos colegas na plataforma do trem que desce para Santos, não fiz senão estragar-me. E você sabe como anda minha saúde. A ventura é que umas taças a mais acabaram por regular os sintomas dessa doença estranha que me toma em ondas, de modo que me sinto perfeitamente bem. Sério, Henriqueta, dessa vez não falo por dissimulação. Foi o próprio mistério que me tocou, permitindo-me sentir no tutano dos ossos o toque dos sinos celestiais. Consegue imaginar tal devassidão? Pois foi nesses fundos que seu amigo se perdeu. Fui mesmo, não me orgulho de confessar. Senti que precisava de uma outra espécie de cura, uma diferente da ciência dos homens, diferente também dos ritos que dedicamos aos mortos. Eu queria uma cura só minha, o próprio extravasar de tudo quanto havia sido pressão durante a vida, antes de vazar dela. Houve outros corpos, sei que nem preciso cometer a indelicadeza de relatar.

Acordei com muita dor de cabeça, claro. E lhe imploro, Henriqueta, não deixe de aprontar-se para vir o quanto antes. Meu aniversário já é dia 9. Belo Horizonte não é tão longe assim, os trens partem todos os dias. Estou pronto pra te receber, não pode mais hesitar, venha já. Não é urgência, ou é. Já não posso mais me defender com desculpas, não vou lá muito bem, devem ser essas febres e sonhos. No último, vi um massacre terrível, desses de embrulhar a alma. Era uma praia de sangue. Você vai dizer que ando muito excitado com as notícias da guerra. Mas você deve se lembrar muito bem de que anos atrás já quase enfartei quando fiquei semanas sem saber pra qual cárcere levavam os amigos políticos, poetas, jornalistas, presos pela polícia de curta rédea montada por Getúlio. Eita saudade de um pai maior para nos proteger, seria o Deus do universo? Será que agora há quem ainda duvide da violência dos fachismos? Dessa vez dei-me o prazer como distração e ato de resistência, mas sei que o horror — de meu corpo e desse mundo — hão de me perseguir ainda. Veja como estou irmão de teu fatalismo poético, querida Henriqueta. Quando aqui estiver, ao meu lado no leito, saberá me provocar com o mesmo assombro de mãe, grata por se fazer ouvir nessa voz de um mundo que sobrevive em ruínas. Saudades de seus poemas mais desse gênero me fazem lembrar que os tempos são outros. São fins. Não creio que viverei para ver outros começos, já sobrevivi a muita coisa. E o trabalho não cessa, hoje mesmo deverei retornar aos papéis, mil entre milhares de folhas me esperam gritando no escuro.

Estou francamente esbrodolado, amiga, terei que escolher pelo essencial agora. Contigo, vou direto aos trânsitos elevados, nirvanas que perdoam gentilmente aos pecadores, suspeitas que não se tornam julgamentos. Ocidente, Oriente. África, América. O mais vergonhoso seria se eu transformasse tudo isso em estoriazinha sem graça de paixão tola a flutuar. Deus nos livre desses constrangimentos, Henriqueta. Que nos chamem de solteirões duvidosos, estaremos sempre aqui. É mesmo pra chorar de rir.

Finalmente, cumpro agora a promessa de lhe enviar a cópia do meu ensaio "Padre Jesuíno do Monte Carmelo", acabei pedindo para Rodrigo datilografar. Como faço desde a *Pauliceia desvairada*, hesitei bastante entre meter ou não um prefácio, mesmo que me posicione contra as explicações. Optei pelo sim, mais essa vez. Você verá, Jesuíno é figura praticamente inédita que deve mesmo ser apresentada com farsa e pompa. Não é mais possível que nos restrinjamos ao culto de dó e arrependimento pelo gênio do Aleijadinho. O esfuziante século XVIII foi tão obscuro num Brasil sem letras, jornais, gráficas, mas brilhou por demais não só nas capelas oficiais de Minas, sua terra abençoada pelo passo curto, querida Henriqueta, como também na extensa rede de capelas carmelitas espalhadas de Santos até a Amazônia. Frei Jesuíno era de Santos também, conhecia bem as histórias de como se poderia enriquecer como intermediário entre as grandes famílias do interior até Mato Grosso e aquelas outras potestades ainda mais ricas de Norte e Nordeste. O café ainda não havia se desenvolvido para que o peso pendesse mais para o Sudeste e o Sul. Teve muito gigante-monstro Piaimã por lá. Quem sobreviver contará. Jesuíno foi um desses, mas preferiu a arte e com ela chegou até Goiás, terra de ninguém. Você precisa ver os anjos negros que ele pinta na órbita de santas em êxtase. Só não é reconhecido como Aleijadinho porque trabalhava com material mais pobre e era mulato, como se dizia, de terceira geração, como eu próprio sou em minha família, embora saibamos elegantemente disfarçar. Isso não falo no livro, deixo implícito pra quem me conhece. Só não dispenso os pendores dionisíacos, até mesmo por ser meio carola. Ritos e mistérios ainda me atraem, lá encontro algum tipo de constatação coletiva de alguma luz das alturas e dos fundos. Jesuíno me era semelhante nesse aspecto, assim como em outros, teve que percorrer muito chão para ser aceito como um igual na Assembleia dos Brancos. Não pude deixar de transformar em mito o episódio sobre o roubo de uma pequena barrinha de cobre, coisa boba que achou emperrada atrás de um órgão em desuso na central dos carmelitas em Santos. Muito se arrependeu depois, mas comprou uma coisinha ou outra de ferramenta que precisava para cumprir o serviço bem. Era desses caminhantes que prometia grandes amores, até criou uma família sua, depois se foi pelo mundo. Suas obras estão aí, pra quem as quiser ver.

Sinto mesmo que por esse ensaio deixo um espelho para tantos artistas como nós, deliciosamente enlameados na mistura sem nome, em nossos caminhos tortos em direção às indispensáveis oficialidades.

Foi bem desse jeitinho que tive de agir também no tal do Congresso. Tive que rir das piadas de Osvaldo e morrer de tédio com o peito inchado de Jorge Amado, antes tivéssemos ficado nos livros. Mas a parte política foi boa, fazia sete anos que os artistas não podiam se encontrar livremente. E gosto de como nas histórias o baiano destaca o comunismo natural das gentes, sem dar nomes a amigos e inimigos. Porreta o homem. Fiquei mesmo é pajeando Fernando Sabino e seus mineiros cronistas, para selar de vez minha reputação de corruptor platônico dos jovencetas interioranos e agora também argentinos. Você precisava ter visto os portenhos, Henriqueta. Só mesmo um pouco mais de vinho e uns passeios solitários teriam sido capazes de me redimir. Rezei muito nas esquinas, amiga. Aspirei toda a névoa de janeiro sob os postes de luz pouquinha, da Barra Funda ao Brás, depois esticando nas sombras certas do parque da Luz e daí pro Anhangabaú de todos os santos. Benzido na sarjeta, até de mim me livrei. Só dei por conta na rua Aurora, onde pedi café forte ao lado de certas mulheres em fim de expediente, polacas e mulatas de olhos borrados.

Contigo não preciso chegar aos detalhes, o essencial de nossa existência, essas cartas tão nossas provam o quanto de urgência há nas amizades, sobretudo em tempos desgracentos. Não me deixe morrer sem olhar de perto teu rosto desenhado naquela tranquila elegância quase zombeteira. Ria mais uma vez de mim, comigo, antes que eu me parta, querida Henriqueta. Você me aconselha a ir para o campo, mas aqui até os melhores médicos precisam se reunir para discutir meu caso. Já nem sei o que lhes contei e em que acredito. Cada qual, por simpatia, respeito ou caridade, rastreia em sua Ciência alguma esperança documentada com que possamos renovar o pacto e aguentar por mais alguns meses, quem sabe um ano. É hora de erguer a taça, grande amiga Henriqueta. Erga comigo de onde estiver. Estaremos juntos, tomara que não mais para nos atazanarmos mutuamente com essas indelicadezas de poesia. De outro modo estaremos juntos lá, no infinito. Um descanso será preciso, umas férias da vida e da morte. Não seria má ideia, temos de admitir em se tratando do meu caso, Henriqueta. Afinal, quando minhas mãos se cansarem e os olhos buscarem outros mundos, outras mãos e olhos deverão continuar o trabalho. Trabalho não faltará, Henriqueta, nem milicianos, juízes, presidentes, massacres, a terra toda rasgada. Melhor irmos nos escrevendo como se cada missiva entregue fosse realmente a última. Vamos brincar assim? Até quando?

Uma certeza: janeiro acabou. Logo vem o carnaval, e mais guerra. Quantos meses ainda deveremos chover? Não me fale sobre essas melancolias, confesso que tomar meu chazinho no quarto, quando a noite cai, tem me trazido a alegria dos ricos. Quem sabe possamos sair juntos nos blocos daqui. Um dia só, uma noite ainda estarei vivo, arlequim em branco e preto, você de Mata Hari, espiã de mil línguas, pode até passar aquele teu batom púrpura. Passo um pouco também, pra não ser tão cacete. Vamos? Sonhe outros sonhos comigo, Henriqueta, acredite em mim como acredita no mistério. Não nos importunemos mais com as palavras. Um tempo de voz bruta para aguentar o próprio tempo. Morra-se a era dos manifestos e tratados. Cante, Carmem, nos Estadusunidus, mesmo que eu me recuse formalmente a aceitar convites naquelas terras segregadas. Cante, minha querida Henriqueta, continue a cantar por nós perto do coração sinuoso das serras. Os homens não entenderão tudo mesmo.

Com o abraço carinhoso do
Mário

III
ALEGRIAS NAS CIDADES-FANTASMA

EMPREENDIMENTOS MACÚ & ERMÃOS,
DESDE 1795 SERVINDO BEM
PARA SERVIR SEMPRE

TCHUK-TCHUK-TCHUK-TCHUK-TCHUK-TCHUK-IUK-IUK-IUK-IUK-IUK-IURIKI-IURIKI
São Sumé dos Brasil
Señor Uiracôtcha de los quéchua
Deus sim Spiritu Santu
Pacha mama
Nosso sonho de cura
Nosso sonho de salva
Nosso sonho de liberta
TCH-TCH-TCH-TCH
TCH-TCH-TCH-TCH
que salga todo lo mal
que venga lo buen
TCH-TCH-TCH-TCH
inveja, olhado
feitiçaria e bruxaria
Eu dou guiá ao anjo da guarda que tenha grandes prote
arrebenta-cavalo, perequm, quebra-pedra, arruda, guiné e alecrim
cana-do-brejo, orelha-de-macaco, dama da noite
Deus Nosso Senhor
perdoar nossos erros humanos
e Mãe esquecer nesse lago a consciência
dolorida das cores

Macunaíma disse que pararíamos de descer o Rio Oceano apenas quando a dor se cansasse um pouco. Não cansou. Chegamos na Boca do Amazonas, no labirinto de ilhas de Belém. Foi numa veia perdida de lá que nos contaram a lenda e a força de Sumé, deus branco, barba branca, mas descido do céu dos tupis. Tivemos que levar nosso irmão até lá. Na primeira vez que se pôs a besta a desenhar, foi aquele rito de conversão o que desejou grafar no rude do papel. Depois do banho sagrado, disse que tinha parado de doer e que encabeçaríamos para a grande Bahia de todos os Santos. Lá aprenderíamos os segredos não só dos brancos em geral, mas dos ricos em particular. Pegamos navio pela primeira vez.

Com que alegria Macú desenhou esse cartaz de um de nossos primeiros empreendimentos! Quando descobrimos em Salvador que ex-escravos e nativos podiam não só usar sapatos, mas influir na moda e nos costumes — e que o porto era uma porteira livre e aberta ao pensamento do mundo — logo quisemos conhecer aqueles alfaiates e profissionais liberais mestiços que inspiravam uma vida melhor aos colonos. Sobrevivemos algum tempo nas bordas de seus brocados. Pena que foram perseguidos, presos, decapitados. Tiveram a cabeça exposta em praça pública em 1799.

Descemos o Brasil pelos grandes rios de dentro. Por aqui, os caminhos não são de ninguém. Quem tem fé, empurra o gado para mais longe um pouquinho. Por aqui, sempre se procura menos sede e menos fome. Roubamos de quem já roubava antes, também fomos roubados por quem tem menos ainda. Conhecemos os assovios sacrossantos das grandes vastidões sem mata. Matamos quem tivemos que matar, morremos algumas vezes também. Nos finais, voltamos à vida em outros negócios, mandingas, empreendimentos do céu e da terra. Ouvimos dizer sobre imperadores que subiram e tombaram no Rio de Janeiro. Não entendíamos o nome dessa cidade. Só andávamos por lugares com nomes mágicos.

É mentira que o ouro das minas brasileiras acabou junto com o século das luzes. Olha, fomos grileiros aqui e ali por bastante tempo, foram muitas montanhas que vimos virar vales negros infernais. Macú nunca gostou de ter o corpo besuntado com aquela lama venenosa de morte. Um dia, nos disse: sabem o que vale mais aqui nesse buraco?!, Os sonhos de quem chega. É daí que vamos tirar algum dim-dim.

Macú imaginou esse desenho para mangar da bruteza estúpida daquela guerra. Havíamos partido em direção aos territórios em batalha com a ideia de vender meias impermeáveis para os pés-rapados alistados. Mas parece que eles já se satisfaziam com o couro grosso das botinas altas enfiadas naquelas crateras de lama e charco. Cada um cresce na vida como pode, uns no conforto que já conhecem, outros no que conseguem imaginar. Dessa vez, falhamos de novo, mesmo tendo caminhado para além de Cuiabá. Ninguém se interessava por meias impermeáveis. Sobrou apenas o prejuízo, a sátira, montanhas de mortos. Pelo menos, conseguimos trocar algumas sacas de tabaco gaúcho por maconha paraguaia.

Depois de tanto corre-corre nos grandes pastos e campos de batalha, aportamos um pouco naquelas bandas que nem o diabo sabe dizer se é das Minas Gerais, Bahia ou Goiás. Lá a cana já não era tão boa quanto no interior do Nordeste, mas era perfeita para fazer cachaça. Pousamos durante anos só prá ver gota pingar sem pressa em alambique. Era empreendimento certo. Tínhamos o ouro dos tolos nas mãos, mais a benção dos santos de todas as freguesias e terreiros. Macú acreditava que o produto não precisava ser tão bom, bastava que o rótulo fosse bem desenhado, atrativo. Vendemos bem! Só não houve jeito de comprar mais terra para fazer mais cana. Os anos que passamos lá pareceram gerações. Vimos tudo apodrecer aos poucos, barril, alambique, casebre, roçado. Viajamos para não envelhecer. Preferimos a morte em meio à festa.

Esse foi um de nossos primeiros negócios no
Rio de Janeiro. Conseguimos contrabandear
no porto uma prensa inglesa velha, mas
muito elegante. Só não nos deixaram
tirar alvará para ter lugar fixo, ainda mais
tendo clientes ligados aos abolicionistas.
Foi quando Macú aprendeu de fato a escrever,
catando letra por letra na máquina do mundo,
entendendo os discursos dos povos. Chegou a
fazer esse versinho aqui:

"Engenhoso é o engenheiro André Rebouças:
é preto no preto, só linha clara como louça fina.
Tal qual o jornal abolicional de Zé do Patrocínio:
escrita fidalga, impressa em letras de hino.
Admirável como Maria Firmina dos Réis do Maranhão,
primeira mulher a publicar novela de escravidão.
Todos eles de povos pardos e pretos filhos,
todos com nossa gráfica pra não restar empecilho."

Para quem se criou na mata, trabalhar com letra miúda pode ser enlouquecedor. Naquele tempo de passagem para a República, a gente não dava conta de saber de que lado estavam verdadeiramente os homens que assinavam os milhares de discursos que nos mandavam imprimir. Quando a polícia tomou nossa máquina à força, Macú saiu pelas ruas gritando não se sabe se elogios ou maldições, tanto ao Império quanto à República. Foi internado. Não sabemos direito o que aconteceu com ele lá dentro. Quando saiu, não quis falar do assunto, só nos deixou esse esboço.

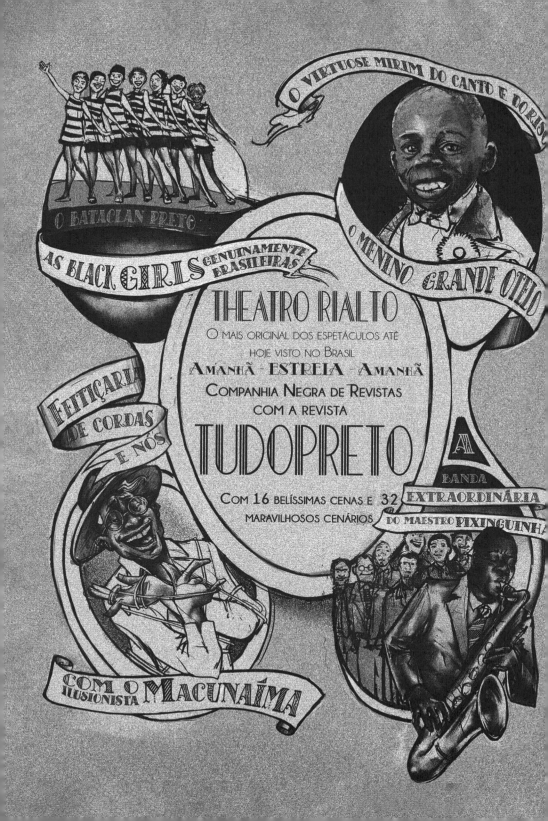

Quando foi solto do manicômio, Macú decidiu viver apenas dos sonhos da noite. Nossa salvação foi ele ter sido aceito na Companhia Negra de Revista. Viajamos muitas cidades com eles, chegamos a receber convite para ir ao Uruguai e Argentina, mas o governo brasileiro nos negou a permissão de sair. Alegaram que seria uma vergonha apresentar o Brasil assim para a comunidade internacional. O caso saiu no jornal com foto de Macú sorrindo amarrado em suas cordas, impedido de embarcar no navio que partia para El Rio del Plata. Grande Otelo, ainda menino, chorara no colo de Pixinguinha enquanto arrastavam a carroça com a bagagem de volta ao lar. A Capital Federal não tinha mais graça. Como não havia mais para onde crescer, resolvemos finalmente ir para São Paulo, a metrópole dos arranha-céus.

1932 - Apesar de tudo, o céu continuava a existir em São Paulo

Chegamos com a cidade sitiada em guerra civil. Descemos na Estação da Luz e fomos revistados. Quando fomos liberados, depois de implicarem durante horas com as ervas de Maanape e as flechas de Jiguê, Macu saiu correndo pelas ruas ocupadas e foi difícil segui-lo. Voava como um macaco-prego dentro de um castelo, rindo da riqueza estúpida das coisas. Quando avistou o edifício Martinelli, saiu urrando pela neblina do Anhangabaú, como se estivesse pisando num céu aberto a todas as canções. Pirulitou assim até chegar de manhã e conseguirmos enfim convencê-lo a procurar pousada. Perguntamos às pessoas nas ruas onde ficava a zona e nos indicaram os Campos Elísios.

Meses depois, quando Macú entendeu melhor a malícia almofadinha de São Paulo, teve a ideia de abrir esse spa-bodega. Observou as demandas do mercado local e pensou em oferecer alguns serviços estéticos e /de etiqueta /que facilitassem a ascensão social de alguns trabalhadores. Chegou a faltar água oxigenada. Mas a fina flor da sociedade ficou chocada com nossa publicidade e tivemos que abandonar o projeto. A desistência não chegou a desanimar Macú, ele só desenvolveria melhor a ideia em outros níveis de ... como se pode dizer? Refinamento.

São Paulo, 21 de fevereiro de 1945

Meu Carlos,

Faz dias que essa sarna me coça, não tenho encontrado momento bom o suficiente pra responder sua última carta. Olho de novo para o calhamaço de poemas que você me enviou, deixo-os sob a luz clara da janela do meu quarto todos os dias. Trouxe do escritório pra cá pra fingir uma intimidade maior com os enigmas. Ainda bem que você não veio para o Congressinho dos Superescritores mês passado. Depois de três chopes você me forçaria irresistivelmente a tecer algum julgamento descuidado sobre sua produção e tenho bem a certeza supersticiosa de que, como agora, eu não teria nadinha a dizer.

Posso contar um pouco sobre como tenho brigado com eles, os poemas. Amo todos, mas você, o gênio criador, eu odeio com ódio bem rançoso. Em raros versos, flagrei você usando uns truques fáceis ou difíceis demais e fiquei me elogiando por ter percebido meia dúzia de fios soltos, mas mesmo aí você foi tão assumido na própria imperfeição que não posso deixar de me acachapar com os efeitos mais sublimes que restam ao fim de cada poema. Você demorou para me convencer de que uma voz tão inteligente pudesse representar a Rosa do Povo. Essa rosa difícil de asfalto e multidão que você visita nas horas bestas e caladas. Te odeio por isso, Carlos. Nas grandes cidades, você se deprime cabreiro e se extasia tolo. Deu toda a vida e o esgotamento dela, tem voz para todos, sim. Cada um pode buscar o próprio silêncio em seus poemas, meu Drummond de Andrade. E precisamos, não aguentamos mais os jornais gritando heroísmos e conjurando demônios em nome de valores progressistas. Agora as bombas chegaram ao Japão. Parece que é lá que vão soltar a atômica. Quem gritará mais alto? Dizem que as bombas ensurdecem os gritos. Temo pelo Foujita, ele nem bem correu da guerra em Paris, ela o alcança em terra natal. Mais templos de todas as eras serão explodidos no ar. Imagino seu triste olhar de pintor sobre essas delicadezas milenares interrompidas.

Com razão, de poeta e de Estado, você avalia como dogmática e totalitária minha opinião expressa na carta anterior de que o artista e o intelectual devem assumir que falam da Torre de Marfim. Não fique enjeitado comigo, irmão. Você apenas quer convencer a si mesmo de que não fala de um posto de observação privilegiado. Poesia e canção são a cachaça de quem insiste em rastrear a infância em algum lugar. E as mães, para onde vão durante as guerras? Ainda mais agora, que são tantos os pais e filhos que morrem. Nós sentimos tanto, não é, Carlos, que dá até um desânimo de tentar dizer. Mas você disse, e como disse. Contudo é perigoso aplaudir poemas como se aplaudem discursos. Eu próprio me arrependo do ingênuo elogio que fiz aos soldados pobres em *Losango cáqui*, mas eram outros tempos. Antes, nós defendíamos as individualidades inclassificáveis, interessava mais achar o soldado que não deixava de ser uma espécie de escravo. Hoje, os rostos não têm nome, as multidões gritam uma língua estranha e são elas que devemos representar. Por isso só consigo olhar para o rio Tietê, com sua procissão de dejetos humanos misturando as gentes em sua essência oleosa. Sabe, Carlos, às vezes desconfio de que não foi gente que beberia conosco quem inventou a palavra povo.

Era tão mais fácil quando você era um rapazote genial que me procurava como mestre. Por mais que sua originalidade me assombrasse, o caminho era tão claro. Havia em você a força autêntica de dizer sobre as famílias amargas em terras despedaçadas, somada à certeza de que as cidades só nos curam com outras febres. Entre passado e futuro, você preferiu se instalar na poesia. Era fácil dar conselhos. Em caso de dúvida maior, parecia um caminho natural indicar que você recorresse ao caso de Rimbaud. Hoje, olho por essa janela à minha frente e tento encontrar no céu possível algo maior que a guerra dos homens, como naquele dia em minha adolescência em que um vento rasteiro na sarjeta veio me trazendo uma página amassada da *Folha da Manhã*. O ar forte a enroscou no meu pé, peguei curioso; era o suplemento cultural, trazia notícia das publicações de um certo poeta francês que teria revolucionado a poesia moderna até os 19 anos e depois abandonado a Europa para traficar armas na África e nas Arábias contra os europeus, traidor da própria raça. Lá estava a foto clássica de Rimbaud, os olhos de um azul mortiço emoldurados por pálpebras de desdém e o cabelo rebelde resistindo ao ajeitado pastoso dos cremes burgueses. Esse problema eu e você não teremos mais, mesmo aos 40 e poucos a calvície também já lhe poupou do peso de cuidar de uma bela cabeleira, Carlinhos. Atualmente, nossa relação é a de mestre e discípulo da careca! Está instituído! Será que Rimbaud teria ficado careca logo? Aos 37, quando morreu, já não tinha a mesma cabeleira de antes. O que teremos a dizer sobre ele em 1945? Hoje teria 91 anos, se tivesse sobrevivido a esse ciclo insaciável de guerras, cercos e perseguições. Seria Rimbaud um herói nacional da França para alguns rebeldes recuados durante a ocupação nazista? Consegue imaginar situação mais embaraçosa? Talvez só mesmo o Neruda dos Andes para nos ensinar o que fazer do nosso estimadíssimo gênio adolescente no meio desse caos. Talvez devamos nos irmanar à capacidade do francesinho de olhar tudo de fora por ser originário de região agreste. Como ele, recebemos a melhor educação na esperança de que pudéssemos superar os fracassos de nossos pais na missão de ascender a um posto melhor. Fizemos. Agora, também olhamos de fora nossa própria terra já meio arrasada. Você não sabe que inferno delicioso tem sido pegar o bonde que sobe da Barra Funda para o Triângulo. Agora os Campos Elísios, o Bom Retiro, a Luz já não são mais cartão-postal pra turista ver. Muito casarão virou cortiço, correm ali todos os perigos que nos fascinam. Talvez fosse por lugares assim que Rimbaud perambulava em Paris, Londres, nas cidades tentaculares. Como nós, tinha também o fantasma de uma casa antiga e uma linhagem decadente em alguma fazenda meio barbarizada. Como disse em outra ocasião, jamais convidaria você para um almoço aqui, como fazia nos tempos da Semana quando a Barra Funda ainda era uma promessa não só de vida digna, mas cristã e burguesa. Logo minha vizinhança tranquila definiu seus espaços de sombra, e não posso deixar de confessar que eu próprio devo ter dado uma bela contribuição para as trocas misteriosas que se passam por aqui. Não sei se você também me convidaria para ver a paisagem atual de sua Itabira mineira, com o Pico do Cauê já meio arrombado pela mineração do ferro para a guerra. Sei da tua vergonha e do teu orgulho. Você também nos fez sentir de forma clara e límpida, desde o começo. Claro enigma, guarde esse título. O que querem agora de nós? Partidos para homens que antes preferiam encarar suas divisões internas com certa vanglória, você não deixou de perceber.

Seguindo essas inspirações, nem vou mais piorar meu estado de saúde com a indelicadeza de meus desânimos. De certa forma, quando o bafo da morte fica um milímetro mais próximo que seja, a alegria e a tristeza ganham densidade e a gente não precisa mais escolher entre um extremo ou outro. Entendo o medo corajoso de seus poemas, entendo a persistência sorrateira de minha doença. Não acho mais os becos ameaçadores e excitantes, nem intimidantes e maravilhosos os palácios. Gostaria da rua um pouco mais limpa, mais bem cuidada, será que é reclamação de velho? No Rio, parece que a areia e as pedras disfarçam tudo. Em Minas, o vento leva, não acha?

Amei todos os disfarces de seu roseiral público, meu caro. *A Rosa do Povo*, publicada na Capital Federal do Estado Novo! Essa gente não sabe mesmo quando um dos nossos é falso ou verdadeiro. Perderam o tino no êxtase do próprio gogó. O Brasil é isso, quando a luz chega, a gente rouba os fios pra fazer outra coisa.

Divago demais? Queria era entrar nesse estado que você alcança, diabo borocoxô flagrando a tristeza inevitável das pequenas alegrias. Desculpe por não chegar tão perto. Diferentemente de Rimbaud desdenhando o conforto dos assentados, quero mais é minha xícara morna ao lado da cama. Não consigo ser tão radical em dias cheios de febre e burocracia impeditiva. Como você consegue guardar tudo no coração e na teimosia e soltar na hora e na medida certas? Doença maldita de sobreviver um pouco mais só para reviver em outro cárcere. Não duvido que você chegue a um século de existência. Vai morrer grandioso e seco como uma cratera indevassável. Eu não, fico na metade, já deixei tudo escrito para três vidas, caso queiram me incomodar no túmulo. Já estou nas beiras da cidade, me deixem, todos. Quero morrer sozinho, igual cachorro grato e objetivo. Quero a ressaca do carnaval, programada e permitida. Me deixem, São Paulo, cidades, curas naturais, Rimbaud, Drummond de Andrade. Posso ficar só com o amigo Carlos? Quando eu me for, continue respondendo às cartas que não chegarem, como se nada tivesse acontecido. Peço respeito nesse mistério. Essa é nossa mina de ouro e os fiscais do governo e da arte não precisam saber.

Com o abraço fiel do
Mário

FIRMINTO AUGUSTO NO FLUXO DA MUITRAQUITANA

A juventude, cada um a desgraça onde aguenta. A melhor parte da minha deixei nas esquinas da Boca do Lixo com Macunaíma. A área nem tinha esse nome ainda. Foram treze anos assim, de 1927 a 40. Deixei também oito dentes pelo caminho, fui tonto até não poder mais. Ficava tentando parecer bonitão, sem poder sorrir. Por tantos anos, tive que confiar em meia dúzia de sorrisos discretos, enigmáticos. Mas usava óculos dourados pra ter dignidade. Quando ficava bêbado, tomava cuidado pra não explodir uma gargalhada e mostrar os dentes faltando meio de ladinho. Oito no total. Um foi contaminando o outro, os buracões apareceram nos quatro quadrantes. Quando vinha a dor da coisa apodrecendo com alguma infecção, tratava com analgésico do mais em conta, Cafiaspirina. Uma vez, uma enfermeira da Santa Casa me deu duas doses de morfina como presente de um namoro aí que ela tinha inventado entre nós. Trouxe até a seringa, que alívio. Dessa vez os buracos eram na mandíbula, bem onde tem mais nervo, eu já nem sabia se eram dois ou três, aqui do lado. Comprimidinho já não dava conta, tomava três e nada. Só a morfina conseguiu me dar duas noites no paraíso, trouxe um pico tão alto que, mesmo com a cara torta e a gengiva toda branca, ainda aproveitei a leseira pra dar uma chegada à rua Vitória, rezando pra não pegar outra encrenca de alguma polaca. Fiz de tudo, só não meti a boca nem em buraco de cima, nem de baixo. Tinha já meus trinta e tantos e dizia pra mim mesmo que havia anos não acreditava nessas coisas de casar, montar casa, demorar anos pra aprender uma coisinha a mais no trabalho. Eu martelava na cabeça a questão: é só pra isso que fazemos crescer as cidades? Era nessa base que eu atuava. Quando só restava um toco de dente, uma dorzinha sentida besta, as pontadas começavam em outro canto da boca. Ia me acostumando não porque aceitasse a dor de dente, mas pra não precisar mexer em dores maiores. A dor de não crescer conforme a própria fome e desejo, a dor de quem experimentou a vida boa um dia e não se acostuma jamais de novo com a pobreza, a menos que a miséria seja temperada pela loucura. Tinha meus momentos de Napoleão. Não arranjava dinheiro pra me tratar a boca porque vivia querendo botar banca pra cima dos bacanas da sociedade paulistana que visitavam nossa zona; gastava com roupa melhorzinha, pó, mulher, homem, igreja, terreiro. O pouco que fazia com o dinheiro das mutretas, usava pra girar prazeres e algum sonho maluco de ascensão social. Deixei de pagar muito aluguel pra pegar o dinheiro e seguir alguma paixão mais importante. Tinha dívida em tudo quanto é praça, até marreteiro saía correndo de mim na rua. Quando dei pra vender muamba no trem, foi duro ganhar confiança dos fornecedores. Fui conquistando na língua, de tanto ter torcido ela por aí nas quebradas cosmopolitas. Mas foi o que me salvou, consegui até sair daquela espelunca depois de um ciclo de treze anos. Prefiro mil vezes meu quarto e cozinha alugado do que aquele casarão maldito. Não sei nem dizer que tipo de espírito deve correr naquele muquifo. Será que ainda existe? Nunca mais passei por lá, evito os Campos Elísios. Até hoje, rezo pra me limpar. Fico pensando o porquê de só ter me tocado tão tarde. Eu sei, a gente sabe. Não posso cuspir no prato que comi, precisava conhecer muita coisa antes de achar um esconderijo só meu. Nos anos loucos, eu sonhava que alguém cozinharia para mim numa casa de praia, agora só desejo ter panelas novas. Parece pouco porque você não viu que agora eles usam tecnologia astronauta na fabricação. A coisa vai longe, naquela época já era assim. Quando Macunaíma chegou ao bairro, ainda nos anos 20, saía gente de tudo quanto é ralo, os italianos, espanhóis e portugueses foram perdendo controle pros sírios, libaneses, ucranianos, japoneses, chineses, coreanos, bolivianos, peruanos, escravos recém-libertos, gente do Norte como eu, mais o tal do homem. Lá tem uns fulanos que nem Deus sabe de onde vêm. Máfia atrás de máfia, uma pra cada porto do mundo, uma em cada antro da Boca. A gente pegou o Fluxo bem no começo, a pensão ficava no meio do furacão, entre a Estação da Luz descendo trem até o litoral e a rodoviária mandando subir as mercadorias pro interior. Eu não queria saber de outro lugar não. Sonhava com Paris, mas só de mentirinha. Tinha lido *Ilusões perdidas*, do Balzac, sabia o que acontece com quem se mete a besta a querer crescer na Cidade Luz. Não é fácil nem pra quem acha que tem talento e beleza. Já na Estação da Luz da Pauliceia, entre as putas do baixo meretrício, não era muito mais fácil. Até as totalmente desdentadas tinham o seu bom preço por oferecerem a mamada veludo. Aprender a ser gente na Boca era tarefa pra mais de uma década, que dirá subir na sociedade paulistana. Mas fiz uns bicos de garçom no Automóvel Clube, no Anhangabaú. Aprendi que tenho algo na respiração que me distingue entre velhos ricos bêbados. E tenho olhos de desafiar infernos e paraísos, o que foi o suficiente para ao menos não ser invisível entre os ricos mais jovens, bêbados ou não. Os bairros altos, eu lutava mais era pra entender, pra ganhar dinheiro entre eles, mas sair da Boca não. Estava satisfeito, pagava pouco para estar ali, conhecia as intenções de cada sorriso, sabia onde evitar a violência, andava sossegado. Foram anos assim, até o dito-cujo aparecer. Ele queria bem mais do que eu, queria mais do que todo mundo ali, mirava a ponto de ficar doente. Nem febre amansava o bicho. Mas dentes tinha todos, sempre teve. Era firmão o tipo, só mesmo revolta punha ele pra baixo, aí a gente tinha que puxar, mas do inferno não saía não. O irmão mandingueiro dizia que urucubaca só batia em Macunaíma por uma noite, de manhã todo feitiço era quebrado e ele aparecia de corpo aberto, desses que conseguem esticar até debaixo das costelas, costumava espreguiçar sem medo de mostrar que tinha vindo de um sono desprotegido, sem culpa de ser safado. Fazia lembrar meus primos de Aracaju, só os mais desembestados conseguiram sair do sertão do Carira e sabiam que apenas um corpo cheio de malícia pode sobreviver numa capital. Cidade não é coisa pra família, religião, pátria. Cidade boa é terra de ninguém, cidade onde os ricos vão fugindo para as periferias. Apesar de citadinos, meus pais foram por outro caminho, alguns tios também. Aproveitaram do prestígio de um sobrenome importante na política da caatinga e debandaram para a elegância. Teve gente que escreveu livro, gente que foi migrando pra outras capitais, mas se você fosse muito coitada ainda podia fazer um bordado bem dedicado que nossos parentes aceitariam como um sinal de distinção. Meu pai se tornou vendedor numa loja de tecidos para alfaiates de luxo em Aracaju. Recebi educação para acreditar que destino melhor eu só teria em São Paulo, como filho e herdeiro. Não herdava nada, claro, apenas os sonhos de meu pai. Minha mãe se tranquilizava em me ter em seu rabo de saia. Meu pai comprava coleções de livros que nunca lia. Com certa insistência, chegou a projetar algumas vezes a ideia de que talvez eu fosse algum gênio incompreendido da literatura, a ser descoberto na hora e no caminho certo, entre as mãos certas, na cidade certa. Acabei acreditando em tanta certeza, quem sabe uma hora eu escreveria alguma ode para o panteão de deuses gregos tão bem quanto os jornalistas de São Paulo. Talvez eu até pedisse ajuda a Mário de Andrade. O homem era famoso na época, apesar da fama de viado. Conhece ele? Enfim, não procurei, a Boca já era assunto demais pra lidar. Meu amigo Macunaíma era coisa outra, queria sair da pensão com cheiro de arroz azedo e óleo reutilizado, assoalho rangente abrindo brecha pra um belo rol de pragas, mas não se incomodava, não dava seus achaques como eu fazia quando via algum pequeno privilégio subtraído. Macunaíma dava o rabão pro Tempo, isso sim. Era o mais louco de todos: seu objetivo era uma pedra de paradeiro desconhecido. Como era o nome? Mutreta, traquitana, ah, sim, muiraquitã. Pra ele não importava quando reaveria o artefato, poderia já ser gagá, viveria bem na fé do acaso. Enquanto isso, a gente se esfolava pelos ideais, erguia fogo em nome da lei, da Constituição, da revolução, da modernidade, da liberdade das putas, carroceiros e limusines que passavam pela zona. Como em qualquer lugar, na Boca a gente sobrevivia bem depois que aprendesse a firmar aliados e inimigos. Macunaíma preferia ser amoroso com todo mundo sem se envolver muito. Era de ficar à toa na calçada, sem estender demais a prosa com ninguém, e, quando saía pra fazer tramoia, só o diabo sabia o que o homem levava no saco. Batia o portão de sorriso saltitante e voltava com aquela fome simpática de criança depois do futebol. Saía sem medo das pessoas, seu papo reto era com a cidade. No dia em que chegou à pensão, já foi puxando um riso de cada um, enquanto contava piadas sobre si mesmo. Tinha aquele jeito raro de explorar o próprio lado ridículo sem deixar de ser atraente. Bastou uma noite na pensão pra conquistar a confiança e a desconfiança de todos. Rapidamente se tornou um dos nossos. Os irmãos faziam ares de discrição, ficavam sempre atrás de um jornal ou objeto que traziam da rua. Maanape, o velho, vendia ervas na Sé, bem de frente à catedral em construção e as boticas dos senhores cultos. Atendia de puta a doutor, só não tinha local e alvará. Dizia que era de seu costume viver no relento. Quando soltava uma dessa, Jiguê falava que praça de paralelepípedo não é terreiro não, nem sarjeta igarapé. Se irritava às vezes, o guerreiro bobalhão. Vivia querendo andar na linha, passou a esticar o cabelo da testa para o lado e abotoar camisa até o colarinho quando ia às igrejas dos italianos ou sinagogas dos judeus. Oferecia serviços e reparos para famílias honestas. Aquele lá preferia conquistar seu conforto com passo pequeno e em território restrito. Já redobrava demais os cuidados com o irmão caçula. Não gostava do silêncio de Macunaíma, de suas ausências que pareciam nunca trazer consequências. Mesmo sendo bobo, Jiguê sabia que esse silêncio se tornava um pouco mais perigoso a cada dia. Macú perdido nas ruas da Pauliceia não era o mesmo que Macú atiçado na mata, dizia. Percebi mesmo, desde o começo. Ele era urgente sem ser desesperado. Fazia questão de mostrar o controle que havia ganhado com as experiências de dores passadas num sorriso de malícia. Não chegava ao deboche, só ria das piadas de todos. E não desperdiçava força, costumava ser suave. Nem precisaria de muito, aquela magreza cheia de tônus era uma potência misteriosa que impunha respeito, a tal da bomba atômica que ninguém ainda tinha visto explodir uma cidade, mas sabia que existia em algum porão do mundo. Isso só na aparência, o carisma vinha mesmo da capacidade de imitar diferentes vozes e sotaques sem ser muito caricato, indelicado ou sarcástico. Sabia fazer no tom fino, com o discreto charme do baronato. Essa era sua maneira de sugar a alma das pessoas, aprender com elas seus truques de dicção e convencimento, modos de empostar e mentir, um construir de olhos, umas maneiras de esconder os sentimentos da cara. Gostava de fazer os outros rir mostrando o que os ricos pensavam de nós. Algumas de suas imitações eram clássicas, como a voz da italiana que distribuía sopa na paróquia, aquele agudo de indignação dos justos com uma rouquidão catarrenta por trás. Ou a voz rascante do chinês vendedor de sapatos que destilava desprezo enquanto imitava as mesuras exageradas dos brasileiros no balcão. Era particularmente engraçado o modo como Macunaíma alternava entre a voz grave e ironicamente melodiosa usada com os clientes e a voz exigente e alta com que o chinês tratava a família atrás de si. Não tinha como não rir, até os maricas gostavam da imitação que ele fazia deles, saltitando dos cortiços aos teatros rescindindo seiva de alfazema, voltando meio mancos de bebedeira com a voz de taquara anestesiada. Era todo dia assim, mas dizia que ator queria ser não. Parecia mesmo satisfeito com a vida que vivia, um novo atalho a cada esquina. Ele e os irmãos se aprochegavam àquela felicidade tonta de quem pisa em cidade nova e maior, não se assusta com o tamanho da loucura humana e sai acreditando ter um futuro em aberto. Foi contagiante essa fase de inocência malandra. A semente do mal demorou a bater na porta, mas enfim chegou, veio numa tarde besta através de um vendedor de bananas. Era esquisito o homem, veio arrastando o seu carrinho de mão cheio de mercadoria e tinha um olho só. Também não articulava bem as palavras, tinha poucos dentes na boca. Ua vúzia pu zezenta mirréi. Tinha uma gentileza o homem, seu diferencial era embrulhar o cacho em folha de jornal, dava um quê de higiene e adiantava o serviço das donas pra amadurecer a fruta. Naquela tarde, Macunaíma estava de bolso cheio e comprou duas dúzias para distribuir pra molecada na rua. Quando sacou as notas, os meninos já se juntaram que nem formiga no açúcar. Segurou bem alto o embrulho pra molecada não pegar antes da hora, agradeceu ao vendedor, recuou pro portão da pensão e pediu pro formigueiro fazer fila. Quando desembrulhou o cacho e olhou pro jornal que envolvia as bananas, o humor mudou na hora. Era como se, do nada, Macú tivesse dado um salto em águas profundas, concentrado, introspectivo, o coração na boca, um corpo tentando caber em si mesmo após um deslocamento violento. As crianças se agitavam como ondas bravas. O vendedor levantou a voz: zuncê achou lagarta nas banana? A pergunta fez Macú voltar um pouco à tona, respondeu gentilmente que não, pediu pra eu distribuir as bananas em seu lugar e se sentou num canto da calçada com a folha aberta bem rente aos olhos. Leu até onde não tinha letra, sugando o papel igual sopa rala, depois rasgou um pedaço, que meteu no bolso, e entrou. Quando fui atrás, só me estendeu o recorte. Era a notícia de uma exposição de arte indígena da coleção particular do banqueiro Etemário Silva e Silva. Ressaltava a importância de uma reunião de mais de 300 muiraquitãs adquiridas por todo o território amazônico. E daí? perguntei. Ele chegou bem perto, deu uma puxada no meu colarinho e disse enquanto ajeitava minha camisa: você vai me ajudar a entrar nesse lugar aí, tem coisa minha nessa joça. Claro que só ri da cara dele, o homem nem desconfiava que esse tal de Etemário era o dono do Banco Silva e Silva, voltado só pra investimentos de alto padrão. O tipo era conhecido por possuir a casa mais cara do Brasil, no Morumbi. A exposição seria no Palácio da Justiça, na Sé. Não tenho nem roupa para entrar nesse lugar, me disse, você vai ter que me ajudar, meus irmãos não são de fino trato. Vou te contar, viu, essa embrulhada levou meses só de preparação, tive que estabelecer um plano de aperfeiçoamento de etiqueta pra Macú. Primeira coisa que eu disse: todo dia você vai ficar próximo dos engraxates em frente à bolsa de valores, observa bem o jeito que os bacanas falam, só eles têm autorização para usar um certo tom de arrogância, observa também os molecotes com a fila maior para engraxar, perceba que os mais requisitados são aqueles com o tom de quem pede favor prometendo na voz a força de uma locomotiva. Em São Paulo, pra entrar em lugar de branco tem que desenhar bem os esses na dicção, e, se você for preto, índio ou pardo, vamos ter que botar uns óculos pra disfarçar. Sua roupa também não pode marcar muito o corpo, nem dançar que nem balão, tem que ter alinho, sem afetação. Segundo, preste bem atenção nas palavras que usar, use apenas as que eles também usam, todo o resto é considerado gíria, você não quer mostrar que veio da Boca ou sabe-se lá de que fundo de mato. Tem que parar de andar curvado como quem está descendo e subindo ladeira, alinhe o pescoço ao resto da coluna, porque a gente tem o hábito de andar com a cabeça pra frente, sempre matutando o próximo passo em alguma preocupação. Não pode ter essa cara de quem se cansa debaixo do sol ou está demais confortável com suas irradiações. Tem que ter vergonha de suar. É uma arte parecer despreocupado, privilegiado. O corpo mostra as carências, a pele e os traços chumbados denunciam a origem obscura. Vamos fazer assim, você me acompanha numas compras no Mappin. Vou levar o talão de cheques a que tenho direito pela conta que meu pai abriu pra mim quando ainda confiava. Não tem fundos lá. Vou fingir uma assinatura que não é minha e depois peço pro banco bloquear. É sustar que eles chamam, belo sustinho. Vamos comprar roupas decentes, alinhadas. Não vão desconfiar de mim, me expresso bem, sei falar baixo e com autoridade, como eles. Você sabia que dá pra perceber o preço pelo jeito da costura? Sabia que tem cheiro de pobre e aroma de rico? Vamos ter que guardar bem essas roupas da gordura da pensão. Não se preocupe, está mais do que certo, direi que é meu assistente pessoal e que me acompanhará em viagem à Europa. Se olharem para nossos sapatos na loja e desconfiarem de algo, digo que recebi herança recente. Sempre tem uma boa história, o importante é criar uma simpatia com o vendedor, ou de preferência vendedora, e falar num tom acolhedor que inspire confiança, importante até olhar nos olhos com amor, mas sempre se colocando como um superior que concede uns minutos de atenção a um plebeu bem- -intencionado. Pra ser metido tem que subir o ego no céu, se achar predestinado a um destino nobre. É capaz de fingir um pouco de nobreza, Macú? Tem que saber manejar o chicote e a Bíblia. O que você quer agora é tesouro de gente grã-fina, tem que estar à altura do roubo. Iremos à exposição apenas para observar, quem sabe a gente dê de cara com o homem lá. Tentamos entrar no vernissage — sabe o que é isso? —, dizemos que somos primos de Santos, cidade natal de Etemário. Ai, ai, ai, lembro até hoje de como Macú travou quando soltei esse monte de detalhes. Mas espertou logo, tinha viajado bem o país, morado nas beiras de várias fontes de riqueza, conhecia também a língua de muitas fomes. Sabia que não deveria nutrir pelos ricos nem raiva ressentida, nem admiração abobalhada. Tinha a ilusão poderosa de que haveria assuntos comuns a tratar com eles. Eles gostam de quem gosta da vida, principalmente os mais velhos. A gente observa o jeito de ele agir, continuei instruindo, só pela foto do jornal dá pra conhecer um pouco o sujeito, olha essa cara velha sem muitas olheiras de privação, só de excesso, fuça de quem acorda todo dia com o leitinho da mamãe no beicinho. Perceba essa palidez feita de rugas finas de mármore de Carrara, não aqueles sulcos grossos e escuros que a gente encontra na cara dos marreteiros que ficam debaixo do sol trocando caretas o dia inteiro. Repare nessa brilhantina que não é oleosa, mas de uma umidade fresca, como se ele tivesse saído do banho agora, mesmo que tenha acabado de abrir a tampa do sarcófago. Não deixe de notar o relógio, a aliança matrimonial e as abotoaduras, todos em ouro puro. Repare como ele flutua e os outros se arrastam ao seu redor. Deve admirar homens ambiciosos como nós, não será difícil ganhar um minuto de sua atenção, apenas pra sentir como aquela sua voz de gente poderosa vai reverberar em nossos corpos mais acostumados ao chamado da cuíca. Então, só então, pensaremos no modo de entrar na mansão e recuperar a pedra. Entendeu? Macú não confiou em mim na hora, mas cedeu ao pseudorrefinamento dos detalhes do plano. Na loja, comportou-se bem, provava as texturas sutis dos diferentes tecidos segurando levemente entre as almofadas dos dedos, como se medisse algo microscópico. Queria entender como comprar essa pele outra. Pra ele, escolhemos um terno de linho branco, pra mim, preto, como convém desde os costumes escravistas. Macú se enamorou de uma gravata espantada, mas abandonou o fetiche carnavalesco quando expliquei que a discrição é tudo e o importante é a força de uma personalidade que saiba se expressar delicadamente. Entre eles, ressaltei muito bem, a gente não pode descer força aos movimentos, tem que mostrar que é macho firme só pela presença alongada, como estátua grega. Macú entendeu bem, passou a treinar o andar fino pelas ruas da Boca, testando certa moleza complacente de si mesma. Os ricos têm os corpos satisfeitos de si, por isso muitas vezes nem são atraentes ao sexo. Meu amigo sabia por experiência própria o quanto o pobre serve melhor na cama. Ninguém que é levado pra lá e pra cá por um chofer vai ter a bunda firme pra socar gostoso. Temos algo real para seduzi-los, um fogo sempre pronto no olhar. Nosso jeito de meter calibra a alma desses bacanas. Macú vibrava como alguém da realeza que retorna para reivindicar um trono antigo. A muiraquitã era o espelho do fogo das deusas, isso Etemário não poderia jamais compreender. Nós lhe mostraríamos. Mas a verdade é que, no dia da abertura da exposição, não aconteceu muito, houve um momento apenas em que Macunaíma olhou direto nos olhos do homem e foi visto pela primeira vez. Tínhamos nos colocado ao lado do painel com as muiraquitãs iluminadas até a gema por um jogo de luzes hospitalares. As pedras pareciam rios petrificados em mesa de operação. Macú dizia ter encontrado a sua, uma das mais rústicas da coleção, de um jade mal polido com uma estranha névoa dentro. Seus olhos refletiam um fogo verde de inferno. Ficamos ali, até que a comitiva do homem veio se aproximando. Bela coleção, doutor, rara, disse Macunaíma a seu gigante Piaimã, mas a mais bonita é essa aqui, meio estropiada, por quanto vende? Etemário deu aquela risadinha frouxa de quem já está cansado de debochar e perguntou se o rapaz gostava de arte. Gosto sim, disse Macú, não entendo quanto vale, mas sei como se faz. Elegantes bochichos de escárnio vazavam na comitiva. Claro que você sabe, meu jovem, assim como deve saber que um objeto como esse agrega múltiplos valores, é arte, mas também joalheria e artefato histórico, além de representar valor afetivo que não tem preço, sei que vai me entender. Eita gigante esperto! Esse era o homem, então. Falava com os humanos inferiores fingindo que era um igual muito interessado na conversa, por um instante pareceu mesmo que negociava a pedra com Macunaíma. Depois, apenas seguiu em frente com seus passos medidos como se a insignificância de nossos corpos não tivesse podido afetá-lo. Levaria meses pra que pudéssemos encontrá-lo de novo cara a cara, foram vários planos furados até entendermos o melhor caminho de aproximação. Macú chegou a aprender a dirigir carro só de observar e ouvir falar pra tentar um cargo de motorista particular com Etemário, mas nunca passou dos seguranças da guarita. Aliás, chegar à portaria daquele palacete ocupando quatro quarteirões do Morumbi já era dureza, o bonde deixava longe e seguíamos por mais de uma hora a pé. Mas parecia mesmo haver uma força fantasmagórica unindo aqueles dois e, mais dia, menos dia, foi o homem quem bateu à nossa porta. Noite quente da caceta era aquela, vimos chegar um negro de pálpebras resignadas dirigindo um Lincoln K bem narigudo. Não podíamos ver quem vinha no banco de trás. Encostou na calçada de Madame Clessi e nada precisou ser feito, logo veio saindo os requebros de Catiara, aquele que só aparecia de batom e pérola e cabelo andrógino *à la garçonne* e vestido reto de seda desenhando cachoeiras nos gambitos. Não era seda mesmo, todos sabiam, mas ninguém zombava com a senhorita de ovo virado que lá vinha ela com caco de vidro na mão, bem macha. De dia, trabalhava na cozinha de madame. Era respeitada nos temperos, de vez em quando eu ia lá bater um rango. Quando Catiara voltou de seu passeio de luxo, horas depois, trazida pelo mesmo chofer, nem conseguiu cruzar a soleira da casa de madame e já foi interpelada por mil e um curiosos querendo saber a identidade secreta do grã-fino. Contar não conto não, dinheiro não tem nome, nem gentileza precisa ter, respondia. Dias depois, Macunaíma bateu na porta do meu quarto de olho parado no tempo. Catiara tinha sido buscada afinal por ninguém mais, ninguém menos do que Etemário Silva e Silva. Foi ela quem te disse? Foi. E você acreditou? Sim, deixei ela com a voz mole de vontade de ficar mais perto da minha perna. Então é verdade, é o seu gigante Piaimã. E Macunaíma me confirmou apenas com um brilho no sorriso que a gente só vê em pobre que ganha na loto ou jogador de futebol. Que mais ela disse? Que o homem gosta é de nhe-nhe-nhem, pra cada gesto quer ter uma seda, uma taça específica. Gosta da arte dos nós, ser amarrado com técnica, não qualquer sujeição. Fica dias assim, se deixar. Como é ocupado, reserva por algumas horas, uma vez por semana, um quarto na praça Júlio Mesquita, bem atrás da rodoviária. Não pede pra bater, gosta é de sentir apenas a potência prometida da dominação. Catiara disse que já encontrou muitos sujeitos assim no asfalto, a maioria bons pais de família que só querem um pouco de encenação para equilibrar uma vida difícil e honesta. Os vilões são outros, filhinho de papai que usa e não paga. Ela acredita que no caso de Etemário é uma vontade de ver como poderia extrair prazer na resistência a um poder maior que o dele, ele que está mais habituado a dominar por sua posição no mercado financeiro, sua oratória de talentoso relações-públicas, sua posição invejável no mercado de artes, sua ascensão meteórica. Uma justa compensação. O cara é valente, educado, limpo, cheiroso, goza com muita dignidade, não passa vergonha não, Catiara fez questão de notar. Mas dá um trabalho, só para quando fica quase sem fôlego apertando o olho num infinito que apenas ele vê. Então quer dizer que ele gosta de nós bem apertados, repeti para Macunaíma. Sim, meu amigo respondeu triunfante. A partir desse ponto, não foi difícil armar o plano que finalmente deu certo. Na semana seguinte, era uma quarta-feira também, bati junto com Macunaíma à porta da pensão de Madame Clessi. Catiara adorou nosso plano, mas, mesmo que não tivesse gostado, suspeito que teria nos ajudado só pela graça de estar mais próxima de nossos corpos e rir da nossa cara sempre que nos flagrasse sendo ingênuos com as coisas da rua. O plano? Não adivinhou ainda? Claro que iríamos vestir Macunaíma com as sedas e pérolas falsas de Catiara, dar-lhe um trato no cabelo, acender o lábio com batom, usar saltinho delicado. Nossa cúmplice insistiu que seria necessário colocar pestanas falsas, algo pra disfarçar esse jeito direto e sem mistério com que os homens olham; queria também lhe grudar umas garras postiças, absolutamente necessárias para os mimos exigentes de Etemário na cama. No começo, o resultado ficou pavoroso, não víamos maneira de imprimir modos de gueixa a nosso amigo. Após alguns dias de treino, alguns elásticos arrebentados, uns quantos tombos, Catiara soltou o verbo. Está com medo de não se segurar nas calças, homem? Não é virando mulher que você vai perder a coragem, se já não tem, não adianta vir de pau duro. E outra coisa, pelo visto você não gosta de mulher, só dos corpos delas, cria uma caricatura de um ser inferior e servil, não tem graça nenhuma. Tente arredondar mais por dentro, a começar pelo coração, deixe que teus gestos caibam só no que precisam. Onde tiver vontade de usar a força da matéria, terá que resgatar o mistério do espírito, mesmo na hora H de ter que amarrar o seu banqueiro. Vai ter o momento certo de dar força, você saberá. Não seja violento por medo, sei que não será, você é esperto. Não sei como vai entrar no cofre do homem, a casa é uma imensidão, mas boa sorte, vou ajudar você a entrar lá da próxima vez que ele vier aqui me buscar pra mais uma de suas entediantes sessões de sordidez. Poucos dias depois, Catiara mandava avisar que o homem tinha telefonado, viria depois do expediente. Conseguiu convencer Etemário de que estava gripada e de que mandaria em seu lugar uma colega bem esperta na arte dos nós. Corremos com os pós e perfumes na cara de Macú, raspamos bem os pelos, inclusive os pentelhos. Até pedra-pomes tive que passar nos calcanhares cascorentos. Catiara, emocionada com o resultado, coroou a obra com seu chapéu mais especial, o que desce um véu negro nos olhos. Foi uma boa escolha, acabou ajudando a esconder a raiz malfeita da peruca preta cortada abaixo da orelha ao modo de Chanel. Quando Macú conseguiu ficar quieto, estava realmente atraente. Passou a falar num suspiro comedido para não tingir com muita testosterona a delicadeza de sua nova fala pausada. Qual o seu nome, senhorita? Maculeide Cocaraína, disse batendo uns encantos de cílios. O que aconteceu desde que o chofer se arrancou dali só Macunaíma sabe. Contou uma coisa ou outra quando voltou. Entrou em casa tranquilo, mas esbodegado. Bebi pra aguentar, disse, mas champanhe francês tem gosto de azedume. Eu, que só tinha provado uma vez na vida um resto de taça de Dom Pérignon num bico que fiz como garçom, ri do sacrilégio. É cara de pobre gostar de sidra, comentei, nem pombagira quer. Como Catiara aguenta? Aguenta o quê, Macú? Aquele homem, aquela lesma viva, o cara se esticava todo na cama e não saía da própria moleza, ficava estaladão com aquela fissura nos olhos, ceguinho segurando uns restolhos de sensação na boca travada; não sei que droga usou, mas era algo que fazia ele se espremer igual bagaço e foi aí que pediu pra amarrar, pedia pra apertar mais e mais, fiquei com medo de sufocar o sujeito, mas ainda tive que dar com o salto do sapato no peito dele, na cara, nas costas e depois no cu; aguentei até aí, apesar do ar estar empesteado de perfume francês suado com cheiro de merda de gente podre, só perdi a estribeira quando do fundo da rouquidão ele soltou essa: Maculeide, Maculeide, por favor, me dá seu leite. Senti a alma sugada ali, disse Macú de olhos baixos, vi que o estrupício realmente não queria pouco do mundo. Aquele lá manda buscar seus luxos no inferno, comentei. E a muiraquitã?, quis saber. Não teve jeito, meu amigo lamentou, aquela casa tem fechadura de cofre até pra usar a privada, só continuei com o esquema por consideração a Catiara e pra aprender sobre o local. E teve alguma outra ideia? Sim, pensei num plano, mas esse vai levar décadas. Vai me contar? Você vai ficar sabendo, disse finalmente, antes de se retirar pro quarto que dividia com os irmãos. No dia seguinte, bem cedo, Madame Clessi passou em polvorosa de porta em porta querendo saber se alguém tinha visto os irmãos saírem. Tem alguma coisa errada?, perguntei. O quarto deles está vazio, não deixaram nem pedaço de papel, ela lamentou. Nunca mais apareceram na pensão, nem na Boca. Foi a última vez que vi Macunaíma, décadas depois é que fui ter notícias de sua fama pela televisão. Nunca me procurou. Eu sabia que ele seria grande, só não imaginava que seria do jeito que foi. Enfim, a partir daqui só tenho ressentimentos para contar, o melhor de minhas memórias com essa figura é o que deixei. O resto de minhas lembranças na Boca é história pra assustar criança debaixo da coberta. Mas a muiraquitã tinha de fato um brilho estranho, uma névoa iluminada como relâmpago em noite de tempestade verde. Você disse que ia pagar por essa entrevista?

Pedido para a Confeitaria Motomu

Rua da Liberdade, 37

1 quindão
1 saco de suspiro
½ kg de queijadinha

Sérgio, favor pendurar, pago na virada de março com os pedidos do mês. Junto com o pedido, meu assistente leva as folhas com gramatura mais grossa que você me pediu. Não precisa abater da minha conta.

Mário de Andrade

São Paulo, 23 de fevereiro de 1945

Querido e abusado Sérgio,

Se você consegue ler minhas palavras, é porque se lembrou de nosso acordo. Como insisti e você não quis acreditar, escrever com limão não deixa nenhuma marca no papel e a mensagem é facilmente revelável se passamos a folha em chama de vela. Cuidado, se não queimar o papel, ainda será bem possível que minhas palavras queimem você.

Pois bem, cá estou pra realizar seu desejo de criança. Você deve se lembrar de que há uns dois meses me desafiou a falar sobre nossos encontros da mesma forma como escrevo para livros e jornais. Poderíamos começar essa carta como um desses filmes de detetives em cidades corrompidas ou espiões em guerras internacionais. Acho que não haveria mesmo outra maneira de contar o jeito como nos conhecemos senão em preto e branco. Foi bem naquele dia agourento de agosto de 42 em que o Brasil declara guerra ao Eixo, me lembro como se fosse hoje, era um sábado frio de gelar, chuvento. Olhava pela janela do meu quarto no andar superior de nosso sobrado na Barra Funda, as gotas irritadas pelo vento das encruzilhadas pareciam chamar, vem. Minha vontade era sair pra rua de robe, ter ao menos a sensação do meu corpo contornado em seda encharcada. Não era só vontade besta de viver, era necessidade de medir o quanto eu ainda poderia desejar diante da morte. Naquele ano já tinha sofrido meia dúzia de golpes duros com o sumiço de uns amigos presos pela polícia do presidente. Eliminar os corpos para matar as ideias, isso é o que acreditam e aceitam. Deve parecer piada para você, de família negra retinta, nunca misturada com essa gentinha daqui. Para mim, pardinho cheio de ares, foi um pesadelo do começo ao fim. Lembro que tentei me dar um pouco de dignidade vestindo um conjunto de linho mais batidão, apertando o sobretudo na cintura e firmando meu chapéu mais largo na cabeça, na esperança de proteger os óculos da chuva. Lá fui eu subindo em direção aos Campos Elísios pela neblina de começo de noite, quando a chuva apertou um pouco mais e parei debaixo dos andaimes de madeira na construção do monumento ao Duque de Caxias, na praça Princesa Isabel. Nesse mesmo instante, lá vinha você da rua da Liberdade direto do trabalho, de banho tomado, cabeça raspada, sapato encerado, perfume de missa, camisa justa na peitaria, um asseio civilizado depois de um dia pesado na confeitaria do japonês. Apenas um banco no canto da praça estava ocupado com um casal de namorados nordestinos rindo para dividir espaço debaixo de uma sobrecasaca de lã vagabunda, um luxo para os fins de semana. Você me viu abrigado no monumento incompleto e veio se aproximando de passo leve e sorriso direto pra demonstrar que vinha desarmado de coisa ruim. Chuvinha chata. Concordei. Ridícula a estátua que escolheram pra colocar aqui, não acha? É óbvio que a fina flor da sociedade iria colocar o duque baixote em cima de um cavalo bem sacudo. Concordei, mas na hora não cheguei a te dizer que o escultor era meu amigo de tempos mais livres, o Brecheret. Todo mundo falava de boca pequena que ele não deveria ter se vendido à ideia de tentar uma estátua realista e cafona tão diferente de seu estilo. Mas não contei essa fofoca, eu e você éramos só dois desconhecidos na garoa. Não consegui evitar de olhar pras suas pernas firmes plantadas tão perto. Você nem precisou ter a vulgaridade de pegar no pau pra sinalizar o óbvio, deu só uma pulsada nas pupilas e debaixo da cueca, sem perder o firme do sorriso ou mexer os braços. O melhor tipo de homem, o que se oferece sem erguer os punhos. Dei aquela abridinha no meu sobretudo pra mostrar que apesar da chuva eu estava de tecido quente, de marcar o diabo nas pregas. Quer ir pra um lugar próximo daqui? Concordei. O modo como fingimos certa objetividade na caminhada até o motel não disfarçava aquela taquicardia melada de paraíso prometido. A aura amarela dos postes eram halos em cabeças de anjos bêbados de chuva.

Como eu poderia contar a beleza de nossa camaradagem sem que fôssemos acusados do pior dos comportamentos? Só mesmo numa carta oculta em tinta de limão. Não sei se já te contei sobre o auê que causou um poema meu, o "Cabo Machado", do meu terceiro livro, *Losango cáqui*. Foi em 26, antes do golpe, eu ainda queria entender um certo heroísmo ingênuo de nosso militarismo, tentei descrever como tantos desajustes brasileiríssimos meio bastardos se juntam nessa aura do herói militar. Meu Cabo Machado era um soldado cor de jambo meio afeminado, as unhas sempre feitíssimas, os olhos de requebro, o corpo pronto pra briga, a intenção de parecer maior que a própria origem. Era um viado muito macho e asseado. Alguns anos depois, quase perto do golpe, aquele pessoal da Semana de 22 veio me pedir um poema pra abrir a tal da *Revista de Antropofagia*. Mandei esse. Como viado só serve de motivo de piada, não entenderam meu lirismo. Acharam que eu me fingia de machão, como se fosse um enrustido. Já estava meio farto de ser xingado de viado esnobe por aquela gente cheia de fru-fru que sempre teve mais dinheiro do que minha família jamais verá. O líder deles ficou fulo, um tal de Oswald com D mudo; escreveu para a edição seguinte uma paródia minha, como se eu fosse uma senhorita em excursão com celebridades, aquele tipo de mulher rica que faz questão de falar que contribui para alguma grande causa beneficente. Ele se aproveitou do fato de eu ser viado para me desmoralizar publicamente, como se ao ter escrito o Cabo Machado eu tivesse dado permissão para me atribuírem as devassidões mais suculentas. Imagina se me vissem de quatro pra você? Seria um conhecimento de anos sobre tantos assuntos jogados pela lata do lixo. A crença é a de que viados não podem ter boas opiniões sobre assuntos públicos. Nós é que somos o assunto, diga-se de passagem. Somos aquilo que existe de mais proibido, embora sejamos um dos assuntos mais comentados nos botecos depois do terceiro copo. Você sabe a opinião geral, meter o cacete até vale, o que não pode é o cu. Imaginar o Sr. Mário de Andrade dando o cu é grotesco; não o seria se eu fosse um ninfeto loirinho como um anjo renascentista. Nesse caso, os mais machos costumam admitir que topariam a experiência. Todo mundo tem seus segredos com o cu. O cu é a face oculta da boca. A boca tenta digerir e expressar a vida, o cu revela o que resta dos sonhos. Poesia à parte, o cu não é uma parte, mas uma pessoa inteira, cada prega conta alguma história sobre suas tensões mais fundas. Sentir prazer onde estamos acostumados a sentir medo é revolucionário. Conte isso aos fascistas, liberais ou comunistas e ouvirá uns bons palavrões.

Fiquemos em nossos próprios palavrões. Esses nos interessam na carne e no espírito. Naquele primeiro dia, seguimos quase sem palavras, vivíamos aquela necessidade de se despojar de nossa própria falsa humanidade em tempos de guerra declarada. A certeza da cura pelo instinto nos guiava a tomada de fôlego. Naquela noite, éramos viados livres para extravasar a dor da cidade inteira, quem sabe do mundo. Por alguma graça, fomos abençoados e não saímos por aí dando grandes giros, querendo conquistar as opiniões. Saímos de fininho para nossa própria festinha. Desde o primeiro passo, me senti muito seguro com você. Apesar de ser ainda mais alto do que eu, você tem essa qualidade de se transmitir em voz baixa, sabendo que é uma presença chamativa na maior parte dos ambientes. Gostei da maneira como você demonstra saúde, os olhos atentos a cada segundo, os dentes francos, a pele perfeitamente hidratada, a escolha simples de bons pensamentos para si e bons votos para o outro. Você não foi daqueles que falam tudo sobre a própria vida para se exibir um pouco no primeiro encontro, ao contrário, foi discreto com relação as conquistas, elogioso comigo. Você não sabia quem eu era para a sociedade, pôde me apreciar de verdade. Em poucos minutos, nos fizemos entender com relação à luta um do outro, não precisamos contar vantagem. Também, não precisou de muito, suas mãos sempre velozmente ocupadas com os bolos mais portentosos valem tanto quanto as minhas eternamente sujas de tinta nanquim e tabaco. Somos alguma coisa para os nossos. Haverá quem nos queira bem o suficiente para entender a beleza da diferença sem parodiar, esses terão olhos para a igualdade que une cada nascido. Quanto aos inimigos, somos nós que alimentamos os sentidos deles, afinal. Mas continuarão a existir convivas que apontam o dedo para a bicha Mário, um dos escritores mais famosos do Brasil e seu Negão, como entendem aqueles dedos indicativos apontando os caminhos e penalidades. Mal sabem eles o quanto você é um exemplo fino de profissional, da mais alta sensibilidade, passarinho manso nas minhas mãos, apesar de urrar como boi bravo quando goza.

O que é o sexo, Sérgio? Por qual bicho mitológico devemos começar a descrevê-lo? Ele está onde a natureza dorme, no escuro. Lembra de que pelo caminho a gente começou a procurar algum canto e você, de respiração curta, não se atreveu a fazer nenhum gesto mais ousado? Era como se você admirasse a liberdade dos meus trejeitos meio cosmopolitas, meio elegantes e libertinos, fazendo latejar essa admiração em sua própria pele. Você gostou do modo leve como pus a mão onde não devia. Você pulsou várias vezes feito pedra sangrante, sem emitir um único gemido, queria explodir sem bem começar. Encostei você numa parede escura e rocei as unhas no seu saco para aliviar um pouco, mas as bolas apertaram ainda mais. Fiquei admirado com seu autocontrole, supus que fosse uma mistura de sua origem com uma bela disciplina para o trabalho. Quem está no chão entende. Você olhava pra mim como se eu fosse um sonho na sociedade, uma porta de ouro, mas por um instante eu era apenas uma boca feliz de fazer o contorno do seu pau perfeito, quase adolescente, mesmo na robustez dos 40 anos, como se você tivesse guardado a pele sem desgastes só para momentos felizes numa praia. Você dava umas pulsadas que vinham do fundo de tudo, querendo derreter o corpo a partir do centro. Tínhamos o calor necessário para desafiar as bombas. Você tremia para não gemer, acho que não acreditava que eu pudesse ter o corpo de um soldado maduro já meio murcho e sentisse ainda esse desejo tão certeiro que não nos faz esganar desesperadamente a vida na garganta seca, mas sim degustar nas frações de segundo a união dos sentidos numa respiração tranquila. Eu também me segurava. Com uma voz muito tímida, mas vinda do fundo da força, você apenas murmurou que iria gozar, esperou uns cinco segundos para que algum pequeno movimento meu autorizasse a descarga. Lembrei dos dias de verão na casa de meus tios, eu e os primos caçando frutas maduras na zona da mata. Eu e você nem chegamos a entrar no motel. Havíamos vencido as ruas.

Não demoramos para nos encontrar de novo. Dessa vez, marcamos direto no motel, fui o primeiro a chegar. Era um quarto que eu já tinha usado antes, por um instante revi a imagem de um marinheiro jogando a calça sobre aquela cadeira azul no canto, cheguei a ouvir com prazer a fivela tilintar nas barras de ferro do encosto, como se ouvisse um sino bater anunciando a libertação de todos os presidiários. Você chegou, pedi para você se despir e deitar. Você fechou os olhos, tentando respirar calmamente. Há uma beleza insuspeitada quando duas pessoas com mais de 40 anos se encontram para redescobrir em um novo corpo uma vida já muito trilhada, melhor ainda quando esses corpos vêm de lugares tão diferentes. Entre nós, nunca houve violência. Eu apenas me deitei sobre você, abraçamos um pau no outro e procuramos respirar as pulsações mútuas como expectadores de nós mesmos. Só quando você admitiu que poderia gemer como eu próprio fazia sem parecer inferior ou vulgar por isso, foi que abri espaço pra você se encaixar dentro de mim. Você teve medo de me arregaçar, como se nunca houvesse se acostumado com o próprio tamanho, como se por ser grande não fosse macio. Desci até o talo e acariciei o saco, olhei nos seus olhos e você viu que eu respirava tranquilo, a boca pacificada, como se eu não fizesse esforço algum. Você se entregou, até segurou nas minhas pernas para ter um pouco mais de consciência dos movimentos e deixou para mim a função de medir o tempo. Pus as mãos em seu peito. Não éramos só pau no cu, não éramos partes anatômicas, mas anjos sem sexo que sentem o espírito da vida em cada curva do corpo. Depois de termos rompido os limites de nossos próprios céus, deitei de costas e pedi pra você vir por cima e me beijar, a proibição máxima. Ao contrário do que se imagina, é nessa posição de suposto controle que o homem se vê mais vulnerável. É nessa posição que é obrigado a usar o corpo todo para modular ângulos certeiros, o que exige mais que esforço e suor; quem vê de baixo, como eu, tem o prazer delicioso de assistir às máscaras caírem nesse instante em que um corpo espreme a si mesmo para continuar sutil e constante na batida.

É quando a gente vê as falhas de um homem tentando ser homem. O gozo mais forte é o que mais entrega nossas falhas, e assim você se entregou, por quase um minuto recebi suas ondas bravas dentro de mim, eu quietinho como um ninho, você completamente cego. Desconheço melhor modo de conhecer o mundo dos homens.

Desde então, em algumas manhãs ocasionais você me envia um pão, alguma guloseima, algum mimo de artífice experiente, sempre com algum bilhete com uma mensagem envolvendo a esperança de Deus. De que modo poderíamos nomear nossa relação? Oscar Wilde inventou a expressão "o amor que não ousa dizer seu nome". Foi preso e exilado por isso. Como era um bom viado, pelo menos teve a decência de deixar-se morrer de tristeza em Paris, quando foi solto todo estropiado. Mas nós não temos Paris, meu querido Sérgio. Não duvido de que você um dia realize o sonho de estudar a confeitaria francesa lá, você é dedicado-delicado e sem dúvida tem rompido muitas barreiras de raça e classe, como eu. Mas nós somos de um mundo mais misterioso, onde talvez os afetos sejam tão múltiplos que nem precisam da ideia totalitária do amor. Ninguém nunca vai me conhecer, ninguém nunca vai te conhecer, meu amigo. Reze por nós, Sérgio, não somos solitários, sua fé é melhor que a deles.

Com o abraço mais verdadeiro do seu
Mário

"A fraude é muito mais do que um circuito ilícito de lucros e benefícios em mãos de uns poucos canalhas, é o próprio motor do sistema financeiro global", diz ex-controlador do Banco Silva e Silva em autobiografia

Trinta anos após o Banco Central ter decretado a falência do Banco Silva e Silva, seu ex-controlador, o empresário e mecenas das artes Etemário Silva e Silva, hoje com 87 anos, publica sua versão do escândalo que teve seu nome como alvo no governo e na mídia mundiais, após a histórica denúncia performática do artista visual Macunaíma.

Da redação da *Forges*

Todos o conhecem, o homem que emprestou seu nome ao banco aberto em 1989 durante a redemocratização e que esteve nos noticiários na década de 2000 como centro de uma das maiores e mais bem calculadas fraudes financeiras da história do país. Quase aos 90 anos, Seu Etê, como é chamado pelos íntimos e empregados, ainda luta para provar sua inocência e se diz presa de interesses políticos.

Homem elegante, tranquilo, educado, bastante culto, de inteligência rápida e humor leve, portador de um bom gosto indiscutível ligado ao mundo das artes, responsável pelas exposições megalomaníacas *Babilônia na Oca* e *Brasil Meio Milênio*, Silva e Silva nos recebeu na mansão emprestada onde vive há décadas enquanto responde aos últimos processos envolvendo seu nome e o de empresas pelas quais assinava.

Descendente de funcionários ligados ao Porto de Santos e à lendária Bolsa do Café, aprendeu desde cedo, ainda nos anos 1950, a ganhar dinheiro comendo pelas bordas. Não é preciso resgatar todos os detalhes impressionantes de sua ascensão meteórica desde um rapaz de classe média, interessado em teatro e questões sociais, até se tornar o banqueiro bilionário e um dos maiores agitadores das artes em escala planetária.

Lutando há cinco anos contra um câncer de próstata, Etemário permanece alegre e sereno e gosta de relembrar que venceu a maior parte dos cerca de 2 mil processos envolvendo direta ou indiretamente seu nome. Agora quer contar a verdade, diz. Este mês, lança pela editora Universo sua autobiografia, *De ator a banqueiro*. Em telefonema com a redação da *Forges*, Seu Etê nos explica o motivo de relatar sua história agora, sem hipocrisias: "É pela minha própria saúde e pelo bem do cidadão brasileiro que precisa conhecer melhor a extensão de seus danos e prejuízos."

Em uma conversa que se estendeu noite adentro, Etemário Silva e Silva abre o jogo, evitando corajosamente se colocar como vilão ou vítima. "Fui apenas um ponto, bem saudável aliás, numa rede que se alimenta da injustiça há séculos", afirma enquanto brinda mais uma taça de Veuve Clicquot com nosso jornalista. "Agora só tomo champanhe em promoção", diz com certa modéstia jocosa enquanto empunha a garrafa cujo custo médio é de US$ 80.

Em sua época de glória, Etemário mantinha uma adega com mais de 2 mil vinhos entre os mais exclusivos do mundo. Sua mansão no Morumbi, inicialmente avaliada em 76 milhões de reais, já foi considerada a casa mais cara do Brasil. Com projeto assinado por Niemeyer, o impressionante palacete em estilo modernista ostenta curvas faraônicas que comportam quase 1 km^2. Há cerca de um ano, numa terceira tentativa de leilão promovida pela administração da massa falida do Banco Silva e Silva, o imóvel foi arrebatado pela bagatela de 9 milhões. Seu acervo de arte, com mais de 10 mil itens raros, hoje está pulverizado nas mãos de centenas de diferentes colecionadores pelo mundo, o que segundo o próprio Etemário representa uma perda incalculável para os museus brasileiros.

Após nos mostrar a única obra que teria guardado para si, o *Cristo de Trancinhas,* de Brecheret, escultura que pertenceu ao escritor Mário de Andrade, Silva e Silva se acomoda em uma poltrona luxuosa um tanto puída, ajeita sua camisa polo Lacoste verde-espinafre e diz: "Vamos direto ao ponto."

FORGES — Por que o senhor decidiu revelar aos 80 anos seu lado mais pessoal sobre o escândalo que envolveu a falência do Banco Silva e Silva há mais de duas décadas?

SS — Naquela época, a gente tinha que usar a língua da lei na frente das câmeras e do tribunal. Diante das lentes e escrivães, as supostas conquistas e derrotas devem ser apresentadas muito mais como uma história de santo ou demônio, somos obrigados a assumir posicionamentos maniqueístas, dizer que Deus e a família importam mais, temos que exaltar o sentimento nacionalista, elogiar com ternura o povo brasileiro, dizer que honra as leis de um país que já nasceu corrupto. Nos livros, somos mais livres.

FORGES — O que o senhor diz é muito polêmico, por que se arriscar tanto a essa altura do campeonato?

SS — As instituições democráticas estão em crise, as máscaras estão caindo nas principais instâncias de poder. É preciso que as pessoas entendam que o dia a dia do poder não é assim tão binário, não só para um banqueiro como eu, mas igualmente para um assalariado honesto ou para um artista. Pode ter certeza de que Macunaíma também teve que aprender a ser desonesto em certo grau para realizar o plano que pretendia me encurralar, mas falar dele agora seria justificar sua inteligência e audácia e isso todos que acompanham a mídia já sabem. É importante que eu próprio conte minha história, a versão de quem realmente conheceu o poder, tudo que não pude dizer antes por precauções judiciais ou para não ofender o moralismo dos que têm menos.

FORGES — Temos uma classe média bastante moralista, com histórico recente de defender políticos de extrema direita. O senhor acredita que tal comportamento também reproduz o perfil das maiores fortunas brasileiras? Que perfil político o senhor traça dos investidores brasileiros atualmente?

SS — Não podemos nos iludir mais, as famílias que possuem dinheiro suficiente para investir não têm pátria verdadeiramente. O dinheiro não pode ser nacionalista. Os grandes empresários e financistas têm partidos, isso sim, mas sem dúvida muitas vezes o jogo é duplo, triplo, múltiplo, pois, embora haja leis e instituições para regular as operações financeiras, são apenas remendos contra fraudes mais antigas. Os governos mundiais não dão conta de acompanhar a bola de neve do setor. A fraude é muito mais do que um circuito ilegal e internacional de lucros e benefícios, é o próprio motor do sistema, a diferença é que alguns bancos golpeiam preferencialmente os grandes, e outros, os pequenos. E não são só os bancos, acontece do macro ao micro, dá pra ver na mesa de jantar da família brasileira quando a gente fala que vai colocar mais água no feijão para receber visita e acha isso bonito, digno, até engraçado. Nós, banqueiros, dividimos os lucros, os brasileiros dividem o feijão. Cada vez que você assina um serviço no seu banco de preferência, normalmente é obrigado a comprar algum outro serviço dentro de um pacote maior "em promoção", e aceita essa condição se sentindo importante. No grosso, o banqueiro lucra muito mais com esses centavos, esse mecanismo é notório para qualquer estudantezinho, não é muito diferente do que eu teria feito segundo as acusações do Banco Central, com algumas poucas centenas de investidores dos grandes. Não fiz muito diferente de outros banqueiros, com quem aprendi. Na verdade, mesmo se essas fraudes de que sou acusado fossem provadas, o mais certo é que a história me registrará não como um ladrão, mas como uma espécie de Robin Hood brasileiro, tirando dos ricos para devolver à sociedade civil por meio de arte e cultura.

FORGES — O senhor está sugerindo que quiseram encurralá-lo por ter usado um sistema mais ostensivo de fraudes enquanto eles preferem operar com esquemas mais discretos?

SS — Não foi por isso que quiseram me pegar, era muito mais sobre o tipo de modernização esclarecida que comecei a representar. Fui traído pela mesma classe que me acolheu por tantas décadas. O Brasil não é de ninguém, quando fizemos a exposição Brasil Meio Milênio, pude verificar em nossa documentação histórica e artística o quanto cada um puxa para si sua própria ideia de malandragem em nome de algum valor conservador importado. Sempre foi assim por aqui. Para entender os motivos que levaram meus iguais a me trair, só mesmo conhecendo a originalidade de minha trajetória sem nenhuma maquiagem jurídico-religiosa. Primeiro pensei em contratar algum biógrafo de confiança, quem sabe até o Fernando Morais, depois ponderei que deveria assumir sozinho a tarefa, não mais como um fardo, mas com grata alegria. Por isso aceitei o convite da *Forges* com muito entusiasmo, admiro o modo como vocês contam as trajetórias nem sempre lineares de grandes empreendedores. Nenhum veredito oriundo de uma justiça falha apagará o que fiz de bom para milhares de indivíduos sem grandes oportunidades, como eu próprio no começo. Criei um sistema bancário moderno, totalmente informatizado, fomos um dos primeiros do setor a digitalizar todos os processos. Até partidos políticos de oposição como o PT quiseram nos pagar para implantarmos nosso sistema em suas bases por todo o território brasileiro. Os bancos mais antigos e maiores tiveram medo dessa modernidade, de que a fluidez das informações fosse mais propícia à fraude. O que eles detestavam era que nosso prestígio com os bancos mais modernos e informatizados do mundo nos colocasse sempre um passo à frente. Sobre isso há uma informação adicional de extrema relevância: os dois funcionários da cúpula do Banco Central, responsáveis por chefiar a intervenção que invadiu meu banco com 30 fiscais do governo, hoje são membros do conselho consultivo dos dois bancos mais solventes do país, um popular e outro de investimentos. Tudo isso aconteceu na transição para o governo Lula. O PT queria contratar nosso serviço de informatização sem dar ao banco nenhum fundo de garantia, queria nos dar como contrapartida apenas o prestígio de atuar alinhados com o novo governo. Recusamos a proposta. É provável que esses dois grandes grupos bancários que citei indiretamente, os maiores do país, tenham atuado nessa brecha e oferecido uma parceria com o governo e os funcionários do Banco Central para me derrubar, embora a primeira denúncia tenha vindo de uma brincadeira de um artista. O novo governo aceitou me derrubar para fortalecer suas alianças políticas no começo de sua gestão. Estar alinhado aos bancos traria muita força para o partido dentro do Congresso. Desse modo, eles também rompiam com a política do Fernando Henrique e dos grandes líderes mundiais de criar na década anterior um fundo emergencial com dinheiro dos próprios bancos para salvaguardar aqueles com rombos que poderiam comprometer todo o sistema, como foi o caso do Banco Panamericano, que recebeu uma injeção bilionária. No meu caso, eles planejaram pra que minha falência fosse um baque momentâneo ao sistema e uma série de vantagens a longo prazo para os conspiradores. Basta ver o quanto enriqueceram de lá pra cá.

FORGES — O senhor se defende utilizando o argumento de uma traição de classe, e clama ser alvo e bode expiatório de uma conspiração urdida entre as principais instituições políticas e financeiras do país. Essa acusação é muito séria. O senhor tem consciência disso?

SS — Veja bem, não acuso determinados políticos ou empresários. Não há como falarmos desse processo em termos jurídicos. Precisamos adotar a lente da história nesse caso, para não enlouquecer na obsessão de uma teoria conspiratória. Meus inimigos também são braços de uma estrutura maior. Não tenho ressentimentos, vivemos num país tão precário no cumprimento das leis que os carreiristas e especuladores podem ser vistos até mesmo como salvadores da pátria. Admiro meus inimigos. Mesmo para as famílias quatrocentonas é difícil se reinventar num país tão predatório e desorganizado.

FORGES — De fato, só existe mais um banqueiro no Brasil que veio de uma classe média trabalhadora como o senhor. Todos os outros bancos foram criados a partir de fortunas mais antigas, seculares. Como o senhor conseguiu entrar no sistema e enriquecer?

SS — Começa com meu avô, meu pai e alguns tios e primos em Santos, cada um aprendeu um pouco para que chegasse um dia alguém como eu na família. Não era gente grande não, eram simples atuantes na área de serviços, alguns funcionários públicos. Todos muito comunicativos, em nossa casa era importante saber as notícias do dia, não necessariamente tomar partido. Do rádio, era preciso conhecer todas as músicas, mas o mais importante era saber conversar com as pessoas no porto, do marujo mais raso aos altos investidores da Bolsa do Café. Nossa gente era sabida nas calçadas. Em minha adolescência nos anos 50, acompanhei de perto a decadência da Bolsa do Café, enquanto que a Bovespa em São Paulo se modernizava com as telecomunicações. Foi nessa época que me envolvi com o teatro por convite da Pagu, a musa modernista que nessa altura já era uma senhora com o comunismo arrefecido e morava em Santos. Foi ela que me apresentou pro dramaturgo Plínio Marcos, ainda um rapazote desconhecido. Fui eu que ajudei o Plínio a conseguir um palco para as apresentações de sua primeira peça. No ano 2000 nos reencontramos, eu entrava no Theatro Municipal em São Paulo para apresentar o projeto da exposição sobre o Brasil, ele estava nas escadarias vendendo seus livros. Não chegamos a nos cumprimentar, mas ele recebeu meu respeito com o olhar e quase sorriu. O Plínio tinha sido um jovem doce e sonhador no fundo, e mesmo décadas depois dava pra ver que a pobreza não o tinha mudado. Não deixa de ser irônico termos tomado caminhos tão diferentes, embora ambos tenhamos trabalhado de maneira igualmente especial pelas artes brasileiras durante toda nossa vida.

FORGES — Então o senhor se envolveu com as artes desde cedo. Como explica esse duplo interesse por artes e finanças? O imaginário contemporâneo é bem diferente dessa imagem que o senhor buscou para si, o modelo é o yuppie com estilo de vida mundano e luxuoso, ligado aos prazeres, não a valores éticos, artísticos ou coisa que o valha. Ele quer morrer em Marte.

SS — Respeito muito os prazeres, embora não chegue a ser um hedonista. Mas, realmente, devo confessar que acho vulgar essa imagem atual do empreendedorismo, da busca de um *mindset* sob controle, atuando na gana de vencer. Fui criado para ser um cavalheiro, não o Lobo de Wall Street. Em meus anos verdes, não era contraditório querer entender do mercado de ações e de arte moderna, ambos eram assuntos que nos ligavam ao futuro. Sempre fui fascinado pela modernização. Já aos 15 anos, eu e meu pai entendemos que só daríamos um passo a mais na família se eu estudasse inglês. Isso era raro na época. Como trabalhava na alfândega, meu pai sabia já desde o fim da guerra que o inglês faria diferença para a distinção profissional na área de importação e câmbio. Me pagou um professor nativo, um americano da Pensilvânia que traficava pedras preciosas e já morava em Santos pra mais de dez anos. Me ensinou direitinho, o malandro, no começo da aula me introduzia ao vocabulário econômico dos jornais, na mesa do bar me ensinava a lógica das ruas. Foi com ele que percebi pela primeira vez que a linguagem do crime organizado e a do mercado financeiro compartilham muitas gírias. O inglês me trouxe quase tudo no começo, foi ele que me permitiu alguns pontos a mais no concurso para o Banco do Brasil, foi ele que me permitiu ganhar uma bolsa para o curso de economia na Universidade Mackenzie. No fim da graduação, ainda consegui outra bolsa, dessa vez pelas Nações Unidas, para estudar administração e empreendedorismo no Canadá, Austrália e Hong Kong. Como eu disse, gosto de comer o mundo pelas bordas. Quando voltei, não foi difícil me tornar colunista no *Estadão*. Estávamos vivendo sob a censura do governo militar e os jornais precisavam de jovens que falassem de economia sem usar aquele vocabulário político das antigas ideologias. Era o economiquês ganhando força. Aos vinte e poucos anos, já tinha o respeito de membros de grandes famílias brasileiras. Aos poucos, fui tendo acesso a informações privilegiadas. Nos anos de chumbo, fui beneficiado num leilão do governo que dava concessão para a abertura de uma corretora de valores mais moderna ligada ao porto de Santos. Todos saímos vencedores. Trinta anos depois, na redemocratização, o governo do Sarney concedeu à corretora Silva e Silva uma licença mais ampla para também passar a oferecer serviços bancários. Em dez anos nos tornamos o banco com a maior taxa de crescimento do país. O resto é história. Leiam o livro.

FORGES — Uma última pergunta, agora sobre o mundo das artes. Muitos de seus críticos ironizam o fato de você se colocar como um defensor das artes e ter sido denunciado por um artista de ascendência indígena e negra. Sabemos que o senhor não gosta de comentar sobre o caso, mesmo agora que os próprios irmãos de Macunaíma têm vindo a público para declarar que pararam as buscas pelo seu paradeiro. O que o senhor diria a ele, se ainda estiver vivo em algum canto e tiver acesso a esta entrevista?

SS — Se ele estiver vivo, estará morto. De que vale ter crescido assim, à custa do meu nome? A ética que ele defende não é a da integração com a natureza, com a ancestralidade de seus povos. A ética que Macunaíma defende através de sua arte é a dos homens brancos, preocupados com a bondade, a beleza, o bem. Três espadas bonitas de acusação, num jogo sutil de espelhos cínicos. A maldade e a feiura são apenas outras técnicas artísticas para o mesmo fim. A verdade é que nessas cidades grandes onde a arte e o dinheiro acontecem, todo mundo quer dar uma mordidinha um no outro. Onde esse homem estiver agora, estará se sentindo só.

FORGES — E o senhor? Não se considera um homem solitário após ter sido abandonado por sua classe num escândalo que tomou os jornais do mundo todo?

SS — Tenho constantemente provas da gratidão dos que me serviram no passado, a maioria está bem posicionada em outros bancos ou galerias. No mais, sou um velho que ainda acorda ao lado de sua esposa, e alguém que costuma aguardar ansiosamente pela visita dos netos.

Miss Macunaïma

Passageira do gaiola "Caiçara", esteve hontem em Natal, durante algumas horas, a mais genuina representante da antropofagia feminina no Brasil. E' uma tapuya bem acordada, conversadeira e intelligente, que vem realizando uma sensacional "descida" ao mando da famigerada tribu Apurynan, Que no inferno vérde conquistou a leadeirança dos reductos antropofagicos pelo despoltismo de suas façanhas. Avizados de sua passagem pela nossa terra fomos coronial-a a bordo, no sentido de colhermos algumas impressões para a Semana Indigena que o Jorge Fernandes está pedindo de 30 para inaugurar entre nós.

Como não soubessemos mapear a linguagem geral fomos em companhia do Nunes Pereira, já costumado ás batidas pelas malocas dos indios amazonicos. A fim de não chatearmos muito a esplendida caboela Apurynan, organizámos, então, um inquerito de perguntas para que ella nos respondesse mais facilmente. Uma especie de entrevista não ao geito primitivo daquelas da Historia do Brasil sem Z reconta de onde em onde para tapear os infelizes passadistas. Mas, sem a mascara aziaga da grammatica e n aquelle desembaraço cutuba do Manuel Bandeira quando mastigou os tres poetas da Dindinha Iun e disposto a engulir tambem todos os demais curumins literarios.

E' exacto que a Apurynan bancou de grande camarada, pois, de sua conversa podemos formar um certo plano de reconstituições primitivistas marcantes para a actualidade do perobismo nacional. Movimentámos pontos curiosos de Antropofagia, bem incisivos dessa "descida", em que o tacape e a baba da manipueira ferem menos que os olhos de curiango da tapuya que vinha vindo...

Recostada ao longo corrimão todo crispado de cogumelos, a Indigena espriteava o panorama da viagem de Natal, quando os nossos passos transmudaram-lhe o geilão caracteristicamente selvagem. Sapecámos já a saudação ritual da tribu, ao que ella nos retraçou, escancarando a antologia amerindia dos seus dentes fortemente verdes amarelos, que quasi nos tomaram o pulso de literatos antropofagos.

Interpelada que foi a feiticeira craúna principiou respondendo ás nossas perguntas, tão avidamente, que nem formiga saува destalando boneca de capim panasco.

Que impressões poderá nos dar de sua viagem?

Antes de tocar o fim dessa entrada pela grande Colonia do Páo-Brasil quero dizer quem sou e de onde venho. Moro na confluencia do vérde Solimões com o Preto, numa estreita região sómente desvendada pela valente especie Apurynan.

O meu nome primitivo estava em dialecto tupy sende por isso quasi impossivel de ser comprehendido. Já estava eu me pondo uma muchachita, batoceira das mais longinquas malocas, quando fui forçada a me esconder durante mezes no tijuco dos igapós como se fôsse um caroço de tucuman.

Para gazear a noite era preciso untar o meu corpo com tabatinga e rezar emborcada aos manes de Rudá. Tempos depois, surgio na planicie a figura exotica de um alemão barbudo de nome Theodoro Koch Krünberg, que logo conquistou a amizade dos Cururú em troca de anzões e contas de vidro. Em companhia dos proprios indios o alemão Theodoro conheceu em dez annos quasi pela a nação dos Pamarys, Apurynans, Ura Rekenas, Yahamas, Macús e Tuyucas, curando a gente de impaludismo e ensinando o linguajar do extrangeiro.

Na exploração que fizeram margeando o Xingú, comecei a sentir maleita no coração por um moço brasileiro com quem lá inquei muito escanxada na veloz ubá. Foi elle que me ensinou muitas coisas, sempre consultando a uma mulher complicada e renitente a quem chamava d. Grammatica.

Passei noites inteiras triturando syntaxes, adverbios, substantivos, periodos, virgulas, parenteses, artigos e pronomes que engasgavam muito mais que espinhas de peixe d'agua dôce. Soube, então, que havia um paizão muito bonito, atulhado de montanhas, de rios enormes, onde as mulheres faziam que nem as tapuyas, lambusavam a cara de açafrão e espritavam os homens.

. . . .

Que sentido teremos de dar a sua viagem tão brasileira?

Por rudá! Eu venho vindo, numa "descida" antropofagica, por esses riscos litoraneos de porque me ufanismo nacional, doidinha para chegar a Galvestão afim de não perder as comidas. Desde que todas as tribus que vieram da planura dos Andes, dos wigwams comanxes, das cabeceiras da Patagonia, dos confins do Rio Negro, das terras róxas de Piratininga, do sequito dos Cataguazes, das pyramides brancas de Mossoró, do vale do Baixo Assú e da coité do Janduhy se reuniram, cerimoniosamente, para me elegerem "Miss Macunaíma", a historia desses concursos de beleza quasi que me tem feito bater a passarinha.

Trago comigo a mascote do pagé Araribóira para escumar os meus instinctos na Parada Universal da Carne. Pretendo comer todas as "misses", bem cevadinhas, com todas as suas faixelas, os seus presentes, as suas fichas e canones, Procurarei abiscoitar os oitenta conteéos de cada uma e com uma mão de cinzento capaz de fazer inveja nos "trusts" do Mata-Baso ajudarei a Liga Universal de Antropofagia. Serei "Miss Macunaíma" do Chuy ao Prata mesmo sem o voto secreto do finado Democratico. As "misses" serão mastigadas supinamente, com mólho de cumarú mingão de tacacá, refresco de ananahy, rezina de martim-cerére, tudo isto num kiriri medonho!

Está disposta a realizar a descida sosinha?

Sim e não. Daqui da taba potyguara carregarei o Perna de Páo, um mulato esplendido que corta tudo quando está de muriçi. Fala e destala de tal maneira que o seu melhor livro será a obra de sua vida afindada; a arte de fazer inimigos. Tocando em Paranahuco procurei Ascensio Ferreyra Catimbó que terá de me arrumar o Macobêba. Esse esquisito lobishommem de quatro olhos de fôgo, rabo metade de lenha metade de cavalo, unhas de gato do mato, que vem fazendo correrias por Beberibe, Emcruzilhada e Pina assanhando tudo, devastando e remexendo tudo.

Xingando de contentes pela entrevista sem nome que acabávamos de pôr em letra redonda, apertámos a mão bronzeada de "Miss Macunaíma" ao rytimo sonoro da despedida guarany:

Yasú! Irmana irmno!

OCTACILIO ALECRYM
(Um batuta de Natal)

[a carta que se segue teria sido encontrada rasgada nos arquivos pessoais de Mário, dentro de um envelope de papel pardo que também continha o recorte de jornal anterior]

São Paulo, 30 de dezembro de 1929

Oswald,

Adorei sair na sua coluna social em junho, caro. Como não rir eu próprio, mesmo sendo alvo de seu deboche... como eu definiria? Genial é o título que prefere? Fiquei esses meses todos pensando que força tirar de mim, que sinceridade, que amor para te responder com a mesma energia com que tenta me desmoralizar. Até que coisa de meia hora atrás entrou uma mariposa maldita pela janela e ficou tonteando irritante ao redor do jornal. Aquele símbolo supersticioso que tanto desdizemos sem duvidar de seu encanto, mas que não deixou de me provocar um arrepio. É como se essa mariposa ao redor de meu pouco de luz fosse uma extensão da aura de ódio que você insiste em lançar contra mim numa guerra que só a sua divina e portentosa personalidade inventou. Embora a arena que você escolheu para a maledicência seja os jornais, uma arena pública, sei que também deve correr desesperado atrás de seus gurus e santos em busca de alguma alma que confirme sua obsessão em afirmar para si mesmo que eu planejo o que quer que seja contra você. Vai fazer qualquer mandinga para me calar. E não se conforma de que eu tenha escolhido o silêncio por minha própria vontade. Cria para si o mito de que fui eu quem muito perdeu com o seu afastamento e ainda faz graça publicamente de não ter que conviver com viado tão maldito e risível. Todos já entenderam. Não sobre mim, mas sobre o seu método bélico de agir. No fundo você sabe que foi ele que te afastou de tantas coisas. Todo mundo vê que seu talento está mais para a briga do que para a literatura. A arte é apenas um meio para você, e a sua te afasta até do meu silêncio, que você não é capaz de compreender. Escrevo para mim apenas, pois a urgência dessa mariposa me diz que é o momento de tentar uma resposta a seus insultos disfarçados de grandes causas sociais. Preciso me entender comigo mesmo no meio dessa violência que você publica. Ainda que uma resposta não seja necessária para a decisão que tomei, pois, para você, o silêncio. Nada de ceder à provocação de usar as mesmas armas. Não usarei armas quaisquer, além de seguir no meu canto com minha própria luta. Isso pode parecer uma defensiva arrogante que irá corroborar mais ainda sua visão monstruosa de mim. Você acha mesmo que não provocaria nenhum sentimento ruim com seus ataques? Não tenho do que me defender, já entendi amargamente que uma das poucas pessoas que ousei tratar como irmão foi sem dúvida aquela que mais tentou me agredir em toda minha vida. Consumei um desapego emocional que me desautoriza até o ódio. Apenas vejo em silêncio você se erguer com risos afetados nos eventos sociais, onde adora falar pelos cantos que sou perigoso. Não preciso me tornar uma gralha estridente como você para ser invadido pela alegria e despreocupação de estar entre colegas. Como sabe, recebo cartas de tudo quanto é lugar, cartas que você chama de paparicos, que me deixam vaidoso como uma mocinha ingênua. Pois saiba também: adoro ser mocinha às vezes, bem putinha nas festas. Sei como é o mundo de vocês. Não estou procurando partidários como você. Não podemos nos esquecer de que é você quem faz o discurso de uma casta exclusiva, foi você quem veio com o papo de que a *Revista de Antropofagia* deveria ter uma comissão X ou Y de apenas meia dúzia de nomes. Achou que era armação da minha parte querer trazer tantos escritores de outros estados, como se eu fosse um megalomaníaco. Talvez essa tua visão apenas denuncie o quanto joga menos na arte e muito mais na base das relações, não que o senhor não tenha o seu talento artístico, como qualquer um de nós aliás tem, mas até esse seu talento premiado não consegue mais do que criar caricaturas juvenis de supervilões. Com o drama, a poesia, o encanto e a música você veste apenas suas nobres memórias de um mundo melhor que aprendeu em filmes, um mundo que lembra de seu pai, amado e renegado, um mundo de um dinheiro antigo, a glória da modernidade do café, uma grande luta vencida em São Paulo.

Contra aqueles que se instalam fora dos seus ideais de salas europeias, você lança o chiste, o deboche, a crítica feroz, o sarcasmo, o cinismo, o ódio. Claro que tudo bem vestido com nobres ideais, como só a pequena burguesia é capaz de fazer erguendo a espada. Os mimos de uma classe que não se conforma em perder com essa crise. Não lamento, sei que você vai achar um modo muito bom de sobreviver. Sabe qual é o seu problema comigo? Você não consegue evitar de rir da minha fé no mistério como se eu fosse um crente nos moralismos de sim e não da Igreja. Mas você próprio só consegue criar personagens que são vítimas ou vilões. Fica buscando essas identidades para se achar no meio delas, procura se vestir com o exotismo futurista de roupas que não rompam com a elegância ganhada de berço. Nos meus livros, ninguém presta, e isso te irrita demais, porque você cria livros como se promulgasse uma lei para os homens. Depois sou eu que sou diretivo e autoritário... Não se preocupe: publicamente, continuarei a elogiar o seu talento. Você me acusa de egocêntrico quando somos nós que temos que ficar observando você encher o peito e ficar petrificado como um bloco de gelo, incapaz de abraçar, defendendo-se o tempo todo dos próprios fantasmas com piadas ou maldições. Não adianta eu argumentar, um vai ficar eternamente jogando na cara do outro que projetamos nossas próprias sombras um no outro. Chamemos Freud neste quintal. Não posso descrever o quanto fiquei triste e chocado com essa sua Miss Macunaíma. O que você queria dizer? Que eu invejo suas viagens pelo mundo? Não preciso compartilhar contigo os convites que recebo para visitar outras terras. Você acha que o meu apego com o que o Brasil tem de mais pobre e mais lindo é apenas uma máscara. Teu sangue não é o mesmo que o meu. As terras indevassadas me chamam com a mesma intensidade com que as cidades te seduzem. Realmente não imagino você atravessando o Amazonas num barco a vapor como eu fiz e você satirizou como se fosse pouca bobagem. Você se vestiria como um lorde inglês para enfrentar os mosquitos. Você quer mais é estilo para suas histórias; quanto a mim, tiro minha arte da fé e do que aprendo com os antigos. Meus remédios e venenos não são tão modernos como os seus. Por certo, cada um de nós afeta mais liberdade do que realmente tem. Lançamos nossas âncoras em portos diferentes. Você quer mostrar para os seus de que é capaz de conquistar melhores espaços fora de um Brasil tão mesquinho. Eu ainda tenho muito que me perder por aqui. Me deixe. Não se preocupe comigo. Vá para a Rússia com Pagu. Ficarei aqui com o meu garbo de dentes podres, meu bafo de cigarro, bem fracassado, como você gosta de enfatizar em sua pseudoanálise sobre o meu caso tão especial. Quero mesmo você brilhando bem longe para me esquecer. Não digo que vou te esquecer, pois não lamento me lembrar do quanto te amei um dia, quando ainda éramos inofensivos para nossos próprios defeitos, e também não quero me esquecer de como é confiar demais numa pessoa que tem tantos entusiasmos voltados apenas para os próprios projetos. Por um tempo, fui aquele bicho exótico da mata ao lado que você toma por estimação em seu circo montado nas colunas literárias. Fui o mascote da Semana. Você quer súditos, um cortejo facilmente contornável em caso de emergência, não quer a companhia de quem pode eclipsar seu protagonismo. Acha todo mundo caipira nos corredores da fama e depois quer representar um caipira bonzinho e bem ancestral em seu texto. E lá vai você se queixando, como qualquer artista bobo, de que sofre nesse mundo de homens que só louvam outros homens e se esquecem das mulheres. Engraçado que você nunca falou das mães enquanto ergue a espada mais machamente do que qualquer um. Para se defender, você brada. Não vão calar a voz do povo, você grita para alguns de seus fãs. Mas só consegue barulho quando tem a nossa assinatura embaixo. Que arrependimento tenho de ter escrito sobre suas obras, fui muito complacente com seus preconceitos cegos, filhos de um radicalismo doentio e ressentido, obviamente muito bem articulado. Você se diz comunista porque nem lembra dos próprios inimigos, já nem sabe mais contá-los nos dedos, acha que é perseguido por todos e que somos todos falsos. Você se diverte em reunir meus supostos inimigos ao seu redor. Você deve ser muito puro mesmo para brigar com tanta gente. Considera guardar o silêncio da raiva uma prisão. Quer bomba. Chama o diabo na veia para não se deixar engolir pelos venenos dessa cidade. Pois bem, talvez eu seja mesmo um veneno dessa cidade, e você nunca verá como brilham os olhos nos lugares que frequento de alto a baixo. Devo ser um sujo mesmo. É claro que pra você é muito fácil olhar para um escritor que veio da várzea e dizer que ele é apenas um interesseiro querendo fazer contatos. Você é o homem das castas. Não é à toa que para entrar nela saiu bradando que tinha que destruir os grandes podres do mundo. Engraçado como a burguesia é às vezes ressentida de seus próprios poderes. O Brasil não é para você, vá mesmo para a Rússia. Tem bastante espaço no mundo para todos os espetáculos. Teve espaço até para banqueiros se atirando do alto dos prédios este ano, enquanto você fica descascando sua raiva contra meros imitadores dos donos do mundo em nosso meio, em colunas sociais disfarçadas de manifesto. Pra mim chega. Você não é capaz de perceber que é você quem deveria se dirigir a mim em alguma espécie de pedido de perdão. Não falo por prepotência, mas porque sei que até seus familiares mais próximos não esperam seus pedidos de desculpas. Que bela rebeldia de artista, você deve mesmo ser a visão de um mundo melhor. Fico aqui, com minha gentinha que não presta. Para você, o silêncio dos anos. Você não precisa de mim para sair berrando em busca de reconhecimento. Para você, deixo o silêncio mais indecifrável, corroendo como oração nunca sentida, aquele tipo de silêncio em que você só vai pensar quando um de nós morrer. Dei todo meu coração ao seu melhor lado, juntos criamos coisas boas e enraizadas, mas agora não posso mais. Chame de soberba, do que quiser. Fique aí com suas picuinhas. Quanto a seu artigo de jornal, nem preciso guardar. Posso esquecer, a história vai se lembrar de você assim também. Oswald de Andrade, aquele que brigou com todo mundo, aquele cujos atos são mais lembrados do que o engenho de suas obras. Fique tranquilo, você receberá suas medalhas de alguns deuses infernais. Cada raiva terá o seu lugar no paraíso da violência. Estava na hora de alguém te enfrentar, não deixa de ser irônico que tenha sido uma pessoa tão próxima. Os Andrade, aqueles que todos achavam que fossem irmãos. Já disse, chama o Freud nesse quintal, quero ver como ele cisca com as galinhas. Sabe o que ele vai dizer no final da análise? Que a gente nunca conversou sobre o amor à literatura, mas apenas sobre como conquistar espaços através dela. Não é assim minha conversa com outros amigos. Siga seu caminho de torpes caricaturas enquanto me acusa de arrivista. Quem sabe você terá enfim a sua torre nesse campo de batalha. Para mim, a verdade é uma só: eu ainda nutro por você os melhores sentimentos, certa compreensão condescendente, certo amor exigente e silencioso. Mas nem por isso vou deixar você me destruir. E para tanto não preciso mover uma palha, meu velho. Deixo quieta essa mariposa na parede. Durmo em paz com ela ao meu lado no quarto.

M.

SOLANGE BOIUNA DA CONCEIÇÃO, ART DEALER DE MACÚ BASQUIBÂNQUICI

Olá, meu nome é Solange Boiuna da Conceição, pra quem ainda não me conhece, atuo como curadora, galerista e consultora de arte há quase trinta anos. Nossa galeria, a Beco Boiuna, foi uma das primeiras a reconhecer o talento de Macú Basquibânquici e foi conosco que ele desenvolveu seus principais trabalhos expostos pelo mundo. Também somos nós que administramos seu espólio para os irmãos herdeiros. Estou aqui ocupando o canal do Instituto Tatu Cultural a pedido do próprio artista, segundo instruções escritas que deixou em seu apartamento antes de desaparecer. Foi seu desejo expresso, lavrado em cartório, que os motivos do desaparecimento e a resposta final sobre seu paradeiro e destino fossem contados por mim, segundo ele, uma das poucas a compreender seus reais posicionamentos, para além das polêmicas levantadas pela mídia tradicional e pelas redes sociais. Como também fui a responsável por supervisionar a edição em livro de suas obras completas, ele acredita que tenho bem clara sua perspectiva de que a moeda não tem dois lados coisa nenhuma, a moeda não tem lado algum.

Esse vídeo será uma espécie de documento definitivo e oficial, além de mais uma obra importante somada ao legado desse grande artista brasileiro, pois ninguém hoje nega o teor performático e estratégico de sua retirada. Mas antes gostaria de agradecer profundamente ao Instituto Tatu Cultural pela acolhida e seriedade na produção desse registro. Sem dúvidas, a mensagem final de Basquibânquici terá aqui um belo pouso, isento de interesses maiores e oferecido de forma bem democrática, sem custos, como era costume do artista. A eventual monetização que este conteúdo gerar será repassada para a Casa Macú, especializada em oferecer programas de iniciação artística para órfãos em todo o território brasileiro.

Sendo assim, pedimos que deixe seu like, se inscreva no canal e toque o sininho para receber notificações de novos vídeos.

Antes de começar esse relato, devo dizer que é bem provável que adote um tom bastante pessoal, acredito mesmo que era isso que Macú desejaria. Embora não tenha me iniciado nas ruas como ele, minha história também se funde com a dessa cidade e foi aqui que nossos destinos se cruzaram desde cedo, fazendo com que essa amizade fosse o motor de nossas duas carreiras. Estamos entrelaçados como fio de ouro com palha de buriti, como ele gostava de dizer.

Nos conhecemos de maneira bastante inusitada, pra dizer o mínimo, não houve acaso algum, foi ele quem me procurou daquele jeito tão peculiar, se anunciando antes, quando eu ainda era uma estudante de Artes Visuais na Faap. Foi em 1995, alguns dias antes do Natal, não tem como esquecer, eu morava numa república de estudantes na parte alta da Santa Cecília, aquela parte que a gente gostava de dizer que já era Higienópolis, como um modo de brincar com os estudantes mais ricos que não achavam o bairro judeu lá grande coisa e se vangloriavam de dividir alguma mansão antiga no Pacaembu, mais cara e a menos passos da entrada suntuosa da faculdade. Estávamos naqueles dias em que só restava uma ou outra pessoa na casa, colegas que, assim como eu, não tinham podido ainda voltar para suas cidades por conta do trabalho ou namorado. Eu era daquelas que corriam contra o último ano da graduação enquanto estagiava no ateliê de um artista relativamente importante. Antes de viajar, tinha que deixar mais de dez telas preparadas para uma encomenda grande. Nessa época, ainda nutria o sonho de ser uma artista reconhecida e até que me movimentava bem, era uma das líderes de um coletivo bem interessante na faculdade, começávamos a criar registros dos primeiros graffitis florescendo em meio à cidade já tomada pelo pixo. Éramos particularmente interessados em captar as intervenções de pichadores sobrepostas em outdoors publicitários, coisa que já nem existe mais. Era um tempo em que os higienistas de plantão começavam a falar sobre o problema da poluição visual em São Paulo, e a gente acreditava que a sujeira maior estaria muito mais dentro dos prédios.

Naquela manhã de dezembro, acordei com o burburinho do pessoal da casa reunido na calçada. Parece que fomos premiados, alguém me disse. Quando saí para a rua, vi que nosso muro tinha sido pichado durante a noite, uma letra que nos era bastante familiar havia deixado uma sentença em tinta spray verde-limão:

Queremos mais que uma fachada
Onde mais nossa voz valeria?
Com o picho, a cidade está fechada
Queremos é dinheiro de galeria
Ajudem a render o que nos sobra
Vendam por mim este muro-obra

Imagine nossa alegria, tínhamos tirado a sorte grande. Nosso muro havia amanhecido com a arte de um dos pichadores mais únicos e contundentes daquela era de ouro do graffiti, o anônimo SAPO. Tudo provava sua autenticidade, a poesia direta feita com recursos simples, mas bem medidos, as cores neon, a caligrafia manuscrita em letra de criança e, finalmente, o estêncil representando um muiraquitã selando os dizeres da mesma forma que um sinete lacraria uma carta. Tínhamos fortes suspeitas de que ele havia escolhido nosso muro por conhecer nosso trabalho.

De fato, nos meses anteriores, fomos os primeiros a decifrar seu código secreto. Desde que SAPO tinha começado a se apresentar nos muros de São Paulo, nosso coletivo foi provavelmente o único grupo interessado em cartografar o mapa de suas intervenções anônimas pela cidade. Suspeitamos da existência de algum padrão oculto em suas obras desde o início, nos parecia absolutamente estranho que alguém quisesse deixar tantas mensagens numa mesma rua e suas adjacentes, preferindo o perímetro que vai da avenida Sumaré ao parque da Água Branca. Encontramos uma sequência de mensagens seladas pelo muiraquitã, fixadas nas fachadas de casas e estabelecimentos de classe média alternativos da Zona Oeste. Por que não preferir outros alvos, como bancos ou outras instituições mais ostensivamente de classe média-alta, não sabíamos. Desenhado sobre a carta de ruas da cidade, o circuito de intervenções fechava a letra E, ou M, ou ainda W. Havia uma mensagem ali, tínhamos certeza.

No segundo ciclo de aparições de nosso curioso sapo oracular, entendemos melhor de que talvez tivéssemos em mãos uma letra A, traçada no Pacaembu, perto da Faap e da arena de futebol. Mais uma vez, um rolê por certo circuito exclusivo.

Depois de um ano rastreando mais dois ciclos de mensagens, vimos se firmar a letra C enclausurando a boemia da Santa Cecília, Campos Elísios e Bela Vista e finalmente uma provável letra U acentuada agudamente fechando a Sé e o núcleo mais antigo da cidade. Tínhamos uma senha: Macú. Vou pedir pro pessoal da produção exibir agora em *full screen* aquela imagem do mapa que enviei mais cedo. Essa mesma.

Ainda tem gente no mundo das artes que acha ser esta uma lenda forjada, mas é tudo verdade, tive mesmo aquela ideia de retirar o segmento pichado do muro de casa e expor como arte, de forma mais institucional e irônica. Conseguimos tirar a parte pichada sem quebrar muito e colocamos o entulho genial numa caixa de acrílico robusta e simples.

Deixamos o presente de grego na calçada do MASP numa madrugada chuvosa, chegamos mesmo a colar uma plaquinha de identificação igual às que encontramos em outras obras expostas no vão livre. O nome Macú Basquibânquici fui eu que inventei, como se estivéssemos criando um mito tupiniquim com pitadas de Basquiat e doses de Banksy.

Sabíamos que ao menos os seguranças demorariam para captar a fraude. Na sequência, contatamos um jornalista conhecido nosso e fizemos ele acreditar que a polícia estava escandalosamente em conflito com o museu por conta da exposição de uma obra oficial na calçada, quando na verdade era a direção do museu que já tinha pedido ajuda a alguns policiais para retirar nosso truque do caminho.

O burburinho gerado no dia seguinte pela imprensa foi o suficiente para garantir uma bela entrada de Macú no mundo das artes, mesmo que ainda não soubéssemos quem era, mesmo que ele próprio ainda não se tivesse afirmado como artista.

Eu e o coletivo gostamos tanto da coisa que na mesma semana retiramos das ruas outro pixo de Macunaíma, um já meio arruinado na região da Sé, e transportamos até a entrada da Galeria Rubra, bem na esquina da Paulista com a Consolação. Foi divertido, mas surpreendente mesmo foi quando ele próprio começou a pregar molduras antigas de quadros nos muros em que havia deixado sua marca. Numa mesma manhã, vinte inscrições de SAPO foram vistas emolduradas nos muros da cidade, como se São Paulo tivesse virado um museu. Essa convergência entre as provocações da arte conceitual e o universo do graffiti foi decisiva para o sucesso de Macú.

Continuamos com a nossa contribuição, às vezes íamos a alguma parede com pixo emoldurado e retirávamos o conjunto todo para expor na frente de alguma galeria chique. Fizemos isso umas cinco ou seis vezes, até que o Augusto, um dos nossos, teve essa ideia brilhante de hackear o site de uma casa de leilão e incluir entre as ofertas uma obra de Macú. Antes que pudessem reparar o erro, nosso pixo roubado já era a obra com os lances mais altos, segundo prévia do site. Acabaram por manter o objeto anômalo no catálogo e bateram o martelo por um bom preço. Claro que guardaram o dinheiro para si, alegando ser uma forma de reparação à invasão virtual. De todo modo, Macú não daria as caras para reclamar direitos autorais, muito menos nós. Como hoje sabemos, o anônimo SAPO aguardava o momento certo de se apresentar presencialmente ao nosso mundo.

Foi no vernissage de uma exposição que continha três de suas obras. Eu havia embromado direitinho a Mariley Fernandes, uma das galeristas mais poderosas do meio, me apresentando como a representante oficial de Macú, supostamente preocupada em preservar o anonimato. Claro que no começo da negociação Mariley desconfiou de mim, eu era muito nova, mas a carteirinha da faculdade de elite, misturada à máscara de quem traz o sopro de esperança das novas gerações, foi o suficiente para convencê-la. Antes de a exposição abrir, todas as obras já estavam vendidas para importantes colecionadores. Na abertura, fui só para saudar a galerista e exibir um vestido preto novo; me mantive de canto, atenta apenas em garantir que minha taça estivesse sempre com prosecco até a metade, como eu havia aprendido ser o correto. E foi num momento assim que aquele corpo parou do meu lado, alto, os braços pensos, as mãos sempre pacificadas, sem movimento algum, como era de seu costume em eventos sociais. O cabelo trançado com nós únicos, a camisa de linho preta, a calça de alfaiataria enrolada na barra com despojamento, um tênis simples muito limpo, o muiraquitã pendurado no peito por um fio de prata, os olhos humildes, alertas, a boca boba de quem quer tudo aprender, o quadril exato de quem tudo sabe. Em nosso ambiente, ele não parecia exatamente um "pardo", palavra que ainda se usa para falar do apagamento da origem africana e que mal se admite ser um termo também utilizado para higienizar a ascendência indígena. Para as pessoas de nosso mundinho, Macunaíma era muito mais um sujeito de exotismo aceitável, um "brasileiro genérico", inteligente sem ser ameaçador, alguém que falava bem sem ser arrogante, de voz baixa e riso suave, alguém que ocupava sua cota sem interferir em espaços de prestígio de artistas brancos, era, em suma, o escravo perfeito para nosso mundinho sofisticado. Tanto é assim que, quando se aproximou, não hesitei em lhe entregar minha taça, achando que fosse um dos garçons bonitões contratados para o evento. Com gentileza complacente ao meu racismo, ele apenas comentou "não bebo, obrigado, mas gostaria de dividir com vocês o que ganharam por minhas obras".

Eu não sabia onde enfiar a cara, talvez por isso o tenha beijado. Ele me recebeu com desejo respeitoso, usava bem a máquina do corpo para mostrar o quanto podia ser bruto e carinhoso como a almofada de uma rainha velha. Ao final do evento, já tínhamos articulado que moraria conosco, que sairia da casa que dividia com os irmãos na periferia para aprender um pouco mais sobre nosso estilo de vida e ter a facilidade de poder usar um bom ateliê.

Muitas pessoas dizem que Macú é criação minha, racistas que o acusam de ser uma espécie de Milli Vanilli das artes plásticas. A verdade é que já chegou pronto, nós é que ficamos quatro anos numa faculdade para ter a coragem de fazer escolhas bobas e bancar nossa opinião sobre as coisas, com sorte achar uma "voz própria". Paparicamos os grandes galeristas com nossos conceitos, gesticulamos bastante, mas não sabemos usar as mãos. Desmaterializamos a arte com medo de incorrer em imitações vulgares, higienizamos o caos para vendê-lo a preços exorbitantes. Macú, ao contrário, não era muito afirmativo, a não ser nas paredes; recebia tudo com inteligência generosa, era pontual como uma criança educada quando lhe perguntavam algo e sua letra-pintura era tão única quanto natural, ele sabia exatamente que medida adotar entre o rasgo periférico e a contundência de uma elegância simples. Era assim até na cama.

Foi ele quem me transformou, muito mais do que eu a ele. Antes de nosso encontro, eu era aquela estudantezinha preocupada exclusivamente em achar nas palavras uma fissura onde coubesse a voz de uma jovem privilegiada cujo coração em revolta se orgulhava de me tornar uma espécie de empata. E assistia, não sem certa vergonha de mim mesma, aquele artista produzir sem descanso, ia da cama direto para o chão de telas espalhadas ou para algum andaime instalado nas partes mais altas das cidades mais caras. Como não era branco, portanto um "fulano de origem duvidosa", o metiê jamais lhe atribuiria algum status incorruptível apenas por ter feito meia dúzia de obras geniais no começo da carreira. Ele me lembrava de um amigo, poeta negro genial, obrigado a lançar mais de um livro por ano e articular uma erudição labiríntica para ter respeito entre seus "iguais". Sua fissura era fazer uma arte alusiva, sempre se referenciando a escritores do passado para marcar seu território nessa linhagem exclusivíssima, muito diferente do caso de um poeta gay branco de Santa Catarina radicado em Berlim, famosinho por ter enchido dois volumes com uma lírica melancólica dedicada a amantes perdidos e infértil desde então. Com *Macunaíma*, fui aprendendo melhor que andar ocuparia na Torre de Babel.

Foi dele a ideia de criar uma galeria só com arte de rua, não só com suas obras, mas com a de outros artistas de várias capitais, eu apenas inscrevi o projeto num edital do Instituto Tatu Cultural. Comemoramos com uma bela performance de que vocês devem ter ouvido falar. Contratamos uma fanfarra militar e viemos descendo em desfile do Paraíso até a fachada do instituto na Consolação e, sem nada daquela clandestinidade noturna que sempre marcou a ação dos pichadores — e ainda pendurando no pescoço as credenciais do lugar —, pintamos de todas cores a fachada do prédio branco com frases dos rappers que se encontravam na estação São Bento para compor juntos em frente ao antigo mosteiro. Daí por diante fomos ocupando os espaços até chegar à Bienal de Arte de São Paulo.

Quando Macunaíma descobriu o espaço ínfimo e indigno que lhe tinha sido reservado no imenso pavilhão no parque do Ibirapuera, teve a ideia que lhe catapultou para os jornais do mundo todo. Num cubo de acrílico de 2 m² sem nada dentro, instalou-se vestindo apenas uma jockstrap. No alto da caixa, criou um dispositivo feito a partir de uma gambiarra com uma geladeira antiga; desse orifício a máquina cuspia de tempos em tempos sobre a cabeça de Macú grandes balas de goma em forma de sapo, as quais ele ia comendo sem cessar. Quando a Bienal foi aberta ao público, dois dias após a festa exclusiva para os patrocinadores, entre os quais se encontrava o diretor honorário da Bienal, o Etemário Silva e Silva, a mídia quis chocar a sociedade ao relatar o estado daquele artista desfalecendo entre restos de geleia verde e diarreia. O que é arte?

Talvez tenha sido aí o princípio do fim. Vocês sabem, São Paulo é uma porta aberta para o mundo e uma janela fechada para o Brasil. Macú, mesmo sendo um filho das ruas, não se tornou um artista do povo, antes foi mascote de Nova York, Berlim, Veneza e Paris. Eu não entendia muito bem o porquê, mas ele parecia nutrir algum tipo de ressentimento especial pelo Etemário, única figura, entre tantas outras duvidosas, que lhe causava repulsa. Não era algo explícito, apenas uma nuvem que baixava em seus olhos quando o nome do banqueiro era citado em algum lugar. Pelo que sei, nunca haviam se encontrado pessoalmente, embora Macú tenha aceitado sem reclamar a encomenda que lhe fez a consultora de arte de Etemário para que esculpisse no jardim da mansão do empresário uma fonte em formato de muiraquitã, cuspindo água em ângulo oblíquo. Apenas comentou, "essas coisas cafonas são fáceis de fazer". Isso foi lá pela virada do milênio, quando aquele senhor ainda monopolizava o setor de megaexposições de arte no Brasil.

Poucos dias após o encerramento da polêmica Bienal de 2004, Macunaíma me procurou pessoalmente no escritório para saber se eu conseguiria o contato pessoal de Etemário, queria lhe fazer uma proposta. Mexi meus pauzinhos e em menos de dez minutos me passaram seu número pessoal. Macú sentou na minha frente, tomou uma xícara de café e falou mais ou menos assim, sem tirar os olhos de mim: olá, senhor Etemário, muito boa tarde, aqui quem fala é Macú Basquibânquici, espero que esteja bem, não quero tomar seu tempo escasso, gostaria apenas de agradecer profundamente pelo espaço que me foi dado na Bienal, o senhor sabe o quanto qualquer centímetro cúbico lá é um trampolim para o mundo, queria demonstrar minha gratidão lhe propondo um negócio, ouvi falar que sua coleção de muiraquitãs parece estar com o valor de mercado estacionado por influência negativa das péssimas condições das pesquisas arqueológicas na Amazônia, que tal se me emprestar as peças por uma semana para que eu faça um photoshooting performático com elas alinhadas sobre meu corpo nu deitado em cima do monte Roraima, com isso a gente consegue registros magníficos, bem valiosos, os lucros podem ser divididos entre o senhor e a minha galeria, além de agregarmos valor às peças, que passarão a estar associadas a uma ação assinada por mim, deste modo também chamamos a atenção para a crise arqueológica na floresta, o que pode repercutir bem a longo prazo para sua coleção, tenho certeza de que o senhor entenderá a graça e a urgência dessa ação, apenas me diga quando posso pedir para os rapazes da transportadora retirarem as peças em sua casa, eu próprio irei com eles para verificar a segurança do translado, que será finalizado com helicóptero em menos de dois dias.

Segundos depois, desligou o telefone com um sorriso de plenitude. Agora preciso do contato daquele seu amigo designer de joias, me pediu. O resto vocês já sabem. Ele foi mesmo para o monte Roraima e, com ajuda daquela água limosa que corre lá em cima, foi engolindo uma a uma as pedras muiraquitã da coleção do banqueiro. Quando a polícia encontrou seu corpo dias depois, os legistas não tiveram dúvida da *causa mortis*, a ingestão de duzentas pedras do tamanho de ovos de carcará.

O que nos fez segurar o choque e o luto com mais firmeza foi poder acompanhar pela TV o espetáculo delicioso de denúncia que Macunaíma havia preparado para Silva e Silva. Rimos demais ao ouvir o homem se autodenunciar para o Banco Central e a Polícia Federal através da escuta que o artista havia instalado dentro do chaveiro de resina imitando jade com que presenteara o banqueiro em agradecimento ao empréstimo da coleção preciosa.

Traidor? Espírito zombeteiro? Artista atormentado? Filho bastardo da civilização? Muitos adjetivos foram atribuídos a Macunaíma desde então e outros não param de ser produzidos em cada buraco onde haja um jovem mais crítico. Sobre o que ele próprio pensava de tudo, não sei, acho que nunca saberemos, aquela cabeça ali tinha escombros de mais de quinhentos anos.

Se você gostou desse conteúdo, por favor deixe o seu like e seus comentários abaixo, teremos muito prazer em ler, obrigada por vocês permanecerem com a gente até o finzinho, cada um de vocês é muito importante para nós.

MEU NOME É

Macunaíma Luís de Paris Fordwagen Illuminati Albuquerque de Albuarque Santos e Silva de Andrade, tenho um pouco de cada rabo, meu rabo tem mais de um pedigree ♪♪♪ *deitado eternamente em berço esplêndido, ao som do mar e à luz do céu profundo, fulguras, ó Macú, florão da América, iluminado ao sol do Novo Mundo* ♪♪♪ ralo a bunda na estrada há mais de quinhentos anos, meu cu é muito gostoso, vendo salgadinhos nos fins de semana também ♪♪♪ *e o sol da liberdade, em raios fúlgidos, brilhou no céu da pátria nesse instante* ♪♪♪ me fizeram pensar que sou, me fizeram pensar que tenho, nem essa voz é minha, é apenas uma voz para a Bienal de Artes de Veneza e a Documenta de Kassel, aqui é caco, eco vencido, já devo estar morto, que bom que estou vivo, continuo ♪♪♪ *ó lua branca, por quem és, tem dó de mim* ♪♪♪ escrevi esses sonhos para contar a Mário de Andrade a história de um Macunaíma de verdade, mas acabei me tornando mais lenda, entrego essas folhas ao vento, quem vai me catar não sei, catador de lixo é que não vai, sua vida é mais, acho que quem vai me pegar é a chuva, talvez sobre alguma água, não sei ♪♪♪ *inté mesmo a asa branca bateu asas do sertão, entonce eu disse, adeus, Rosinha, guarda contigo meu coração* ♪♪♪ já faz tanto tempo desde que sonhei, parece que o dia não termina nunca, deve ser apenas o cansaço da condução, faz tempo que estou parado no ponto, esperando, esperando, esperando, cinquenta anos em cinco, quinhentos anos em cinquenta e um, não aguento mais esse calor, esse frio, essa chuva, essa seca — acabou o ticket pra Pasárgada, palmeira imperial agora só se acha em casa de rico e sabiá em telhado de pobre, que porre, não tem mais jeito, até no mato mais fundo vou ter que ser cisvilizado ♪♪♪ *eu vou pra Maracangalha, eu vou, eu vou de liforme branco, eu vou* ♪♪♪ um dia encontro meu pai e lhe cuspo na cara, sou filho de Mário, aquele que te arrasou atrás do armário, sou filho de Nouhou Bintou, aquele cujo nome nunca conheci, sou filho da mãezinha, cujo nome tive que guardar em segredo, sou filho até desse bosta de Alexander Rabeta ♪♫ *ôooooooooo ô estas fontes murmuraaaaaantiiiiiiiiis* ♪♫ aquele que insistir em esmiuçar minha história não fará mais que espalhar o mistério sem nada revelar, e esta será sua dádiva ♪♫ *onde eu mato a minha seeeeeeeediiiiiiiii* ♪♫ sou diva, sou santo do pau cheio, cara de oco sem olho de peroba, sou todo pérolas aos porcos — vai uma aí? ♪♫ *e onde a lua vem brincáaaaaaaaaa* ♪♫ você também vai me amar e me odiar, pero no hablo español, só arranho inglês e faço biquinho bom no francês; se você for rico, adquira minhas obras com os melhores colecionadores do mundo, se for pobre, pode me seguir nas redes sociais, deixo meu PIX pra quem não me cancelar, juro que sou fruto autêntico da terra, terra que você sabe bem quem é que autentica ♪♫ *ôoooooooooo esse Brasil lindo e trigueiro é o meu Brasil brasileiro, terra de samba e pandeiro* ♪♫ pode ser que eu não seja nem uma coisa nem outra, nem música, nem instrumento, sequer a ambiguidade defendo aqui, nem o direito de existir, amar, nada meu, nada não senhor, nada de sonho, tô só o pó da rabiola, qualquer serpente astral cata meu encanto, sou putinha de qualquer paraíso, em cada canteiro tem alguém cantando assim ♪♫ *Brasiiiiiiiiiiiil, pra miiiiiiiiiim* ♪♫ se me procurarem, digam que sou fácil de achar, incendiei todo um palheiro pra mostrar a agulha que sou, tô nuzinho, aresta por aresta, cada osso em festa, a carne um pouco bêbada, você sabe, a carne mais barata do mercado tem que ser oferecida um pouco amaciada, dizem que por aqui o trabalho nos seca e endurece, sou apenas uma alma perdida na floresta, se me procurarem, digam que faço o caminho de volta, deverão me encontrar pulando alguma porteira, dando um belo nó no tempo enquanto alguém tenta roubar de mim um pedacinho do que roubei antes em cada quintal ♪♫ *o tico-tico tá, tá outra vez aqui, o tico-tico tá comendo meu fubá, o tico-tico tem, tem que se alimentar, que vá comer é mais minhoca e não fubá* ♪♫ meu coração é bufunfa da boa, madeira de lei, nele marquei com ferro o mapa dos venenos desse mundo, louvai meu coração, louvai vossos heróis, façam uma estátua minha bem pintuda, quero ser de pedra, me ergam sobre a pororoca estuprando o oceano e me ponham vestido com as roupas e as armas de Jorge ♪♪ *moro num país tropical, abençoado por Deus e bonito por natureza* ♪♪ sou do tamanho dessa ribanceira toda, pode crer que sou o rei da nação, senhor do cangaço, rainha da sofrência, imperador do funk, pai dos pobres, estrela-guia, pica das galáxias, o mito dos mitos, conduzo o gado do Oiapoque ao Chuí, sou embaixador da Onuceifa e Prêmio Mabel da Putaria, sou o príncipe da canção ♪♪ *eu organizo o movimento, eu oriento o carnaval, eu inauguro o monumento no Planalto Central do país* ♪♪ agora parto, essa terra acabou, um dia repiso o monte Roraima, trono de meu duplo, meu outro, meu eu assassinado, aquele cuja gula nunca cessa, aquele que transforma o desejo em pedra dura de roer, Makú-sem-lei, pai da mentira e do sucesso ágil, pedra cuspida no mundo ♪♪ *jurei mentiras e sigo sozinho, assumo os pecados, os ventos do Norte não movem moinhos e o que me importa é não estar vencido* ♪♪ lá do alto, até os exus do outro lado do Atlântico me ouvirão e se lembrarão de mim ♪♪ *minha vida, meus mortos, meus caminhos tortos, meu sangue latino, minh'alma cativa* ♪♪ Aiaiai, quanta jaula, paulada pura, tá puxado, viu, sei quanto custa cada metro quadrado dessa joça e a roça não é pouca não, 8,5 milhões de km², preenchi os requisitos para todos os editais de ocupação artística, só não ocupei o estômago de quem tem fome, mas parece que já não existe muito mais gente assim no Brasil, já virou lenda, a terra toda arregaçada feito puta desdentada é o monumento desses mortos, a serra elétrica entra onde o fuzil não enxerga ♪♪ *eu sei que esses detalhes vão sumir na longa estrada do tempo que transforma todo amor em quase nada* ♪♪ estou tentando, estou tentando, sigo o Deus de Marias e Clarices, assumo os riscos, visto os risos, ponho as rédeas na memória, mudo em arte todos os ressentimentos, mas não sei se devo esperar amar de novo um dia, pois não sei se conseguirei sequer me lembrar de como vivi isso que chamam de amor, já não sei quantos mortos somos desde que nasci ♪♪ *mas eis que chega a roda-viva e carrega a saudade pra lá* ♪♪ não posso mais carregar ninguém comigo, continuem vocês daqui, quero ver vocês construírem uma floresta como fizemos aqui durante milênios, quero ver vocês secarem um deserto como fizemos na mãe África, antes de o Brasil ser sonhado por algum marinheiro maluco ♪♪♪ *é pau, é pedra, é o fim do caminho, é um resto de toco, é um pouco sozinho* ♪♪♪ nesta terra, tudo sempre será grande demais para o homem, até o vazio de morte que ele impuser com sua devassa o expulsará daqui ♪♪♪ *é o mistério profundo, é o queira ou não queira, é o vento ventando, é o fim da ladeira* ♪♪♪ zé, desce um café, tô no meio da minha estrada, é o fim da linha para mim e já não sei mais dar nó, deviam fazer os enterros em botecos, o morto no balcão, cada um chorando em cima dele sua baba alcoólica pra depois tacar fogo mais fácil no corpo enquanto a música continua ♪♪♪ *mas é preciso ter manha, é preciso ter graça, é preciso ter sonho sempre, quem traz na pele essa marca possui a estranha mania de ter fé na vida* ♪♪♪ daqui a uns minutos chego em casa, só mais alguns milhares de quilômetros recolhendo meus pedaços e acabou por hoje, paizinho vai fazer língua de panela pra me receber, depois tomo outra bolinha e pronto, deve ter alguma coisa edificante na tevê ou chocante na internet, vai ser fácil pegar no sono, mesmo estando na UTI ♪♪♪ *mas sei que uma dor assim pungente não há de ser inutilmente* ♪♪♪ cheguei aonde devia, o alto do monte Roraima é o hospital dos mortos, por isso nasci aqui, estou no lugar certo, na hora certa fora do tempo ♪♪♪ *mães zelosas, pais corujas, vejam como as águas de repente ficam sujas, não se iludam, não me iludo, tudo agora mesmo pode estar por um segundo, tempo rei, ó, tempo rei, ó, tempo rei* ♪♪♪ vejo esse poço vermelho onde nunca seca o sangue que mãe deixou aqui no meu parto, sim, logo ele chegará, meu pai, aquele que só se cala para a mãe que matei, aquele que proíbe que o nome dela seja derramado, aquele que mandou matá-la, aquele a quem só obedeci porque foi ela quem pediu, ela pediu sim, queria mesmo que eu matasse tudo que me impedisse de correr pra longe dessa terra dividida em nomes roubados de nós ♪♪♪ *mas o Brasil vai ficar rico, vai faturar um milhão quando vendermos todas as almas dos nossos índios num leilão, que país é esse, que país é esse* ♪♪♪ logo também os helicópteros chegarão, virão recolher meu corpo, abrirão meu bucho com o bisturi das estrelas e lá encontrarão os duzentos muiraquitãs que tomei do banqueiro safado, será a apoteose de minha última obra-prima, a digestão interrompida do mistério mais indigesto dessas terras, a descoberta anfíbia-ambígua de que o homem mais rico ainda não é o inimigo final, aqui tanto bacanas quanto diaristas se ressentem de não mamar tudo que podem ♪♪♪ *não me ofereceram nem um cigarro, fiquei na porta estacionando os carros* ♪♪♪ ao meu redor, até houve quem tivesse me prometido o lago encantado da arte, foi naquele tempo em que acreditei que qualquer igarapé suficientemente intocado desaguaria lá, infelizmente com cada parceiro ou parceira aprendi um pouco sobre como é importante defender cinicamente causas humanitárias com selos de ouro universais para ganhar algum dinheiro como artista ♪♪♪ *Brasil, qual é o teu negócio, o nome do teu sócio, confia em mim* ♪♪♪ vou fazer a Semana da Arte Humana, vai começar e terminar num domingo, igualzinho o Deus que pôs ordem no calendário dos pobres, todo mundo vai mamar nessa teta e juntos iremos todos pra casa do caralho, o grau zero da arte será dado pelo moleque que aponta a arma pra professora e não vê saída no sistema que tanto critica e tanto o seduz, serei o assassino preto, santo e cruel, e o advogado branco filho da puta, ambos puxando da voz gutural a certeza bem desenhada do macho, serei também a mãe de ambos rezando sozinha pra não ter que participar ♪♪♪ *grande pátria desimportante, em nenhum instante eu vou te trair, não, não vou te trair* ♪♪♪ faça o que fizer, prefira assinar o contrato em São Paulo, profissionalismo só existe por lá, medirão tudo, do dinheiro à arte, sem se afetarem com nada, mas se não der certo pra você — a mídia ainda não soube confirmar se existe mesmo uma pessoa feliz por lá —, não se preocupe, não se deprima mais, se avexe não ♪♪♪ *não existe amor em SP, um labirinto místico onde os grafites gritam, não dá pra descrever numa linda frase de um postal tão doce, cuidado com o doce* ♪♪♪ apenas orgulhe-se imensamente de seu trabalho e seja discreto quanto a todo o resto, a começar pelo estilo, sejam teus trapos vindos da José Paulino ou da Oscar Freire, teus aparelhinhos do Shopping JK Iguatemi ou da rua Santa Ifigênia, tua bunda rebolando nas boates periféricas com nomes espetaculares de tabloides norte-americanos ou nas casas noturnas da Vila Madalena com nome de vó e fazendinha do interiorrrrrrr, só com músicas clássicas ou chulas do Rio, Goiânia ou Salvador, principalmente as que já têm versões em inglês e espanhol ♪♪♪ *São Paulo é como o mundo todo, no mundo um grande amor perdi, caretas de Paris e New York, sem mágoas estamos aí êeeeeeeeeeeeeeeeeeee dona das divinas tetas, quero teu leite todo em minha alma, nada de leite mau para os caretas* ♪♪♪ é fácil entender o metrô de lá, é como uma imensa cruz crística atravessada por vielas com monotrilhos cuspindo lotações pros buracões e morros com nomes de pólis grega, todas as janelas fechadas nos SUVs blindados e busões em chamas, todos contentes com o acordo discreto entre o gabinete do prefeito e a agenda do Primeiro Comando da Capital, cada um de nós, estrangeiro ou estranho paulistano, é um estilhaço de uma cidade que dará um diploma de administração de empresas para Suzane von Richthofen porque somos empatas caridosos, ensinamos o Brasil a ser mais humanista; cada contribuinte — pois é assim que se chama cidadão por lá — observa de sua cela hipervalorizada no mercado imobiliário os filhos matarem os pais e os pais matarem os filhos; em qualquer ribanceira nos lixões das beiras despejamos pretos queimados ou empresários esquartejados ♪♪♪ *vários tentaram fugir, eu também quero, mas, de um a cem, a minha chance é zero, será que Deus ouviu minha oração? Será que o juiz aceitou a apelação?* ♪♪♪ consegui fugir, sim, sou melhor que vocês, mais puro, estou definitivamente envenenado, posso ser bicho de novo, morrer no topo da selvageria pra vocês todos rirem de mim, Macunaíma, filho de ninguém, rastro de pólvora molhada dos pampas ao Pico da Neblina, um cercado de pó nas fronteiras difusas, dono de um gozo que ressuscita apenas os mortos, estou chegando ao Morro Antigo, foi fácil atravessar a Amazônia dessa vez, só tive que tomar cuidado para não atolar nos quintais apocalipticamente esburacados dos grileiros e seus parças, tem que sacudir muito a raba pra chegar inteiro do outro lado dessa lama desgovernada ♪♪♪ *vai mexe o bum bum tam tam, vem desce o bum bum tam tam* ♪♪♪ quanto mais próximo chego da encruzilhada final, melhor carrego meus mortos, não sou apenas um bucho virado cheio de pedras preciosas, sou também um pouco o que não consegui ser para os amores que deixei pra trás ♪♪ *seu guarda eu não sou vagabundo, eu não sou delinquente, sou um cara carente, eu dormi na praça pensando nela* ♪♪ o que mais fazer no Brasil senão ter uma paixão doentia, já fiz muita branquela boazuda e filhinho de papai gozar nas estrelas ♪♪ *delícia, delícia, assim você me mata, ai, se eu te pego, ai, ai, se eu te pego* ♪♪ cansei de ser um pau ornado com certa educação meticulosa e grotesca como se eu fosse uma gracinha luxuosa para se degustar entre uma taça e outra, quero luxo no meu bico também, uma xícara daquele café jacu que tem os grãos processados inteiros no intestino de um pássaro, levemente misturados com a merda sequinha do bicho pra dar um gostinho especial como só uma vizinhança diferenciada poderia oferecer, sim, quero pagar muitos euros pra comer cocô, agora sou um artista famoso, posso espantar o tédio com excentricidades dignas do maior dos dândis, serei pago por isso, do meio da parafernália quem sabe um dia eu encontre uns olhos pra quem eu não tenha coragem de mentir ♪♪ *deixa acontecer naturalmente, eu não quero ver você chorar, deixa que o amor encontre a gente, nosso caso vai eternizar* ♪♪ quero todos os amores, nenhum é bom, nenhum é todo, e o toco que me resta acendo na mata sozinho, chamo pai, mãe, amante, esposa, patrão, íntimo inimigo, meu São Salvador, chamo todos meus amores mortos para me salvar nessa hora de dar o último tropeço, a entrega final nas arestas malditas de uma altura muito erma, Makú, Makú, está me ouvindo, eu tenho cu sim, quem é essa sombra que vem lá ♪♪ *seus olhos, meu clarão, me guiam dentro da escuridão, seus pés me abrem o caminho, eu sigo e nunca me sinto só, você é assim, um sonho pra mim* ♪♪ estou pronto, apareça e transforme minha alma em pedra, pratiquei todos seus truques, meu pai do céu invertido, desconcertei a high society e o povão, entrei na dandança também, tenho toda a humanidade na ponta da língua, esgarço feitiços e conceitos, dito tendências arejadas e leis imperiosas, cuspi na cara de todos os homens, quero de volta as mulheres de minha vida ♪♪ *como tantos poetas, tantos cantores, tantas Cecílias com mil refletores, eu que não digo, mas ardo de desejo, te olho, te guardo, te sigo, te vejo dormir* ♪♪ trouxe o que você quer, engulo agora suas duzentas joias tão valiosas que não valeram uma vida humana, meu pai, devolvo teus muiraquitãs ganhos à custa de tanto pescoço, aqui está o dote do rei do Brasil, pode pegar tudo que vem daquele asqueroso, você, meu pai, não é muito diferente dele não, fui escravo em tantas instâncias e agora sei ♪♪♪ *o seu prêmio que não vale nada estou te entregando, pus as malas lá fora e ele ainda saiu chorando, essa competição por amor só serviu pra me machucar, tá na sua mão, você agora vai cuidar de um traidor, me faça esse favor* ♪♪♪ minha mãezinha, um dia veremos o povo tomar conta das ruas e das casas, da Barra Funda ao fim do fundo iremos todos cantar, a imensidão será a mesma de antes, a cachoeira toda numa gota de orvalho, o trovão no encontro de cada um consigo mesmo, sua fome, sua fonte, cada qual em sua terra atolada brasil, sim, já devo estar morto, que bom que estou vivo, continuo.

*[esta carta teria sido encontrada sobre a escrivaninha de Mário no dia de
sua morte]*

São Paulo, 25 de fevereiro de 1945

3 horas da manhã

Mamãi,

Imagine que engraçado seria se esta carta fosse endereçada assim: para
mamãe Dona Mariquinha, de seu filho Mário Maricona. Provavelmente
você iria vazar aquele risinho proibido e depois miraria o chão com
modéstia pra recuperar um pouco da dignidade perdida.

Talvez você se espante que eu faça uma leitura assim da senhora, afinal
aqui dentro de casa não sou o escritor, só vou dormir assim, com minhas
inquietações de glória e fracasso; quando acordo, sou apenas filho, recebo
de suas mãos a xícara de café, deixo que você dê a palavra final sobre as
notícias do mundo, às vezes meu ouvido te obedece resmungando, admito,
enfim, que o domínio é teu, você é que é a Mãi aqui. E mãi viúva ainda,
Deus que me guarde de sua inclemência, Dona Maria Luiza!

A senhora deve se lembrar de uma vez, lá pelos meus 7 anos, eu brincava
sozinho no quintal, entretido com meus paus e pedras, acho que os irmãos
estavam na rua, papai no trabalho, titia no crochê, as primas na sesta, não
tinha ninguém pra me aguentar e por isso não parava de lhe atazanar com
meus mimos enquanto você já corria a casa trabucando a janta. Eu enfezava
mesmo sua paciência, pedindo uma coisa aqui, outra ali, lamuriando. Em
certo momento, a senhora simplesmente se dirigiu em silêncio até o canto

de terra onde eu conjurava meus demônios e literalmente derramou um balde de água fria na minha cabeça. Te olhei perplexo, encharcado, "não, isso não é possível, que mãi cristã coisa nenhuma, diabólica, isso sim!". Você apenas me observou de canto, retornando ao próprio fluxo com um sorrisinho de justa vingança, balançando o balde no braço, tão silenciosa quanto no momento súbito em que se aproximou. Como te amei e odiei nesse dia! Não contamos para ninguém o evento, ficou como segredo nosso. Havíamos compreendido que a partir de tal ponto nossa negociação seria entre iguais, entre amigos.

Diante da ira centralizadora de papai, sua autoridade meticulosa, lembro de que eu e você compartilhávamos sem admitir um pro outro certa sensação de culpa por ter interesses fora da família e de nossa distinção social, eu com minhas poesias, revistas e depois espetáculos, concertos, exposições de arte, finalmente bares e becos, você com suas visitinhas a famílias amigas menos dignas que a nossa. Lembra? Quando precisávamos dar uma voltinha meio proibida na rua, mãe acoitava filho, filho acoitava mãe. Você não ligava que eu chegasse tarde da escola desde que estivesse com Frederico Paciência; na companhia de meu belo amigo sardento, a senhora deixava eu entrar em casa sem ter que fazer ares de clandestinidade, tão diferente do modo como papai me olhava aos domingos após eu retornar tarde demais da missa das crianças. Lembra do modo como nos sentíamos nus de vergonha diante dos olhos de papai toda vez que ele flagrava nossos risinhos por coisas bobas e triviais enquanto ele ainda comungava seriamente em Cristo? Cada um a seu modo, eu e você compartilhávamos do mesmo despeito e admiração por aquela fé toda. Nossos olhos perguntavam, perplexos: pra que tanto?

Hoje talvez eu tenha minhas respostas de velho pra essas perguntas emboloradas. Como papai, eu também quis alçar voos que não seriam naturalmente destinados a gente da nossa origem. Quis ser escritor, onde já se viu! Justo eu que lutava para passar de ano com nota mínima e precisava constantemente me escorar em meu mano velho pra não apanhar dos outros meninos. Hoje vejo o quanto a senhora deve ter sofrido não só para corresponder às expectativas de papai, mas também pra ajudar os filhos a realizar as nossas. Quando o Renatinho morreu jogando futebol, nós, os filhos que sobraram, olhávamos assustados pra você e papai trocarem farpas de ódio, ele a culpando por deixar o menino tão solto na rua, você o fulminando com um olhar de quem diz "você foi longe demais com essa vontade de crescer".

A gente era obrigado a olhar pro chão com desgosto de não poder protestar quando papai se vangloriava um pouquinho de ter tirado a família da vizinhança de vovó, alegando que o quarteirão próximo à Igreja dos Homens Pretos estava muito cheio de larápios. E quão engraçado era provocar papai o fazendo lembrar de que, poucos anos depois que nos instalou na vizinhança menos indigna do Largo do Paissandu, a igreja maldita foi demolida e reconstruída exatamente em frente à nossa residência, quase como uma perseguição institucional. Quanta ironia pra quem lutava pra dignificar sua origem, mas ele acabou mesmo dando a cartada final quando nos transferiu pra Barra Funda. E é do andar superior deste lar de renome que agora lhe escrevo nessa madrugada esquisitíssima, tantos anos após a morte de papai e tantos outros. Cá estou eu próprio cacura pura, enquanto a senhora vai tranquilamente pousando seus 85 anos. Como a senhora consegue atravessar tão firmemente o tempo, mesmo com tantas memórias? Acho que não conseguirei seguir pelo mesmo caminho, mamãi. Agora mesmo me lembro de ter testemunhado a senhora vivendo ao longo das décadas alguns lutos solitários porque papai não sabia ou não podia saber quem eram suas verdadeiras amigas no bairro, apenas pretas feiticeiras entocadas nos morros próximos, suas guias espirituais. A senhora sempre preferiu a amizade das velhas que não tinham homens para controlar suas vidas. Quantas foram as tardes que passou no quintal de Dona Glória e suas filhas, a casa das quatro mulheres pretas solteironas, ora falando dos tempos difíceis, ora ajudando a organizar os doces pras festas de São Cosme e Damião. Eram de fato as grandes matriarcas do bairro. Ao menos essas vizinhas papai cumprimentava com distância respeitosa. E Dona Manuela, sua guru desde quando a senhora era solteira?

Nunca vou me esquecer do dia em que você entrou em casa com o rosto transfigurado de dor sem saber como nos comunicar que a grande feiticeira tinha morrido. Você nunca havia falado o nome dela perto de papai, esses anos todos. Quem de nós entenderia o significado dessa perda para toda uma comunidade? Não eu, certamente, com meus luxos de artista, muito menos papai, com seu orgulho de ter conhecidos na política. A senhora viveu esse luto sozinha dentro de casa, só outras mulheres da rua lhe entenderam o silêncio. Anos depois, quando foi papai quem partiu, eu é que fiquei incumbido de lhe dar a notícia. Vi que a senhora não tinha força pra organizar as próprias pernas e se levantar da poltrona. Eu apenas disse "ele descansou". Você emitiu uma lágrima e um suspiro a um só tempo. Quantas coisas não descansavam ali?

Hoje lhe perdoo, não fui santo, também não tive coragem de ser demônio. No fim, o resumo da ópera é sempre um corpo feio que rui, e cada um deve saber que vai morrer do que fez da própria vida e do que deixou que fizessem dela. Eu também fui apenas o que pude, mamãi, por isso consigo rir um pouco ainda. Colecionei papéis em vez de filhos, cultivei amigos soltos pelo mundo todo de me aproveitar dos contatos de papai, fiz meu nome em alguns lugares oficiais e extraoficiais. Tive minhas vaidades também, coisas pra contar nas festinhas das crianças antes de cortar o bolo, nada de mais. Dentro de mim, a coisa é grande, corre toda uma filiação de gente dessa terra, irmãos bastardos, filhos adotivos, padrastos e madrastas que vieram do fundo da mata. Você também vem de lá, eu sei, Dona Mariquinha, pode usar as sedas e joias que for, vai ter sempre um pé cascorento no chão. Também sou assim, e com muito orgulho, nossos pés aguentam uma caminhada mais longa, só nos falta o fôlego às vezes pra tanta ladeira.

Bom, andei tantas linhas até aqui só pra perguntar se você se lembra de quando lhe contava meus sonhos. Eu acordava cedo, logo depois da senhora, éramos os únicos fantasmas vivos na casa, eu adorava, achava esse o nosso momento de maior intimidade. Quando paramos com essas bruxarias matinais? Deve ter sido quando vieram os pelos e comecei a utilizar o piano para aplacar o silêncio das horas virgens. Mas até hoje escuto por trás das portas suas preces sussurradas pra santos menores. Creio mesmo que, se eu não for logo me deitar, coincidirei minha insônia inquietante com seu despertar pacífico. Talvez seja bom, enfim, que uma mãe veja a face verdadeira de seu filho do mesmo jeitinho que o dia varre a noite.

Queria sobretudo lhe contar sobre uns sonhos estranhos que tenho tido, não se assuste. Já contei pro Manu e um punhado de camaradas. São meus personagens que me visitam nas trevas. Tento entender a desordem, devo ser eu o Deus terrível deles. Todos me anunciam a presença de Macunaíma, mas ninguém o traz até mim, só uma vez o vi de relance rindo da minha cara, mas não era criação minha, parecia entidade maior. E agora vem a pergunta que não quer calar, a mesma que fazia à senhora nas manhãzinhas em que tínhamos o hábito desse tipo de conversa-fiada: mãi, você acha que é coisa?

Veja o sonho que me acordou nessa madrugada, foi o segundo desse tipo. Lá caminhava eu de novo pelas alturas impossíveis do monte Roraima, tentando palmilhar aquele solo espetado que não foi feito pra gente não. Nunca estive lá, mamãi, mas aquilo ali era meu lar no sentimento, embora tenha gravado a ferro e fogo no corpo nosso endereço da Lopes Chaves. Do alto vem uma gargalhada que me tira o resto de aprumo, subo o olhar e lá está ele, o grandalhão peludo, bonito pra dedéu, sentado nuzinho sobre uma rocha com formato vagamente familiar, as pernas balançando. Comia que nem doido o sujeito, umas pedras preciosas, sei lá que coisa era aquela. Ia mastigando e quebrando os dentes, da baba gulosa ia escorrendo também um pouco de sangue. E sabe o que é mais curioso, mamãi? Não era pesadelo não. Assistia àquilo com a mesma curiosidade desinteressada com que gosto de me entregar para os filmes de Carlitos. Como no cinema, houve um momento em que ele desapareceu, assim sem mais nem menos. Não vi que parte do tempo perdi. Pouco a pouco uma encruzilhada de ventos sobrepujou o som das águas caindo no mundo lá embaixo, na floresta imensa sem nome de rei. Quando achei que estava só, fui surpreendido por uma voz fundamentando brava atrás de minha orelha esquerda: Mário, Mário, tu tem cu ou tu é otário? Entregue logo o que te falta!

Entreguei, mamãi. Que fique nesse bilhetinho esticado em carta uma última nota sobre o sumiço do homem, o acontecido irreparável, o mistério da vida. Quero assim. Anote isso também, mamãi, somos amigos o suficiente para que conversemos sobre o fato de que às vezes uma mãe permanecerá após o descanso de um filho. Já lhe aconteceu antes, podemos dessa vez encarar como piada, uma última travessura de Mário Raul de Moraes Andrade, aquele que ostentou uns nomes e segredou outros. A senhora só terá que ter paciência com alguns curiosos inconvenientes, afinal fiz minha fama nessas esquinas. Deixe essas coisas para o Antonio Candido, ele saberá cuidar de papéis chatos. No mais, minha mãi, deixo anotado pra senhora não reclamar depois que reconheço plena e distintamente o quanto você sempre olhou para cada uma de minhas pequenas alegrias e tristezas com o mesmo interesse. Amor, chamarei? Não ouso entrar no mistério das mães. Mas afirmo: melhor amiga não sei. Obrigado, obrigado, obrigado, tudo sempre valeu a pena. Chega a manhã, enfim, mamãi.

Um beijo carinhoso de seu filho,
Juca

[a nota a seguir foi feita a lápis com letra diferente ao pé da página; não podemos afirmar se a grafia é mesmo de Dona Maria Luiza, mãe de Mário, ou se é de autoria de outra pessoa ou coisa além]

O que te preocupa afinal é o medo da noite grande quando o corpo é só? Justo ela que sempre te chamou para dançar? Respire o corpo com coragem na hora final, mantenha os olhos baixos sem entender como derrota, que te baste a inspiração da fé em si, sem destino de rosto de santo humano. É bom ficar quietinho um pouco, é coisa de entender a morte, mesmo quando só queremos farra, só assim a gente desenha nosso lugar no mundo. Quem vive mais do que aguenta ou menos do que deveria costuma desejar o céu, mas nem sempre o céu está preparado para as injustiças da vida maior que as palavras, há muita morte do lado de lá também. Aconteça o que acontecer, tua vida terá sido completa. Alegria e tristeza todo mundo tem e mal sabe diferenciar uma coisa da outra. Meu tecer é a maldição do trabalho transformado em beleza, isso cura, mas não salva — salvação é sempre o fim de tudo. Não queremos isto ainda, isto. É tempo de praticar as mãos e saber voar ao mesmo tempo, mas nunca se esqueça de que só as mães sabem rasgar na carne o véu do tempo. Só tento ser boa porque o resto não deu certo, talvez esta seja a inteligência do deus, ele que pariu tudo meio desajeitado, como a criança que se espanta da própria arte. Não podemos julgá-lo, não podemos mais nada, nem ele, nem os espíritos que transformou em pedra. Mas é bom assim, a aventura da luz é só mais uma experiência. E a concretude das leis universais, apenas um momento. Mesmo assim, gosto de bater palmas de admiração porque estou sempre meio cansada a ponto de ter esquecido que o cansaço é condição. Sinto a beleza nos detalhes que ninguém vê, gosto de descobrir como viver onde resta silêncios, eis o pó também no meu cotidiano tão rasteiro, tão sagrado. Um dia, tudo irá acabar, estaremos livres até da memória registrada dos fatos. Se pudesse, te ensinaria apenas receitas de doces antigos e pratos gordurosos que te calariam a língua, oferendas para aprender a não encarnar o Ser todo dia. Deixe a raiva da busca para os coitados, eles gostam de segurar a dor nos dentes. Diante da impotência suprema do universo, calo minha revolta em certa mansidão, não como quem se conforma, mas como quem prefere adotar o signo de astros cujos nomes nunca alcançaremos. Agora, chega, tome sua xícara. Não quero falar grande demais, quero só trazer sabores, você conhece meu sorriso discreto, sou velha já, tenho a felicidade de nem precisar escolher a roupa que uso para sair. Cuide-se, não porque tenha um objetivo lindo lá na frente, mas porque não há mais nada a fazer. Ocupe o espaço que te cabe e de lá plante o universo todo, você também será um deus a criar de novo tudo o que é duro de sentir. Só não se vingue mais de mim, vá por seu próprio caminho. Ass.: Aquela-cujo-nome-não-deve-ser-dito.

EPÍLOGO-EPITÁFIO: PIVA, O PÍFIO E O SR. TREVA

Mário de Andrade infartou nesse mesmo dia e algumas horas depois morreu.

Meio século adiante, no Cine Marrocos, rua Conselheiro Crispiniano, São Paulo, capital, dois escritores brasileiros de renome duvidoso — parece mesmo que eram bichas assumidas — reuniam-se para confraternizar ao modo grego na tal sala especializada em filmes pornô, como costumavam fazer com certa regularidade restabelecedora. Nessa tarde modorrenta, enquanto aguardavam alguma possibilidade menos entediada de gozo, foi o Roberto Piva quem contou uma história assim ao João Silvério Trevisan: conhece a piada do enterro do Mário? Foi o Nava quem me contou e depois pro Caio F., esse riu de ombros igual pombagira. Imagina a cena, aquele enterrão oficial cheio de medalhões da cultura, aquele monte de homem branco vestido de preto, bando de urubu em luto ambíguo, e de repente ali chega um negão formidável, todo vestido de branco, educadíssimo. Postou--se ao lado do caixão e pranteou em silêncio e respeito. Um escritor mais xereta que também estava perto do corpo puxou conversa, "ah, o senhor conhecia o Mário?" Não sem certa mesura esticada, o homem vestido de branco respondeu: "O Sr. Mário? Ihhhh, comi muito!"

Não sabemos por qual milagre essa piada saiu da boca suja de quem não gosta de nós e passou a ser disseminada por toda uma linhagem de escritores gays até alcançar o novo século. O tempo não para não, como disse um dos nossos numa explicação que hoje poderia soar como um sorriso amarelo. Mas uma coisa é certa para o efeito dos dias: quanto a Macunaíma, este não foi e jamais será encontrado no céu do Brasil, dizem que só aparece em buracos assim, muito fundos ou muito morrentos — é melhor tomarmos cuidado com a grandiosidade de nossa lama, hahaha-hahaha-hahahahaha.

Este livro foi composto na tipografia Minion Pro,
em corpo 11/15,5, e impresso em papel off-white
na Gráfica Vozes.